NOVEMBRE 1965

17 novembre 1965
15 heures

ELLE n'en peut plus, Aline, d'avoir trotté dans ce labyrinthe, talonnettes claquant sur les dalles, manteau entrouvert sur ce chemisier rouge, trop vif au goût de Louis et justement choisi pour la conciliation. Par défi, peut-être ? L'échec, quand on ne peut pas l'éviter, mieux vaut y avoir part... Mais où lui a exactement donné rendez-vous maître Lheureux ? Où donc ? Traverser la grille à l'écusson fleurdelisé, piquer sur le buffet, y dévisager — non sans gêne — une demi-douzaine d'avocats sifflant leur bière avec des clients apeurés ou des confrères joviaux qui dix minutes plus tard leur seront opposés; s'apercevoir que parmi ces gens la barbiche de son défenseur ne coupe pas en deux son bavoir; se dire que son premier rendez-vous, oui, s'est bien tenu là, mais que décidément ses nerfs lâchent, qu'elle confond tout, que le nouveau rendez-vous, c'est au pied d'un monument d'un certain Bérier ou Périer, dans la Grande Salle; gravir aussitôt l'escalier central dominé par ces quatre colonnes géantes entre lesquelles jouent à cache-cache les trois parties de la devise nationale, tourner à gauche au lieu de tourner à droite après les portes vitrées, errer, se retrouver dans la galerie de la Sainte-Chapelle, puis dans la galerie de la Présidence, pour revenir dans la Galerie marchande; tomber, haletante, sur un des bancs à chimères, repartir, rater la bonne entrée, pourtant béante, s'égarer dans la galerie des Prisonniers, parlementer avec un visiteur évasif, un gardien narquois et se retrouver enfin dans la Grande Salle, large comme une place de village et partagée en deux parties — comme tout procès — par huit pilastres carrés; s'adosser à l'un d'eux pour résister au vertige, à l'envie de fuir, au sentiment d'avoir à renverser la blanche cérémonie de l'église du oui dans ce temple du non, d'être le point de mire de cent yeux malveillants et sévères; fermer les paupières, revoir en un instant un certain Louis dans un certain square, le Louis tout nu des premiers matins, le Louis penché sur Agathe naissante et vingt autres Louis qui eurent pour elle de la bouche, des bras et des reins; se dire, une fois encore : *Ce n'est pas vrai, ce n'est pas possible, ce n'est pas à moi que ça arrive;* se casser en deux, puis soudain se redresser, ouvrir son sac, remettre du bleu sous l'œil noyé, tamponner de rose cette fille verdâtre... Tout cela lui a fait perdre un quart d'heure.

Aline referme son sac, relève le nez. Le monument, bon, mais lequel ? Entre les portes solennelles, il y a plusieurs masses de marbre, sans compter les plaques commémoratives, les panneaux d'affichage, les candélabres de bronze, les hauts radiateurs en forme de bornes, les hauts bancs en forme de stalles, sans compter la rotonde d'accueil à lampes vertes autour de quoi s'agglutinent des égarés, sortis de cette foule triste dispersée sur le dallage à bandes noires où, seuls, évoluent à l'aise dix pour cent d'avocats, aux yeux insistants, aux démarches lentes, laissant traîner de la toge comme ces poissons chinois, dits « queues-de-voile », laissent traîner un excès de nageoire dans l'aire archiconnue de leur bocal.

Allons ! Le plus simple est de faire le tour, comme le tente un groupe piloté par une jeune femme austère qui explique des choses, à mi-voix, en anglais, à une délégation de jeunes aux revers garnis de minuscules balances. Aline la rejoint, considère le premier cénotaphe surmonté d'un quidam perché comme un saint dans sa niche et encadré de deux dames en péplum, dont l'une tend une couronne, tandis que l'autre flatte un grand chien de pierre frisée. Maître Lheureux n'est pas là. Il n'est pas non plus à vingt mètres, devant ce monument aux morts où une France inspirée coiffe d'un casque un robin valeureux, mieux équipé pour le prétoire que pour la tranchée. Mais, entraînée par un groupe qui pique sur le tribunal civil, elle se retrouve devant le passage percé dans le grand escalier à balustres et s'arrête pile : la jambe molle, soudain, mais l'œil agressif, la bouche entrouverte par une imprécise envie de mordre ou d'embrasser. Cravaté de violet, malgré ce costume bleu acheté par Aline cinq ans plus tôt et qui devrait, si l'*autre* était soigneuse, passer chez le dégraisseur, Louis marche à petits pas, son pardessus sur le bras et le regard à terre. Pas sûr, non, pas fier de lui, ça se voit à sa moue, ça se voit à sa main crispée sur la manche de maître Grancat, dont brille le crâne rose cerné d'une monastique couronne de cheveux blancs. Jean Grancat, tiens donc ! Cet arrière-cousin qui naguère débitait des fadaises à la cousine et qui aujourd'hui ne se trouve pas de son côté. Il l'a vue, le robin; il s'incline poliment, sa serviette sur le cœur en guise de bouclier; il détourne aussitôt la tête, apparemment devenu étranger à cette parenté par alliance qu'il est justement chargé de détruire; et la bourrade donnée à Louis, pour l'alerter de la présence conjugale, coupe le souffle d'Aline comme si elle l'avait reçue dans les côtes. Ils crochètent déjà, les deux cousins, ils s'éloignent pudiquement, pour aller se piquer plus loin, sur une grille ronde d'aération, dans le nez-à-nez d'un conciliabule.

« Madame Davermelle ! » crie quelqu'un.

Aline, figée, n'a rien entendu. Il faut que maître Lheureux pousse jusqu'à elle, qu'il lui touche le bras en ajoutant :

« Berryer, c'est ce bonhomme, entre les Référés et la Première Chambre. Venez, nous passons dans une demi-heure et nous avons auparavant beaucoup de choses à mettre au point.

— Ah ! c'est vous ! » dit Aline.

Maître Lheureux l'entraîne, inquiet de la proximité de l'encore-époux. Des inoffensives qui s'exaltent, qui jouent du parapluie sur le dos d'un requérant — et même de la pointe, dans l'œil —, ça s'est vu; et les accrochages fleuris d'insultes ne se comptent plus. Allez donc, après ça, entamer des pourparlers, proposer un de ces compromis dont les juges — surchargés — sont friands et dont la Grande Salle, animée de navettes, est le théâtre ordinaire ! Lheureux fait un grand geste du bras pour se faire voir du confrère qui, là-bas, fait le même travail. Puis il installe Aline sur le banc proche, à droite dudit Berryer, autre vénérable du barreau, lui aussi juché sur socle entre deux dames, l'une du type nourrice rafraîchissant du téton à l'air libre, l'autre plus intellectuelle et grattant de l'éloquence au bout d'une plume d'oie. Aline n'a pas les yeux secs. Mais Lheureux ne lui laissera pas le temps de tirer son mouchoir. Il entre d'emblée dans le sujet :

« Excusez-moi d'insister, madame, mais c'est bien entendu, n'est-ce pas ? Pour l'instant nous voyons venir. L'avantage, c'est de montrer que nous, nous tâchons d'abord de sauver le ménage, que nous nous réservons seulement le droit d'utiliser nos griefs pour ne pas laisser triompher le coupable... »

Aline approuve vaguement de la tête. Elle écoute à peine. Elle a chaud. Elle a froid. Elle a honte. Elle regarde Louis. Elle murmure :

« Le revoir, comme ça, tout raide. Au moins, la dernière fois, on s'engueulait.

— Ce n'est pas le moment de recommencer ! jette l'avocat, sans sourire. Vous jouez aujourd'hui les patientes victimes... Votre mari va sûrement faire échouer la conciliation. L'important c'est d'obtenir des mesures provisoires qui nous soient favorables : le tribunal a toujours tendance à les entériner. J'énumère... »

Debout devant Aline, il compte sur ses doigts :

« Un : nous exigeons la garde des enfants, maintenus avec leur mère au domicile conjugal. Deux : nous chiffrons les pensions. D'après les renseignements que vous m'avez fournis, je pense que huit cents francs pour vous et quatre cents par enfant...

— C'est lui qui part et c'est lui qui a le toupet de demander le divorce ! » gronde Aline sans lâcher des yeux son lâcheur, obstinément retourné.

Les chiffres proposés par maître Lheureux, qui l'observe un œil à demi fermé, font tout de même leur effet. Aline reprend d'une voix aigre :

« Disons douze et cinq. Vous connaissez mon sentiment : on ne se sépare pas quand on a des enfants. Je ne veux pas divorcer, mais si j'y suis contrainte, réclamons le maximum. Je ne vois pas pourquoi les enfants et moi nous nous restreindrions... »

Elle n'a pas achevé sa phrase. Son visage s'est durci. Louis, là-bas, a cessé de comploter et, pivotant sur un talon, il se découvre, il y va d'un petit rire, inaudible à cette distance, mais aussi visible que détestable. Il a pouffé, oui, une main sur la bouche. Il se moque de quelqu'un, et de qui en ce moment pourrait-il se moquer, je vous le demande, sinon de sa femme ?

*

Toujours planté le long de son avocat, Louis à vrai dire n'a nullement pouffé. Il vient de lâcher dans sa paume une petite quinte sèche, de loin vaguement assimilable à un rire contenu. Le bilan, dressé par son conseil et cousin — préparant lui aussi le client pour la transaction —, n'est pas de nature à lui inspirer de la gaieté. Certes, il touche au port. Il a au bout de cinq ans réussi à énerver Aline, à lui faire commettre des bêtises; il peut produire un dossier garni de bonnes injures, pas très graves, mais suffisantes pour étayer une requête et même obtenir une décision à son profit si Aline commet la folie de ne pas contre-attaquer. Mais Lheureux l'a déjà dit à Grancat : acculée, Aline va sortir les griffes. Elle n'acceptera jamais les torts réciproques. Elle exigera la garde des enfants, refusant tout partage, afin qu'ils continuent d'être élevés ensemble. Plutôt que de céder, elle enlisera le procès, elle se fera un plaisir de prolonger durant des années l'attente d'Odile. Elle a dit, exactement : *Se mettre sur le dos et se mettre debout devant le maire, ça fait deux ! Si elle a le bonhomme, cette fille, elle n'a pas encore mon nom.* Elle a bien deviné, Aline, que c'est précisément sa force, qu'Odile se lasse d'être une femme sans livret, bien plus qu'elle-même, apparemment, ne se lasse d'avoir perdu l'état en conservant l'état civil.

« Tu le connais, ce Lheureux ? fait Louis. Il est dangereux ? »

Jean Grancat, qui laissait mûrir, jette un coup d'œil à sa montre, puis un autre à son confrère, toujours penché sur sa cliente, avant de répondre :

« Il bêle un peu dans son bouc quand il plaide, mais il connaît bien les ficelles. De toute façon, tu sais, Aline est très renseignée. A tout hasard elle coupait des articles depuis des mois dans les revues féminines. Lheureux m'en a montré un : *Comment une femme peut divorcer sans se faire rouler*. Aline avait souligné divers passages à l'encre rouge et notamment celui-ci : *Ne faites pas de cadeau : l'article 301 du Code civil vous donne éventuellement droit à des dommages-intérêts.*

— Ce serait complet ! dit Louis, tirant sur sa cravate. Décidément le bonheur coûte cher. »

Une manche de Grancat s'envole.

« Un premier bonheur n'est déjà pas gratuit, dit-il. Mais un second, crois-moi, c'est toujours hors de prix. »

Le ton ne surprend pas Louis : du divorce, il s'en charge, mais il le regrette, le cousin, dont c'est pourtant la rentable spécialité. Un cafetier n'aime pas voir les siens s'accouder au comptoir. Du bénéfice de la loi Naquet, Jean Grancat exclurait volontiers sa famille. Mais le voilà qui fonce :

« Attends-moi là. »

Laissant Aline sur son banc, maître Lheureux vient aussi de décrocher; sa barbiche s'avance, pointée vers le collègue. Vingt pas pour chacun et les voilà toge contre toge, main dans la main, bonasses et se demandant des nouvelles de leurs femmes. Champions interchangeables de causes renouvelées, au hasard du choix ou de l'office, combien de fois se sont-ils ainsi rencontrés ? Louis piétine, tandis que ces messieurs commentent ou comparent, font de petits signes amicaux à d'autres robins qui passent, tractant d'autres clients. Les deux mains gauches sont bloquées sur les deux serviettes. Les mains droites, seules, évoluent. Mais sur les mêmes rabats tranchant sur le même noir (maître Grancat, plus âgé, s'y flatte d'une tache rouge), ce sont leurs mouvements de tête qui vraiment les distinguent. Lheureux hoche la sienne dans le sens latéral, Grancat opine plutôt de bas en haut.

Louis piétine. Il a soudain pitié d'Aline, recroquevillée sur son banc. Voilà des années, c'est d'une jeune fille assise sur un banc qu'un jeune homme s'est approché. Les choses finiraient-elles comme elles ont commencé ? Ce jour-là, au lieu de poser devant un mur sévère, elle était encadrée d'aucubas vert-jaune ponctués de petites baies rouges. Ce jour-là, elle n'avait ni pattes-d'oie, ni poches sous les yeux, ni cette fripure au cou; elle palpitait, très nymphe dans une de ces petites robes d'été faites d'un minimum d'étoffe hors quoi se prolonge un maximum de peau. Renvoyée une heure avant par son patron, elle avait ce même air égaré... Au lieu de laisser deux mercenaires décider de leur sort, Aline et lui n'auraient-ils pas pu le faire tous les deux ? Haussement d'épaules, changement d'avis. Non, ils n'auraient pas pu. Comment discuter, sans disputer, avec Aline qui, jamais, n'entend raison, qui peut à la rigueur écouter vos arguments, mais n'en sera pas plus entamée qu'une forteresse par une volée de flèches ? Même jadis, quand de la bouche ou des mains on pouvait l'amollir, le moyen se révélait dérisoire; elle sortait de la mise à plat en sifflant : *Tu ne m'auras pas comme ça*, pour reprendre le débat avec acharnement. Et Louis, qui continue à piétiner, s'interdit d'aller droit devant lui, de faire bêtement quarante pas pour dire : *Voyons, Aline, arrangeons-nous à l'amiable !* On ne s'arrange pas avec Aline. On lui dit amen. Ou on lui dit merde. Et puis quoi ! Quand on est capable de s'arranger, on ne divorce pas.

Louis ne piétine plus. Il s'est enraciné sur une dalle. Soyons franc. Ne pas divorcer de l'une, c'est perdre l'autre. Divorcer de l'une, c'est garder l'autre, mais en perdant les gosses. Les prétextes, ce sera pour le juge; la vérité se résume à ça. Et pourtant, Aline et Louis, s'ils n'ont pas divorcé durant dix-huit ans, c'est qu'ils s'étaient longuement arrangés. Et même un peu mieux, et même beaucoup mieux qu'arrangés... Quand il s'agit d'un mariage forcé, il y a parfois un peu de vrai dans la boutade : *Je vous déclare unis, je vous déclare punis par le mariage*. Mais à l'époque, se sentaient-ils punis, ces amants qui, mariés, refirent des enfants ? Quatre enfants. Ce n'est pas rien. Ce qui n'a pas tenu a quand même existé. Odile en est à peine gênée : le règne de la précédente, pour la suivante, s'explique toujours par un long aveuglement, et, là-dessus, tant mieux ! c'est elle qui n'y voit pas clair. Le scandale, si c'en est un, il est là. Il y a des hommes chez qui l'amour meurt avec la bête. Il y en a chez qui l'amour se renouvelle et ceux-là d'ordinaire changent de femme parce qu'ils ne supportent pas que la leur ait changé. Peut-on l'avouer ? Pour eux la seconde, dix ou quinze ans plus tard, c'est la résurrection de la première qui ne se ressemble plus. C'est leur résurrection à eux qui ne supportent pas une fidélité de renoncement, qui aiment leur rajeunissement dans le rajeunissement de l'amour.

Pauvre Aline, si vite déformée, si vite étrangère à cette jolie fille qui n'avait ni plus de manières ni plus de goût ni plus d'instruction, qui avait le caractère qu'elle a, les défauts qu'elle a, mais qui disposait de son temps, de sa fraîcheur, d'un ventre plat, de seins pointus, d'une tendresse qui, pour être déjà possessive, n'était pas encore vinaigrée ! Pauvre Aline qui, ses moyens perdus, a si maladroitement, si grincheusement mobilisé tous les autres : la situation, les habitudes, les intérêts, les relations, les parentés ! Pauvre Aline, barricadée au milieu des gosses et que ses gloussements aigres ont fait, par les amis, surnommer *la Pintade* ! L'histoire est banale. Il n'y a pas là de quoi se vanter. Mais sûrement de quoi se tourmenter. Comment vont-ils réagir, les Quatre ? Qu'est-ce qu'elle va faire, maintenant, Aline ?

« Tiens ! Lis-moi ça. »

Etranglé par son col, Louis allait se mettre en marche vers une fenêtre : ne serait-ce que pour apercevoir Odile qui pour l'occasion a réussi à sécher son bureau et doit se morfondre à la terrasse du café d'en face. Mais les deux avocats viennent de ricocher vers leurs clients. Grancat qui, depuis cinq minutes, griffonnait quelque chose sous la dictée de son collègue, a déchiré un feuillet de son calepin. Louis s'en empare mollement. Mais, dès qu'il a lu, il sursaute :

« Rien que ça ! »

Enfoncez-vous dans la délicatesse et l'objectivité ! On tirait sur la fibre, on frisait le remords. Mais ton excellente épouse, Louis ! te rappelle au sens des réalités. Dans cette salle qui bourdonne de controverses chiffrées, tu n'es plus que Davermelle Louis, 44 ans, décorateur, marié, quatre enfants à charge, domicilié à Fontenay-sous-Bois, tel enfin que te définit ta déclaration de revenus et les feuilles de paie de l'*Atelier Mobiliart* dont photocopies ont été fournies par l'intéressée. Passons sur la fouille du secrétaire que cela suppose. Mais ne passons pas sur le reste qui s'exprime simplement : on veut tout. Enfin, presque...

« Ils se basent sur ton gain brut de l'an dernier, dit Grancat.

— Sans décompter les frais, rétorque Louis. Ni tenir compte du fait qu'il s'agit là d'une année exceptionnelle, supérieure du tiers aux précédentes.

— Tu as de quoi le prouver ? »

Faut-il rougir de cette précaution ? Oui, Louis a sur lui les trois derniers avertissements du percepteur où figurent des gains nets, d'apparence plus modeste. Les voici qui passent d'une poche à l'autre, sans commentaires.

« De toute façon, il y a un plafond légal, reprend le cousin. Mais il y a parfois des généreux qui donneraient jusqu'à leur chemise pour avoir le droit de se retrouver nus avec une autre. Qu'est-ce que tu dis ? »

Louis a murmuré entre ses dents : *Odile mange aussi*. Une large manche s'envole de nouveau :

« Non, mon cher ! Dans six mois, quand tu l'auras épousée, ce sera un argument. Aujourd'hui, ça ferait l'effet contraire... Tu as même de la chance : un article du Code interdisait jadis au conjoint adultère de se remarier avec son complice... Pas d'autres instructions ? Bon, je repique au truc. »

Il s'en va. Il a déjà franchi cinq mètres lorsque Louis se met à crier :

« Mille francs, pas plus ! Et un droit de visite étendu... Je serai intransigeant là-dessus. »

*

Navette, quatre fois. Le ton monte, si les prétentions diminuent. Aline sent bien ce qu'y perd une défense du foyer jusqu'alors campée dans le genre Madone en péril. Mais elle enrage d'en rabattre, elle n'arrive pas à admettre qu'une séparation puisse la contraindre à perdre une partie de ses moyens, elle répète : *Ce qu'il est chien !* pour s'encourager, et c'est seulement au troisième retour de son conseil que, lasse de s'entendre exhorter à la modération, elle finit par avouer :

« Même si c'est trop, ce n'est pas encore assez. Ce que je lui laisse, l'autre en profitera. Mes enfants passent avant sa putain, non ? »

Maître Lheureux hoche une tête de bois. Encore une ! Le chiffre, décidément, est d'un affreux secours. Où le sentiment balance, l'intérêt n'hésite jamais et l'exigence mortifiant l'un, le refus mortifiant l'autre, chacun y découvre un grief qui rafraîchit tous les autres. Parler d'argent en conciliation ! Autant sortir les couteaux. Mais qu'y faire ? C'est l'usage. Comme c'est l'usage que le mari s'énerve, qu'il en arrive à la grossièreté :

« La garce ! crie Louis au quatrième tour. Elle veut vraiment me rester chère. »

Enfin au cinquième essai, deux minutes avant de comparaître devant ce juge qui a pour tâche de réconcilier M. et Mme Davermelle, les voilà péniblement d'accord sur les dispositions à prendre pour le cas contraire. Maître Lheureux est fort épanoui, maître Grancat se frotte le crâne : une fois de plus, une bonne palabre leur épargne d'interminables chicanes, confirme leur réputation de savoir préparer un dossier comme de liquider une affaire au galop. Maintien dans la villa et onze cents francs pour la mère, quatre cents francs pour chacun des enfants dont Aline aura la garde en concédant deux dimanches par mois — le deuxième et le quatrième — de 9 à 21 heures au titre du droit de visite, plus la seconde moitié des vacances.

« Aucun tribunal ne pourrait vous être plus favorable », a dit maître Lheureux agacé par la moue d'Aline, avant d'ajouter : « Allons-y maintenant. C'est l'heure. »

Elle va. On suit. Si Aline, au bras de son avocat, tortille un peu de la cheville, si Louis, flanqué du sien et ronchonnant : *Je crois bien qu'on s'est fait avoir*, semble avoir la rotule sèche, il ne reste plus que trois mètres entre ceux-ci et ceux-là. Les premiers entendront parfaitement les seconds se consulter sur un point de détail :

« Au fait, dit Grancat, il va falloir choisir un domicile séparé. Tu ne peux pas indiquer le véritable...

— Chez ma mère ? propose Louis.

— Le pauvret ! fait Grancat, hilare. Il est retourné chez maman. »

Laissant à gauche la Porte des Criées, maître Lheureux pousse celle d'à côté, étroite et capitonnée, la tient galamment pour laisser passer sa cliente, la tient poliment pour laisser passer l'adversaire. Par chance la dernière fournée a fait vite, il n'y aura pas d'attente dans la galerie. L'huissier a déjà pris le relais et mène tout droit le couple au cabinet du juge : une forte dame en gris, dont les cheveux gris se diluent dans le silence, dont les yeux gris retiennent leur regard. Sa calme respiration réclame si peu d'air que son sein ne gonfle pas sous le trait bleu de l'ordre du Mérite. Elle a le cou aussi raide que l'échine de son greffier — un jeune homme déjà sec — et ses mains aux ongles coupés ras offrent la chaise gauche à l'époux, la chaise droite à l'épouse.

Le bras du greffier se tend, cerné d'une montre-bracelet dans l'évasement de la manche : un dossier mauve glisse sur le verre du bureau où se reflète un arc-en-ciel fade d'autres chemises : des murmures déférents attirent l'attention de la conciliatrice sur la qualité des personnes et sur celle de leurs conseils, qui attendent de l'autre côté de la porte. La dame en gris feuillette le dossier, examine une certaine petite note. *Oui*, souffle l'acolyte, *pour les mesures provisoires, les parties pourraient proposer un accord.*

La dame en gris jette enfin un bref et très neutre coup d'œil sur lesdites parties, immobiles, presque absentes, en tout cas séparées par un mur d'air, par une paralysie du cou qui leur interdit de tourner la tête l'une vers l'autre. La dame en gris rabaisse ses yeux gris sur la petite note et son sérieux visage, en deux ondes de peau, exprime la satisfaction d'un gentil gain de temps et le regret mesuré de son probable échec. Elle y va d'une formule bien au point :

« J'aimerais, monsieur et madame, que vous ne soyez pas assis côte à côte pour la dernière fois. Mon rôle est de vous faire souvenir de la première... »

Suivent cinq ou six phrases engageantes, évoquant le grand oui qui ne devrait jamais tourner au non et les chères petites têtes, pensez-y, qui ont besoin de l'entente de leurs papa et maman, même si parfois elle est troublée, c'est humain, par de menus accrocs dont il ne faut pas faire un drame. Suit encore un solennel quart de minute de silence, pour réflexion. Puis sur le demandeur tombe un nouveau coup d'œil, aussi bref, aussi discret, accompagné d'un murmure :

« Vous persistez ? »

La tête d'Aline, tout de même, a viré d'un quart de tour. Celle de Louis, nez en étrave, n'a pas bougé. Il persiste. D'un simple battement de cils, il persiste. Le greffier se lève et fait rentrer les avocats.

« Nous regrettons, dit maître Lheureux. Nous étions prêts à oublier.

— Puis-je me permettre ? » dit maître Grancat, tendant une nouvelle note.

La dame en gris permet et, d'un air pénétré, se remet à lire. Comme le contrat se signe avant la noce, qui parfois se décommande, ce bout de papier est en somme un contrat de démariage avant le jugement. Bien sûr, la dame en gris est souveraine; sa majestueuse réserve le dit assez. Mais une justice pressée, approuvant le justiciable, peut transmuter le souhait en ordonnance : *Ceci, du moins, me paraît raisonnable*, murmure l'auguste bouche dans l'oreille du greffier. Pour le confirmer, noir sur blanc, en encre officielle, s'allonge un autre silence qu'agace un grattement de plume. Le dernier point posé, le greffier d'une petite voix nette relit sa petite écriture. La dame en gris, discrètement, consulte déjà un dossier vert. Enfin elle relève à demi des paupières aux cils ras et c'est un brave petit mot, contredit par une intonation chagrine, qui met fin à la séance :

« Bon ! Je vous remercie. »

*

Comment Aline a filé, se tamponnant un œil, comment lui-même a retraversé la grande salle et dégringolé l'escalier latéral qui débouche sur une pièce lépreuse, encombrée de vélos et tapissée d'affiches légales, Louis ne saurait le dire. Il va sur la pointe des pieds, comme s'il avait peur d'écraser quelque chose. Il va, poignardé par un point de côté et se demandant pourquoi il est si mécontent d'être satisfait.

« Vraiment, c'est une mascarade ! grogne-t-il.

— Crois-tu que nous l'ignorons ? dit Grancat. Une vraie conciliation, une franche discussion sur les moyens de sauver les dernières chances d'un ménage, tout avocat digne de ce nom le souhaite. Mais la procédure nous happe et nous avilit tous. »

En bas, il s'arrête, retient Louis par un bouton de veste :

« Ne fais pas cette tête, dit-il. En fait de divorce, il en est comme des opérations : il n'y en a pas de bonnes, il n'y en a que de nécessaires. »

La petite pluie qui reteint l'asphalte est-elle soufflée par le vent ? Non, c'est Grancat qui parle de trop près :

« A propos, j'ai sondé Lheureux pour la suite. Il a beau répéter qu'ils sont de complaisance, nos témoignages l'inquiètent. Il m'a dit carrément : *Puisque tu m'obliges à faire une demande reconventionnelle, choisis : ou de plaider jusqu'aux calendes; ou de retirer ton dossier, en faisant expédier à ma cliente une lettre de son mari qui refusera de reprendre la vie commune.*

— Et alors ? dit Louis, l'œil vague.

— Et alors, c'est à toi de choisir. Si tu acceptes, tout sera bâclé en six mois. Mais attention ! De pension en révision, tu traîneras le boulet toute la vie. »

Par la porte ouverte, Odile, qui attend depuis une heure au bistrot des Deux Palais, est bien visible derrière la vitre. Elle repeigne de longs cheveux qui lui coulent, très noirs, jusqu'à mi-dos.

« De toute façon, dit Louis, je ne peux pas laisser Aline sans le sou.

— Alors tu sais ce qui te reste à faire, dit Grancat. Entre nous, tu lui dois bien ça. En fait de torts, les tiens sont prépondérants. Si on jugeait un divorce comme un accident d'auto — et ce ne serait pas si bête —, tu écoperais sûrement de quatre-vingts pour cent des responsabilités. Pour la lettre, je vais voir, je te proposerai un texte. »

Il remonte trois marches, il se retourne un instant pour ajouter :

« N'oublie pas de m'envoyer les acomptes que je t'ai demandés l'autre jour : un premier chèque pour mes honoraires, un second, de préférence en blanc, pour la provision *ad litem*, puisque tu dois, c'est la loi, payer la défense de ta femme. Solfrini, notre avoué, t'adressera lui-même son relevé. Et tu auras encore à régler l'avoué d'Aline quand il se sera constitué. Mieux vaut t'avertir : tu vas le sentir passer. Ce n'est pas cette année que tu pourras changer de voiture. »

Il file et Louis reste sur place, planté devant une affiche de vente judiciaire. Zut, voilà que ça le reprend. Il lui faut à tout prix se gratter l'âme : comme si la sincérité suffisait, trouvait en elle-même son absolution. Vingt pour cent de torts pour Aline, ça peut se discuter, mais est-ce la question ? Les maris qui s'en vont proclament toujours leur femme détestable et elle l'est en effet d'exister : défaut majeur au nom duquel ils lui prêteront tous les autres. Butée, tatillonne, exigeante, ombrageuse, toujours insatisfaite, oui, elle est tout cela, Aline. Agressive ou plutôt tracassière, décourageante au possible. Répétant par exemple : *Tu n'en vivras jamais, de ta barbouille !* Avare de ses joies, mais non de ses déplaisirs; de ses mercis, mais non de ses reproches. Bêtifiante avec ça, branchée sur le cancan, le timbre-prime, la blancheur

Machin, les soucis de cabas... Et malgré tout irréprochable. *Irréprochable, hélas !*, comme disait Grancat. Innocente harpie ! Mais *quand même* harpie. L'adultère, souvent, n'est-il pas la conséquence — et non la cause — de la mésentente conjugale ? Les êtres sont ce qu'ils sont, d'abord, et si c'est leur excuse quand ils font ce qu'ils font, c'est aussi leur plus lourd handicap. On ne guérit pas d'un tempérament. On ne peut rien contre cette affection insidieuse qu'est l'allergie conjugale... Mais qui proteste ? *Ceci et cela ne sont pas liés.* L'ami Gabriel disait déjà : *Ça t'arrangerait bien la fatalité. Tu plaques Aline, dis-le en clair.*

Louis retouche sa cravate, se décide à sortir. Il n'y a plus qu'à traverser ce flot de voitures dont battent les essuie-glaces. Mais le trottoir de droite réserve une surprise. Immobile, serré autour d'Aline sous six parapluies, il y a là, venu aux nouvelles, tout le clan des parlotes à mi-voix dont l'infidèle a si souvent fait les frais. Il y a là, tout exprès montée de Chazé, Mme Rebusteau mère, née Leclave, Lucie pour son époux, *Mé* pour ses petits-enfants depuis que bébé Léon, aîné de son aînée, inventa ce raccourcissement, étendu par la suite au rude régisseur, *Pé*, son grand-père. Il y a là, accourue de Créteil, la fille cadette, Mme Fioux, plus communément dénommée *ma sœur Ginette* par Aline et *tante Lard* par les enfants. Il y a là la benjamine, alias *ma sœur Annette,* alias *tante Os,* qui devrait être à son bureau de la Société générale; et la redoutable grande amie, Mme Valdoux, maîtresse d'école, accompagnée de Flore, sa petite métisse, qui, la première, vient de repérer le coupable et le montre du doigt.

17 novembre 1965
17 heures

Un premier client était venu se pencher sur elle, en soufflant : *Voyons, mignonne, tu ne peux pas rester comme ça toute seule*, et il avait récolté la réponse habituelle : *Merci, monsieur, j'attends mon mari d'une minute à l'autre*. Pas prude, Odile, mais prudente : quand on poireaute, un peu partout, ces sortes d'hommages ne se reçoivent pas avec des claques et, si le ton restait raide, elle enveloppait toujours d'un sourire.

Un second client, un timide, qui s'interrogeait sans doute sur l'insistance équivoque d'une poulette au bistrot, y allait de l'œil gauche transformé en clignotant; et deux minets retournés sur leur tabouret de bar lorgnaient cette petite robe bleue qui assurait chaque fois un peu trop de succès à son contenu. Bleu aussi, mais du genre métallique, le regard d'Odile partit devant elle, sec comme un bouclier. Elle en avait assez, de ces bonshommes; elle en avait assez de s'éterniser, à la gloire du sien, devant une bière jaunâtre couronnée par un reste de mousse. Fichu métier, décidément, que d'être *l'autre* ! Un garçon, s'il manque un rendez-vous, s'il a seulement le toupet de filer parce que la fille a dix minutes de retard, le voilà classé. Point de chance mâle en amour sans exactitude, sans patience, sans gaspillage d'heures. Le bouquet est trop facile; le bijou renseigne sur l'état d'un portefeuille, mais pas forcément sur l'ardeur de ce qu'il y a dessous. Même quand elle semble trouver la chose naturelle, une fille sait bien que le temps, c'est ce qu'on peut lui offrir de plus précieux, de plus probant...

Et pourtant ! D'un ongle laqué de frais Odile s'écorchait ce grain de beauté piqué sur son menton... Et pourtant, vous révisez, vous renversez le principe si, au lieu d'un garçon, vous êtes tombée sur un homme marié — et, qui pis est, père de famille. Car dans ce cas, justement, c'est le contraire. Qu'est-ce qu'une femme, en effet, sinon une sorte de métayère affermant, contre une rente en nature, le temps de son mari ? Ce qui peut s'en distraire, pour d'autres battements de cœur, dépend toujours des battements d'une pendule. Trouver des moments, les rendre délicieux, accepter beaucoup d'absence et très peu de présence, d'une âme égale, la bouche cousue sur vos soucis, mais prête à s'ouvrir au baiser, ce n'est pas simple. Ce serait même plutôt méritoire, n'en déplaise aux censeurs incapables de comprendre ce que ça représente de vivre tout entière pour un homme partagé. Après Lia, Jacob dut patienter sept ans avant d'obtenir Rachel, assure l'Ancien Testament. Cela peut se lire à l'envers : Rachel patienta sept ans avant d'obtenir Jacob. En fait d'attente — et d'attention —, Aline avait-elle accordé à Louis le dixième de ce qu'Odile lui consentait ? Dans les cafés, dans les hôtels, dans les magasins, dans les musées, dans le métro, dans la rue, depuis cinq ans elle en avait bien passé trois à regarder sa montre : attendant, attendant cet homme qui, de peur de se faire coincer en flagrant délit, passait rarement la nuit chez elle, qui même maintenant cultivait un romantisme de la cachette et recevait son courrier chez sa mère. Ce qui se tramait en face n'avait que trop tardé. Odile n'en pouvait plus d'être en marge, comme Louis n'en pouvait plus d'être bigame. Il était grand temps qu'il redevînt innocent, qu'il fît sauter ses bretelles avant de se jeter sur le divan.

« Bon, c'est fini. Aux démarieurs de faire leur boulot. »

Il était là, soudain, derrière son dos. Odile ne l'avait même pas vu traverser. Il la tenait par le rond des épaules; il l'embrassait sous l'oreille, en murmurant :

« Tu la vois en face, avec son chemisier rouge, entre sa mère et ses sœurs ?

— Quoi ? c'est elle ? » jeta Odile d'une voix passionnée, en se levant d'un coup.

Pour mieux voir. Pour mieux croire à ce qu'elle voyait. Peut-être aussi pour mieux être vue. Aline, jusqu'alors, elle ne l'avait, même de loin, jamais aperçue; elle n'avait jamais pu trouver d'elle la moindre photo dans ce portefeuille d'où Louis sortait complaisamment celles de ses enfants. Grand jour, vraiment ! Grande nouveauté ! Qu'on ne vît plus d'inconvénient à se montrer en sa compagnie, à soutenir ce défi à travers la glace, en disait long sur la situation. Là-bas, ça pleuvait, ça gouttait par les pointes des baleines de six parapluies, resserrés dans l'indignation comme autant de coupoles noires. Là-bas, le regard braqué sur le café, Aline devait aussi, mais sur un tout autre ton, s'être écriée : *C'est elle !* Elle devait la vouer au mépris des conjointes, de salive bien ointes, qui plaident toute leur vie pour leur dû et leur droit... Mais déjà

Odile regrettait son premier mouvement, glissait derrière Louis pour être moins visible, moins provocante. A quoi bon l'insolence, quand on dispose de la pitié ? C'était donc de ça qu'elle triomphait ! C'était donc de ça que Louis, bloqué par un acte de mariage et quatre actes de naissance, avait mis tant de temps à se délivrer ! Que son devoir eût cette mine soulignait le vrai débat : entre un homme et ses scrupules, bien plus qu'entre deux rivales. Odile n'arrivait plus à en vouloir à cette sauterelle dont Dieu seul savait par quelle nuit de carême il avait pu un jour la rendre comestible.

« Mais quel âge a-t-elle donc ? fit-elle, sans réfléchir.

— Le mien ! » répondit Louis.

Pas gêné du tout ou feignant de ne pas l'être, il glissait un billet sur la table, il ajoutait :

« Ça peut étonner, mais elle était belle à vingt ans. Quatre enfants, trois opérations, il n'y a pas de mystères... »

Peut-être y en avait-il un pour Odile : dans la cruelle douceur du ton. Mais déjà, sans s'occuper de la monnaie, Louis l'entraînait par le coude, dévisageant au passage, d'un air cavalier, les petits jeunes gens aux yeux luisants. Comme toujours il enrageait, il jubilait de leur étonnement, de leur sournoise envie. Trois ou quatre de leurs pareils, avant lui, avaient eu leur chance, il le savait; mais le fait d'avoir trouvé Aline intacte vingt ans plus tôt le rendait sûrement moins faraud que celui d'avoir arraché Odile à sa génération.

« Qu est-ce qu'on fait ? dit-elle.

— On rentre, dit Louis, mettant le pied sur l'asphalte. J'ai dit chez Mobiliart que la conciliation me prendrait toute ma soirée. »

La pluie renonçait et, fermant ses pépins, le groupe Rebusteau s'éloignait vers la place Saint-Michel. Il n'y avait plus que la petite Flore à se dévisser le cou pour jeter un regard en arrière.

« On rentre, on va fêter ça ! » reprit Louis, piquant sur le marché aux Fleurs.

Odile se serra contre lui. *Tu n'as pas besoin de me dire par où cette fille te tient !*, avait un jour crié Aline à son mari. Et c'était vrai. Et c'était faux. Qui des deux tenait l'autre ? Elle le savait, Odile, à quel point les jeunes gens, aussi pressés que brefs, peuvent être au lit de piètres amateurs. Et elle savait aussi dans quelle indifférence ils vont plonger, ensuite. Aline, hurlant à la chiennerie, oubliait une chose : le chien, c'est un animal tendre. Et surtout Aline semblait — ou plus probablement voulait — ignorer que les hommes ne brisent pas leur foyer parce qu'ils ont décidé de *coucher avec* une autre — ça, tous les maris le peuvent sans se démarier et ils ne s'en privent guère —, mais au contraire parce qu'au-delà du désir, du plaisir, quelques-uns arrivent à la dilection; parce qu'il leur devient impossible de ne pas *vivre avec* l'autre. Ces derniers temps, la répugnance de Louis, chaque soir un peu plus vive, pour la remontée à Fontenay, ses phrases les plus anodines : *Je croyais avoir laissé mon imper chez elle, mais je l'ai retrouvé chez nous,* ne laissaient plus guère de doute sur ce sentiment-là.

Odile, soudain, fit un bond.

« Eh bien, que m'arrive-t-il ? On m'aime ? » fit Louis, à demi étouffé, tamponné en pleine bouche devant une matrone du marché en train de pulvériser de l'eau fraîche sur un moutonnement de chrysanthèmes blancs.

Point de commentaires : Odile n'en faisait guère. Elle avait seulement une certaine façon de pencher la tête, de la frotter à l'épaulette du veston.

« Vicieuse ! Intéressée ! Perfide ! » dit encore Louis, parodiant la litanie conjugale.

Hanche contre hanche, tempe contre tempe, ils restèrent un instant immobiles dans ce décor un peu funéraire de floralies hivernales. Louis s'était rembruni et suivait des yeux deux lycéennes aux jupes identiques à celles de ses filles. La perte de ses enfants, pour lui, c'était de loin le plus grave et pour Odile, sûrement, une victoire ambiguë. Elle souriait avec gravité. Que Louis se fût enfin décidé, elle en était tout exaltée, mais aussi un peu honteuse, voire inquiète : comme si maintenant de celle qui prend à celle qui garde, de fille en femme, elle venait de changer de rôle, de se substituer à cette Aline dans la défense d'un droit fragile :

« Allons ! »

Louis repartait, d'un grand pas saccadé. Peut-être au passage achèterait-il un bouquet de roses de Noël. En tout cas il descendrait les marches du métro, il enfilerait le couloir, il s'emparerait d'un coin de wagon, il en sortirait pour remonter la rue avec une assurance forcée. Et de bout en bout, sans avouer un instant qu'il songeait aux dégâts, il continuerait à tenir Odile par le coude — comme le faisait jadis son père, libraire à La Baule, quand il menait sa gamine à l'eau, bombant ce torse dont le poil noir commençait à se faufiler de blanc.

Et une fois dans le studio de la rue des Laitières, il essaierait, en se jetant sur elle, de garder cet air vainqueur, de proclamer en silence : *Ça y est ! J'ai tout cassé pour toi. Qu'importe l'injustice à l'égoïsme du bonheur ?* En vain. Dans son acharnement même, il y aurait ce souci d'effacer ces vingt ans où, sept mille fois couché avec sa femme, il ne prévoyait pas que grandissait ailleurs une petite fille destinée à regarnir son lit.

17 novembre 1965
20 heures

Sa tête éclate, ses pieds lui font mal. Demi nue, les coudes aigus, les côtes sèches comme un clavecin, la hanche si plate que l'élastique de la culotte n'y creuse pas de sillon, Aline se sent os et comme assortie à la raideur de ce bois de lit qui ne sera plus conjugal. Elle vient de prendre quatre comprimés d'aspirine; elle a, pour les faire descendre, bu au robinet du lavabo deux lampées tiédasses à goût d'eau de Javel. Puis toujours incapable de s'asseoir, elle a continué à rôder dans sa chambre. Elle a murmuré devant le spectacle offert à la glace de son armoire en bouleau de Norvège : *Evidemment !* et pour ne plus se voir elle a ouvert la porte, laissant béer des rayonnages au contenu réparti en piles rigoureuses.

« Evidemment, c'est sa seule excuse ! » ose-t-elle préciser

Très haut. Trop haut. Des excuses, Louis en aurait-il d'autres ? Aux oreilles d'Aline ne cessent de bourdonner les commentaires de la tribu, aigre mélange où elle a sa part : *On ne va pas le soutenir, mais avoue que tu n'as jamais su le prendre.* Echo modéré, familial, d'un avis plus net exprimé un soir derrière la haie du jardin : *Il cavale, c'est vrai, mais il faut reconnaître que comme emmerdeuse...* On n'est jamais sans torts, n'est-ce pas ? On est toujours coupable d'être trahie. La famille elle-même... Oh ! Elle fera bloc. Elle en remettra contre le gendre. Mais le statut de la fille, qui s'était jadis un peu aventurée, qui s'était finalement bien placée, va en prendre un bon coup.

« Tu ne t'imagines pas, a dit la mère, l'effet produit à Chazé par ton divorce. La moitié des gens m'évite. Les autres me tendent des mains molles ou me crient : *Vous n'allez pas laisser faire ça !* Et comment l'empêcher si, toi, tu n'y arrives pas ? Louis me rirait au nez. Quant à ses parents, je leur ai écrit, ils n'ont même pas répondu. Ce sont des incroyants, eux : ils n'y voient pas scandale.

— Si même ils ne s'en réjouissent pas, a dit Annette. Ils l'ont sur le cœur, ton mariage express. Vingt personnes m'ont répété la fine plaisanterie de ton beau-père le jour de tes noces : *Jolie brunette, oui ! Mais ne coupons pas le mot en deux.* »

Aline tourne. De ceci, comme de cela, soufflé par l'un, soufflé par l'autre, de la chronique provinciale dont elle se croyait libérée et qui lui monte un pilori, elle ne peut plus rien ignorer. Le pire pourtant est venu de Ginette : *Je te l'avais bien dit que ça finirait comme ça.* Le mois passé, elle haussait les épaules en assurant : *Il n'osera jamais,* et Aline y souscrivait elle-même. Mais c'est vrai que Ginette l'a cent fois bousculée. Voilà plus de dix ans elle les dénonçait déjà, les signes avant-coureurs : l'irritation facile, le baiser rare et parfois furtivement essuyé, une certaine façon de ne plus voir, de ne plus entendre, de ne plus toucher, d'être absent dans la maison même, une inattention entrecoupée de fleurs, de cadeaux-excuses, un souci de maigrir, d'adopter des pulls, une allure, une coiffure, un langage de garçon. Elle les dénonçait déjà quand Aline n'y voulait voir que la chance de posséder un homme resté plus fringant qu'elle. Une chance dangereuse, certes. Transformable — et bientôt transformée — en son contraire. Mais nier les choses semble un moyen de les écarter ou de leur laisser le temps de redevenir ce qu'elles devraient être ! Forte de cette illusion on attend, on supporte, on plaide le moindre mal. Une femme très abîmée près d'un homme presque intact peut se dire que le temps égalise assez vite. Malgré cent scènes — pour garder la face (et la perdre un peu plus en croyant la sauver) —, n'a-t-elle pas, cette sotte d'Aline, tout toléré : que Louis s'en aille, qu'il revienne, qu'il reparte pour rentrer dans la huitaine ou dans le mois, comme s'il était représentant ou officier de marine ? Et quand les passades se sont muées en « habitude » au bénéfice d'une seule, plus dangereuse de ce fait que vingt autres, n'a-t-elle pas voulu y voir un signe avant-coureur d'affaiblissement chez une forte nature ? Au sein des pires bobards on osait penser qu'un mari, qui se donne la peine de mentir, prouve ainsi qu'il tient encore à sa femme, que dans le partage de son temps sans cesse rétréci pour la légitime, il peut lui garder l'essentiel : quelque chose comme ce qui distingue le domicile de la résidence secondaire ? Ce vœu secret : *S'il fait l'amour ailleurs, que par moments du moins il me fasse la tendresse !*, ou cette apostrophe vingt fois lancée : *J'attendrai que ça te passe,* Louis ne les réfutait pas. Entre deux scènes, il gardait la lèvre facile; et même de temps à autre, au hasard d'une nuit rallumé, reprenant son dû sans essuyer de refus, remettant sa marque sur un bien dédaigné, trompant la seconde avec la première, il lui arrivait d'honorer le contrat. Par pitié peut-être. Par prudence. Ou encore à titre gracieux, pour régler l'hôtesse. Pour se satisfaire au plus près. Pour remplacer l'autre, absente ou cinq jours par mois empêchée.

« Et tu acceptes ! Moi, je me sentirais déshonorée », criait Ginette, suzeraine bien entraînée de son file-doux.

Aline tourne, tourne, avec rage, sans penser à mettre sa robe de chambre. *J'ai perdu ma dignité pour rien. J'ai été aussi lâche que dupe.* Il l'avait pourtant assez répété, Louis, qu'il ne divorcerait pas, pour ménager les enfants. C'est tout juste si ce bourreau ne parlait pas de sacrifice, ne se posait pas en victime de la paternité. Certes, depuis deux ans, il était devenu moins catégorique. Et surtout depuis six mois. Depuis la scène de la valise. Encore une belle sottise que cette scène-là ! Quelle preuve d'ailleurs, sauf un ragot de voisine, qu'Odile soit vraiment venue raccompagner Louis jusqu'à sa porte ? Intolérable, certes, l'incursion dans le domaine réservé. Mais douteuse. Motif insuffisant, en tout cas, pour se mettre à hurler, à bourrer ses affaires dans la grande valise des vacances, à traîner le tout dans la salle en continuant de crier : *J'en ai assez, je pars. Débrouillez-vous avec votre père !* Encore heureux qu'une heure plus tard, dans le métro, elle ait revu l'éclair d'intérêt luisant dans l'œil de Louis, par ailleurs fort digne, jouant les calmes et les désolés ! Encore heureux que la ramenant, tambour battant, à Fontenay, son amie Emma lui ait fait comprendre quel incroyable atout elle était en train d'offrir à son mari :

« Tu es folle ! Il n'a plus qu'à sauter au commissariat pour faire constater l'abandon de domicile. »

Aline tourne. C'est depuis lors que tout a changé. L'empoignade du retour, la vraie crise de nerfs qu'Aline s'est offerte, les larmes d'Agathe, l'embarras de Guy, les réticences de Rose aggravées par l'imprudence de sa mère décidant d'aller coucher chez les filles pour les soûler toute une nuit de jérémiades, la ruine du mythe des absences laborieuses de papa — ainsi devenues découchages —, l'engagement progressif des enfants dans ce hargneux quotidien, leur division, c'est sûrement ça qui a fait déborder le vase, amené Louis, au terme d'un nouvel éclat, à s'interroger à haute voix :

« Je voulais épargner les Quatre. Mais vraiment je me demande s'ils ne seraient pas moins choqués par une séparation. »

*

Aline s'est arrêtée pile. Et voilà, c'est fini, Louis va disparaître tout à fait. Depuis deux mois, il n'envoyait plus que des cartes aux enfants. Depuis deux mois Aline n'a reçu, elle, que ce papier bleu apporté par un huissier bossu aux paupières entortillées comme son jargon. Ce papier bleu qu'elle vient de cueillir au vol sur la table de nuit. Qui tremble dans sa main. Qu'elle relit en grelottant du menton, l'œil noyé dans le galimatias :

A la requête de M. Davermelle Louis Georges Philippe, demeurant à Fontenay, 36, rue Nestor, pour lequel est élu domicile chez maître Solfrini, avoué près le tribunal de grande instance de Paris... et en vertu d'une ordonnance rendue sur requête par M. le président du tribunal... l'huissier soussigné, commis à cet effet, donne sous pli fermé, conformément à la loi, citation à ci-après nommée, qualifiée et domiciliée, à comparaître en personne, pour répondre devant lui aux griefs exposés...

Ah ! les griefs exposés ! On ne se méfie jamais assez de ce qu'on fait, de ce qu'on dit. Le monstre, il a tout noté, tout exploité, provoquant au besoin une femme à bout de nerfs pour la coincer sur-le-champ :

... Et l'exposant se voit dans la pénible nécessité de déposer à l'encontre de son épouse une demande en divorce à l'appui de laquelle il articule et offre de prouver les faits suivants :

1° *Depuis plusieurs années dame Davermelle, prétextant les absences normalement professionnelles de l'exposant, le reçoit à chaque retour par des bordées d'injures, le harcèle de soupçons, de récriminations injustifiées, se refuse à son affection, le rabroue devant ses enfants, ses amis, ses voisins, dont beaucoup peuvent témoigner qu'elle a devant eux traité son mari de « père indigne » et de « lève-la-patte ».*

2° *A maintes reprises dame Davermelle n'a pas hésité à nuire à son mari dans l'exercice de son métier. Ainsi le 18 janvier, elle lui a fait perdre une importante commande en répondant à un client venu la proposer à domicile : « Caltez ! Les trafics de mon salaud, je m'en fiche ! » Item, le 2 février, l'exposant, qui n'avait pas ses clefs, a dû attendre sous la pluie, en compagnie d'un ami, durant vingt minutes, que sa femme daigne lui ouvrir en jetant pour toute excuse : « Si ta vie est un mauvais feuilleton, moi, j'étais en train d'en écouter un bon »...*

Et caetera. Des « violations graves des devoirs entre époux, rendant intolérable le maintien du lien conjugal », quatre pages de jargon en énumèrent assez — sur la foi des copains — pour satisfaire un juge. Mais si deux ou trois ne sont pas absolument fausses, toutes sont distordues, excessives, dignes du dernier alinéa qui, pour conclure, retourne la vérité comme une peau de lapin :

3° *Après tant de vexations, d'avanies et à son grand regret, l'exposant, pour protéger son travail, pour assurer sa dignité comme la tranquillité de ses enfants, a dû se résoudre à envisager une séparation...*

Alors là, vraiment... ! Aline soudain se jette sur sa robe de chambre, enfile les deux bras à la fois, noue la ceinture d'un coup sec. Elle a oublié d'enlever ses escarpins. Elle se lance sur le palier, elle dégringole l'escalier sans y prêter attention. Elle saute dans la salle où retentit une fusillade de western. Elle pique sur l'auto-portrait de Louis accroché à un clou doré par un cordonnet vert. Elle le retourne face au mur. Puis se penchant sur le poste de télévision, coupant le son et en même temps le discours du chef Sioux, réduit à un numéro de sourd-muet, elle se campe devant les enfants.

*

Léon a son costume gris. Cravaté de bordeaux et ses bas de pantalon découvrant des chaussettes de même couleur, il est assis dans le grand fauteuil en face de l'écran. Mais il est tout de même anormal que, derrière ses lunettes, ses paupières ne battent plus. Agathe, qui vitulait sur le divan, s'est redressée d'un bond et ce qu'elle a dans le blue-jean, ce qu'elle a dans le chemisier en partie déboutonné, comme ses pieds grouillant de doigts sur le tapis, sa tignasse, sa bouille fraîche percée d'yeux lavande, tout est en train de frémir. Mais Rose, les deux mains aux tempes, n'a pas bougé de la table où elle potasse, enveloppée dans sa blouse. Quant à Guy, le philoméniste, il considère avec insistance, parmi d'autres, la boîte d'allumettes bulgare qu'il a ramenée de l'école. Ces deux-là font grande attention à ne pas sembler faire attention.

« Je reviens du Palais, dit Aline. C'est officiel maintenant; votre père nous abandonne. »

Sur le *nous*, déjà racoleur, on enchaîne aussitôt :

« Bien entendu, c'est à moi que vous êtes confiés.

— C'était bien le moins ! » lance Agathe de sa petite voix de mésange.

Elle s'approche et un bras d'Aline la cerne aussitôt. Mais les autres n'ont pas pipé. Le jour où sur un talus Aline a froissé de la tôle et pulvérisé les vitres de son ID, n'ont-ils pas forcé les portières à demi faussées pour assaillir leur mère indemne d'un grand saute-au-cou ? Le nouveau désastre est pourtant sans commune mesure avec l'autre.

« Vous pourriez peut-être vous intéresser à ce qui vous arrive, reprend Aline. C'est grave.

— On sait, dit Rose. Papa nous a téléphoné. »

Ce qu'il y a de terrible avec Louis, c'est qu'il devine tout : la scène, il l'a prévue, il l'a désamorcée. Aline, qui lisse de la main les cheveux d'Agathe, sa fondante alliée, Aline croit devoir s'arracher un soupir :

« Je n'aurais pas cru qu'il vous lâche sans combattre. Apparemment vous ne l'intéressez guère. »

Mais qu'ont-ils donc ? Les voilà tous debout.

« Ce n'est pas ce qu'il m'a dit, coupe Guy qui a laissé tomber une boîte d'allumettes et qui l'écrase par mégarde.

— A moi non plus, dit Rose. D'ailleurs avant de partir, il m'avait demandé mon avis.

— Le mien aussi, avoue Léon en se détournant.

— Votre avis ! » jette Aline, médusée.

Autour d'elle, à bout de cou, se braquent ces têtes inégales, aux yeux, aux cheveux, aux expressions, aux sentiments différents, mais toutes signées par l'oreille Rebusteau à lobe attaché ! Aline réfléchit, se reprend, se commande très vite. Les avis des enfants doivent rester secrets. Attention ! Il ne faut surtout pas, en leur demandant ce qu'ils ont répondu, sembler en faire cas. Attention ! Ce n'est pas seulement cette maison gagnée par lui, ces objets choisis par lui qui assurent la présence, la puissance du déserteur; mais deux ou trois, au moins, de ses habitants.

« Et toi, murmure-t-elle, la main dans la main d'Agathe, ton père t'avait aussi consultée ?

— Il sait trop bien ce que j'en pense, dit Agathe. Il ne s'y est pas risqué. »

Devant des visages fermés, Aline retient sa respiration. Maintenant que les voilà sous sa garde, se risqueront-ils, ceux-ci, si longtemps abusés par l'affection, à contrer ce bon exemple ?

« Le pauvre homme, murmure-t-elle, il a décidément tout le monde contre lui, même ses amis.

— Qui ? » fait Rose.

Elle ramasse nerveusement livres et cahiers, sans doute pour filer dans cette chambre qu'elle tolère si mal de partager avec sa sœur. Ce sera une bonne chose que d'y laisser régner Agathe seule, de vider l'atelier désormais inutile, pour installer Rose parmi ses coquillages. Léon vient d'étendre le bras pour rétablir le son et se réfugier dans une palabre de calumets, moins pénible que celle-ci. Guy, lui, dérive vers la porte, au lieu de se mettre à réviser ses math. Ce n'est pas le moment de sévir. Du calme, Aline ! De l'indulgence. Pour préparer le nettoyage de souvenirs, la mise en condition qui amènera doucement ces demi-orphelins à s'admettre comme tels. Aline rougit un peu en s'entendant plaider.

« Vous aimiez votre père, c'est normal. Vous avez

autant de mal que moi à vous résigner, c'est normal. Mais ce serait tout de même trop injuste de me faire payer votre déception. »

Rose est sortie, mais du couloir où elle a un instant suspendu son pas, elle répond sans hésiter :

« Ne nous fais pas non plus payer la tienne. »

Guy s'est éclipsé. Léon pique du nez. Agathe elle-même paraît gênée. Il est heureux que la pendule Louis XVI, douée comme sa donatrice — la belle-mère — d'un timbre pointu, vienne de sonner sept heures. Aline émigre vers la cuisine, pensive, dolente, soutenue par Agathe dont la ferveur est grande, mais pas au point de se laisser embaucher pour la corvée de frites. Agathe se contentera de faire asseoir maman, de lui apporter les deux kilos de pommes de terre emballées dans la résille de plastique vert du supermarché, de sortir l'éplucheur du tiroir. Déjà, comme faisait son père, elle embrasse sa mère dans le cou, près du lobe de l'oreille, en soufflant :

« Allons ! Ne reste pas dans ta tête. »

C'est une expression de Louis dans une bouche du même modèle. Le derrière rond d'Agathe, empaqueté dans ce bleu délavé parcouru de piqûres blanches, disparaît dans le vestibule. Dans sa maison pleine d'enfants dont elle attendait qu'ils fissent le carré autour d'elle, Aline est seule. Dix-sept, quinze, treize et demi, neuf, ils ont tous l'âge de raison, donc celui de lui donner raison, comme de combattre avec elle. Mais non, en ce moment précis où elle aurait tant besoin d'eux, Aline est seule. Elle gratte une pomme de terre avec fureur. Elle n'a pas été à la hauteur. Elle a eu tort de décourager sa mère et ses sœurs, qui voulaient passer la soirée à Fontenay, réunir une sorte de congrès solennel et sévère pour rendre détestable cette date aux enfants. Elle a eu peur de trop les choquer et voilà qu'ils ne le sont pas assez.

« Attends un peu, mon bonhomme ! »

Dieu merci, personne ne l'a entendue, personne ne l'a vue larder la pomme de terre, traversée de part en part. La pomme de terre : une Rosa bizarre qui a le tort d'être en forme de cœur. Imbécile de Louis ! Qui ne sait pas qu'on le hait parce qu'on l'aime. Imbécile d'Aline ! Qui ne sait pas que c'est à la fois ce que Louis considère comme le plus naturel et le plus insupportable si cela comporte des droits. Je ne t'aime plus, tu m'aimes encore, fatalitas ! Nous ne pouvons ni l'un ni l'autre faire autrement. Pour répondre à tant de générosité il n'y a pas d'hésitation possible. Les enfants, c'est tout ce qui lui reste, mais Aline les a, Aline les tient : dans ce cadre familier où leurs habitudes, leurs horaires comptent autant, sinon plus, que les grands-parents, les tantes, les amis, les voisins (qu'on triera soigneusement). Les lèvres minces d'Aline se pincent si fort qu'il en reste un simple trait rouge, tiré de biais par un sourire froid. D'après maître Lheureux les enfants ne peuvent témoigner en divorce et c'est très bien ainsi. Mais les enfants témoignent toujours des leurs, plus tard, dans leurs affections comme dans leurs choix : c'est un autre procès plaidé au jour le jour où Aline sait bien qui sera leur conseil.

18 novembre 1965

Léon, qui souvent révise en marchant, est chez lui : son pas régulier, balancé depuis une heure entre porte et fenêtre, fait crier une mauvaise latte du parquet. C'est sûrement Guy qui prend un bain : il a toujours fait claquer l'eau comme un canard. Allongée sur son lit face au mur, tournant le dos comme d'habitude, Rose continue de lire. Agathe, qui vient d'ouvrir sa mallette, d'en tirer son fameux cahier à couverture de moleskine rouge, que nul n'a jamais eu le droit de feuilleter, utilise une fois de plus ce petit stylo à capuchon d'argent reçu pour ses quinze ans du grand-père Davermelle et qui, bon en français, ne vaut rien en math. Un bout de langue en coin de lèvres et respectant la raie rouge de la marge, respectant les points, les accents, l'orthographe, bouclant ses O, ses majuscules, elle tire du bleu, de ligne en ligne :

18 novembre 1965. Voilà, c'est fait, papa nous a quittés. Il paraît qu'il a dit à Rose : « Je me sépare de votre mère, pas de vous. »

La famille, c'est un tout : je ne vois pas la différence.

Rien ne sera plus comme avant. Une maison a quatre murs et un toit a deux pentes. Nous quatre, nous étions les murs : papa et maman, c'était le toit. La moitié du toit vient de tomber et le soir, quand je rentre, j'ai honte, comme si j'habitais une ruine, comme si le trou se voyait.

Ce que je comprends le moins, c'est que nous soyons déjà divisés : en papiens *et* mamiens, *comme dit Guy.*

Pour moi, c'est clair : je reste où j'étais, avec maman qui, elle, n'a pas changé. J'aime bien papa, mais s'il ne vit plus avec maman, il devient forcément beaucoup moins mon père : une sorte de masculin qui refuse son féminin. Déjà, quand il revenait, ces temps derniers, je n'osais plus l'embrasser comme avant : je me sentais coupable envers ma mère. S'il faut choisir, je la choisis, elle. Papa ne peut pas s'en plaindre : c'est lui qui a commencé par choisir une autre femme.

La clochette du dîner tinte au pied de l'escalier. Rose ferme son livre et sort, sans un mot, mais gonflée de soupirs. Agathe remet le cahier dans la mallette, prend la petite clef toujours suspendue à son cou avec ces deux médailles qui se chauffent entre ses seins au bout d'une fine chaînette. Un tour à gauche, un tour à droite. La mallette, qui contient aussi le carnet de caisse d'épargne, six pièces de cinq francs en argent, un louis, une broche, cent vingt francs en petites coupures, une pochette pleine de cartes postales et de lettres, une autre pleine de photos — dont trois sont litigieuses —, la mallette au trésor disparaît sous le lit.

28 novembre 1965
9 heures

QUAND Louis, assez peu rassuré pour s'être fait accompagner par son ami Gabriel Beaumonge, le parrain de Léon, se fut arrêté devant le 36, le fait de ranger sa voiture à deux mètres du portail pour laisser le passage aux vélomoteurs des enfants —, puis le coup de chapeau de M. Giboux sortant du 38, sa question rituelle : *Madame Davermelle va bien ?*, lui firent un instant oublier la situation. De la poche droite de son gilet il sortit sa clef et, sans même regarder, l'enfonça dans le trou de la serrure. Elle y pénétra bien, mais sur le coup de pouce à gauche refusa de faire son bruit familier, mi-huileux, mi-grinçant.

« Ils l'ont encore trafiquée ! » grogna Louis.

Ce n'était pas la première fois : une bande de gosses, où Guy figurait peut-être, avait déjà bloqué les portillons avec des clous tordus. Mais la tache rouge de la boîte tranchant sur le vert foncé du panneau fournissait une autre explication : une nouvelle serrure, posée de la veille et simplement passée au minium, attendait le coup de peinture :

« Elle n'a pas perdu de temps, fit Louis. Me voici dehors. Et dire que je me suis crevé durant quinze ans pour payer cette baraque !

— Tu l'as beaucoup désertée », dit Gabriel.

Louis se contenta de sourire. Compter sur Gabriel, c'était forcément s'exposer à son rude arbitrage de veuf, horrifié par le divorce, ce veuvage volontaire qu'il avait tout fait pour retarder. Il serait toujours aussi raide que le sapin bleu, garni de branches rigoureusement égales et qui, planté huit jours après la naissance de Guy, rappelait le planteur à son passé. Cependant prisonnier du dehors comme le sapin l'était du dedans, obligé de sonner pour franchir la grille, Louis ne parvenait pas à s'y résoudre. Il enrageait. Le jardin — son jardin — était défiguré par de vraies congères de feuilles mortes. Les troènes n'avaient pas été taillés. L'herbe étoilait la mignonnette. Les rosiers-boules, *la Reine blanche, la Dame de cœur* drageonnaient à qui mieux mieux.

« On voit que l'extérieur, c'était ton domaine », dit Gabriel, appuyant sur le bouton.

*

En vain, d'abord. Il y avait beaucoup trop de bruit dans la maison. A l'étage, Rose s'était une fois de plus prise de bec avec Agathe qui, à peu près nue et campée depuis une heure devant la glace de la salle de bain, s'épilait les sourcils. Léon, l'oreille collée contre un transistor aux piles expirantes, commentait les nouvelles sportives, hurlait à tue-tête pour se faire entendre de sa sœur, comme lui membre du Club de Fontenay :

« Gamichat, en 10' 3", je l'aurais parié ! »

Aline, contrainte au bricolage — pour qui les fils

n'ont pas les mêmes dispositions que les pères —, pestait ferme en essayant de remboîter à coups de marteau une chaise mise à mal par Guy, maniaque du balancement. Ce fut seulement le second coup de sonnette qui la fit s'encadrer, échevelée, au troisième carreau du vantail de droite de la cuisine, son poste d'observation habituel, au ras du brise-bise. Et, tout de suite, Aline, oubliant l'ordonnance, se mit à rêver. Il revenait ! Après la comédie de la semaine passée, au Palais, il revenait. Profitant de son dimanche, Gabriel, l'excellent Gabriel, qui n'avait jamais pris parti pour personne, sauf pour le ménage, était arrivé, au bénéfice de son filleul, à traîner Louis jusqu'à Fontenay pour tenter une véritable conciliation :

« Tu attendais Parrain ? demanda Léon, glissé derrière sa mère.

— Après tout, dit Aline — poursuivant son idée et la raccordant à de récentes indications fournies par son avocat —, si ton père ne m'assigne pas, au bout du mois, tout tombe à l'eau... Vite, Léon, va ouvrir pendant que je me repeigne. »

Le chauffage était-il reparti, qu'il fît si chaud dans la maison ? Elle criait : *Agathe, Rose, Guy !* déclenchant au premier, secteur des filles, une cascade de *Qu'est-ce qu'il y a ?*, jetés du haut de la rampe. Elle se brossait les cheveux, hâtivement, avec la brosse à habits. Ainsi, au dernier moment, il avait renoncé et, se sentant fragile, il s'était fait accompagner par un tiers. Il n'avait pas tort, les choses étaient allées trop loin pour qu'on ne lui en tînt pas rigueur. Le recevoir, d'accord. Lui redonner son atelier, lui remettre la nouvelle clef de la maison, d'accord. Mais contre une amende honorable, des regrets, des résolutions exprimées devant tous, enfants compris. Et contre une lettre de rupture avec *l'autre :* une lettre bien sèche, qu'Aline fignolerait elle-même, qu'elle expédierait elle-même en recommandé, après en avoir — on ne sait jamais — pris photocopie.

« Salut ! »

Louis entrait le premier, tapait des pieds sur le paillasson, enlevait son manteau, l'accrochait, comme avant, au champignon central de la patère, pointait le nez, comme avant, avec un léger reniflement (blâme pour l'odeur, pour ce relent de friture dont Odile assurait qu'il imprégnait toujours son manteau). Abusée par une aisance mal jouée, Aline déjà détestait l'envahisseur et les bonds de la marmaille sortie de partout, dans l'état où elle se trouvait. Agathe seule, hâtivement enfouie dans un survêtement vert aux initiales du SCF, tendait une joue réticente. Rose, deux fois deux, posait comme des ventouses de gros baisers suceurs. Guy, en slip, prenait le relais, attaquait fougueusement, ceinturait de bras et de pattes maigriottes ce père scandaleux qui osait dire calmement :

« Eh bien quoi, les enfants, vous n'êtes pas habillés ? Quatrième dimanche du mois, de 9 à 9, c'est jour de visite. On va chez grand-mère, rue Vaneau. »

Le château de cartes s'effondrait.

« Mais tu ne m'as pas prévenue ! » fit Aline, blême et s'appuyant des deux mains contre le mur.

Loin de renoncer, le monstre, il était là, fort de ses droits, dont il exigeait à la première occasion et à la minute près l'exécution. Circonstance aggravante : il arborait tranquillement un pull-over naguère tricoté par Aline. On quitte sa femme, on garde son chandail et la laine ne vous démange même pas. Autre circonstance aggravante : sans plus s'occuper d'Aline et suivi des enfants il pénétrait dans la salle, considérait son portrait retourné d'un air amusé, mais fronçait les sourcils devant la cloison d'en face où un rectangle de papier plus foncé rappelait le souvenir d'un tableau disparu. Dans l'entrée Gabriel essayait d'embrasser Aline, en murmurant :

« Voyons, c'est automatique, ton avocat aurait dû te le dire... »

Aline le repoussait, en grinçant :

« Tu l'aides, maintenant ?

— Je te connais, j'essaie de t'empêcher de faire une bêtise. Réfléchis à ce qui peut arriver si, dès le départ, tu donnes à Louis l'occasion de déposer une plainte en non-représentation. »

Traître ou non, Gabriel avait raison. Mais un autre danger se précisait : par la porte vitrée, elle le voyait, Louis, interroger Rose en pointant le doigt vers le mur.

« Dis-lui d'attendre dehors, reprit Aline. La loi ne m'oblige pas à le recevoir, que je sache ! »

Mais Louis revenait déjà, le front bas :

« Qu'as-tu fait de ma grande toile ? »

Aline hésita, puis choisit la provocation :

« J'ai des comptes à te rendre ? Si tu n'es plus chez toi, je suis chez moi.

— Tu as la jouissance de la maison, c'est tout. Tu ne peux rien vendre. Je tenais à cette toile, tu le sais; je n'ai jamais voulu m'en séparer. Si tu l'as vendue... »

Guy ayant sûrement tout raconté, Aline se mit à hurler :

« Oui, je l'ai vendue. Je n'avais plus un sou et nous sommes cinq à table, figure-toi. »

Les enfants s'étaient réfugiés dans l'escalier, sauf Agathe, accourue en flanc-garde auprès de sa mère.

« Je t'ai envoyé ta pension », dit Louis, détachant les mots.

Mais Aline, déchaînée, se retournait vers Gabriel :

« Parlons-en de la pension ! A ce tarif-là il va falloir nous réduire de moitié. On le fera, puisque Monsieur nous abandonne. Mais ce qui a été dépensé, il faut bien que je le règle. Je n'ai pas d'avance, moi. Je ne lui demande pas, moi, ce qu'il a fait du compte en banque et du coffre. Je lui fais confiance : il a dû prendre ses précautions.

— Passons pour cette fois », dit Louis, fouillant la poche droite de son pantalon pour en retirer sa pipe, qu'il se planta dans un coin de bouche avant d'ajouter à la cantonade : « Habillez-vous les enfants, et, désormais, soyez prêts quand je viens vous chercher.

— Et si tu ne viens pas ? fit Aline, la lèvre tordue, les ongles plantés dans le molleton de sa robe de chambre. Ils attendront ton bon plaisir, au garde-à-vous, toute la journée ? »

Regard brûlant contre regard froid. Puis un œil d'Aline se ferma. Elle n'était pas certaine de réussir une scène, édifiante, éclatante, vengeresse. Si Agathe n'avait pas bougé, la chère petite, Rose et les garçons galopaient vers leurs chambres. Résignation n'est pas consentement et mieux vaut décider ce qu'il nous faut subir. Louis était dans son droit : au moins de l'autre côté de la grille.

« Les jours où je ne pourrai pas venir, je préviendrai, disait-il.

— Voyons, sois raisonnable ! » murmurait Gabriel.

L'autre œil d'Aline se ferma. Statue un peu poussée — mais bonne à voir — de la mère aux sept douleurs, elle soupira dans les cheveux de sa fille :

« Va, ma chérie. Je préviendrai ton amie. »

Se détachant d'Agathe, elle ajouta avec une morne satisfaction :

« Elle était invitée chez les Boiloux et Léon devait courir un quinze cents à Montreuil... Enfin ! il faudra bien qu'ils s'habituent à perdre un dimanche sur deux. »

Puis elle tourna le dos pour aller s'enfermer dans la cuisine.

*

Pour aller s'embosser derrière le brise-bise. Pour s'associer, les yeux secs, aux premières gouttes d'une nouvelle ondée. Pour regarder Louis talonner l'asphalte et essayer d'allumer, machinalement, une pipe vide. Pour pincer le nez au déboulé de Guy jailli du sous-sol et claquant vivement la portière, sans se retourner. Pour hausser les épaules à l'apparition de Léon, qui prenait bien vite son parti d'une course manquée, comme à l'apparition de Rose, assez téméraire pour s'asseoir à côté de son père, donc à la place du mort, du mort-vivant, dans cette voiture où sa mère ne monterait plus. Pour sourire de l'attente imposée par Agathe, lente et boudeuse, traînant les pieds, ne se décidant à monter à l'arrière, à se renfoncer dans un coin, qu'après avoir trois fois agité la main. Pour se courber, pour se couper en deux au moment du démarrage. Pour se relever soudain et, traversant le couloir, aller jeter son alliance dans la cuvette des cabinets dont la chasse retentit comme une cataracte dans le silence de la maison vide.

Pour se retrouver enfin dans sa cuisine et constater, en enfilant un gant de caoutchouc, qu'un mince rond de peau blanche persistait à son doigt. Pour enfiler, songeuse, le second gant et se mettre en fin de compte à nettoyer le four de la cuisinière... Tromperie, abandon, divorce, trahison des siens, tout peut arriver à une femme. Mais quand la tête lui tourne, quand le cœur lui manque, la ménagère survit à son ménage et ses mains continuent.

28 novembre 1965
midi

DANS la chambre contiguë, ex-chambre de Louis, qui s'y servait encore, à l'occasion, de son lit de garçon ou de son vieux chevalet, une partie de ping-foot faisait rage, filles contre garçons, sous l'arbitrage du père — qui, en même temps, crayon en main, croquait le tout.

Les cris, les talonnades, les shoots des uns expédiant la balle à tout va dans les buts des autres assourdissaient Mme Davermelle qui, digne, couronnée par une savante mise en plis mauve, assise en majesté sur le bord d'un fauteuil, démêlait de la laine en démêlant plus vaguement ses idées. Les enfants faisaient vraiment beaucoup de bruit, on aurait encore des mots avec la voisine du dessous. Mais les pauvres chéris, en ce moment, que leur dire ? Ils avaient paru étonnés des cadeaux de leur père, quatre montres, offertes comme ça sans raison, sans fête ni anniversaire ni même un bon carnet de notes pour prétexte. Fernand n'avait probablement pas tort de penser que ce n'était pas très souhaitable de marquer le coup, de faire songer à une sorte de consolation. En tout cas, malgré les cailles flambées, malgré la tarte Tatin, le grand-père, lui, ne retrouvait pas le sourire. A petits coups de paupières vite relevées, vite rabattues, Mme Davermelle le voyait bien le cher homme ! Ni accablé ni dolent, certes : il savait se tenir. Mais jaune comme en crise de foie, raide comme en crise d'arthrite. Son fils lui en avait fait trop voir. Refuser la pharmacie pour faire les Beaux-Arts, glisser de la peinture à la décoration, passe ! Ramasser Aline, cette pie-grièche, pour aller très vite roucouler ailleurs, passe encore ! Le divorce même, Fernand n'était ni pour ni contre. Il l'avait dit cent fois : *Je n'imagine pas le mien. Je ne suis pas curé pour l'interdire aux autres.* Aline, elle-même, il ne l'aimait, il ne la défendait guère. Mais quatre enfants, que diable ! Louis cassait la famille.

« Je vais voir mon four », dit Mme Davermelle.

Murmure gratuit, simple rappel d'existence qui n'exigeait pas de réponse, mais seulement ce battement de cils, ce signe amical d'un lecteur absorbé par l'annotation d'un bouquin pour tout autre que lui indigeste : *la Théorie des psychotropes.* Sur ses chaussons discrets Mme Davermelle disparut, pour revenir presque aussitôt. A califourchon sur sa chaise cannée, son mari n'avait pas bougé. Il annotait de plus belle. Il dit pourtant sans lever le nez.

« Désormais, Louise, on ne les aura pas souvent. »

Réflexion retenue, propos rare, ellipse : il fallait déchiffrer le reste sur ce visage encadré par un collier de barbe saillant comme une mentonnière et articulé sur les tempes avec un casque d'épais cheveux gris dissimulant le sonotone.

« Nous les aurons deux fois par mois jusqu'au jugement, reprit Mme Davermelle. Après, ça dépendra d'Aline. Si elle retourne dans son pays, Louis lui-même ne les verra pas facilement. Il aurait dû y penser. »

A Louise le soin de dire les choses, en articulant bien; à Fernand celui d'exprimer le doute d'un oscillement de la main. Ainsi cinquante ans plus tôt opinait déjà devant ses bocaux ce pharmacien peu causant qui avait fini par épouser sa préparatrice.

« Ça dépendra aussi de la jeune personne », ajouta la vieille dame d'une voix feutrée.

Sa main tâta sa précieuse coiffure, puis se remit à trier de la laine. Qui serait le plus dangereux ? Les Rebusteau, ces provinciaux, au bénéfice de qui risquait de se renverser la situation ? Ou cette fille qui, au bout de cinq ans, venait d'arriver à ses fins ?

« De toute façon, reprit Mme Davermelle, Louis est bien content de nous avoir. Il m'avouait son embarras tout à l'heure. Que faire des gosses ? Il ne peut pas les traîner toute la journée dans Paris sans laisser entendre que son domicile, pour l'instant, est inavouable. L'idéal, bien sûr, serait d'égayer leur jour de visite; mais ils sont d'âges trop différents pour s'accorder sur le zoo, le match ou le cinéma. Et puis ils sont quand même un peu déboussolés. Ici, au moins, ils se sentent à l'aise. »

Elle se tut. La tête grise virait pour présenter de face un nez tranchant, perché au-dessus de moustaches où filtrèrent quelques mots :

« Devant eux pas un mot, surtout, contre leur mère !

— Je crains que ce ne soit pas réciproque », dit Louise Davermelle, en se détournant.

Le téléphone sonnait. Elle se leva lourdement, s'approcha de l'appareil posé sur le guéridon Louis-Philippe; et tandis qu'elle écrasait l'écouteur sur l'améthyste de sa boucle d'oreille, ses yeux se plissèrent, sa bouche s'inquiéta, se desserra autour de son dentier pour dire un peu trop haut :

« Oui, maître, mon fils est là. Je vous le passe. »

Puis elle murmura un peu trop bas pour le sourd :

« C'est Grancat. Il pourrait tout de même appeler ailleurs. »

*

Comme elle le craignait, les Quatre, alertés par le mot *maître,* avaient brusquement cessé de jouer. Le regard en dessous, ils feignaient de s'intéresser au croquis abandonné par leur père et où figurait une Agathe aérienne, folâtre, bien différente de celle qui, méfiante, renfrognée, s'abritait maintenant derrière le dos de Léon, comme si on l'avait attirée dans un traquenard.

« C'est bien toi », dit Mme Davermelle, lorgnant le dessin.

Le visage enduit d'un lénifiant sourire, elle se morfondait, elle aussi. Les réunions de famille allaient devenir commodes ! Agathe prenait bien vite parti. Le plus étrange, du reste, était de voir sa bouille — signée Louis — toute fripée d'inquiétude pour sa mère, quand Rose — réplique d'Aline — essayait de sourire à son père accouru près de l'appareil et peu soucieux de tamiser sa voix :

« Une seconde, je prends mon carnet et tu me dictes le texte.

— Qui m'aide à mettre le couvert ? » fit la grand-mère pour éloigner son monde.

Ils suivirent tous, mais ne furent qu'oreilles en tirant du buffet ces assiettes à fleurs que, pour une fois, ils posaient en silence sur la table de la salle à manger, séparée du vivoir par une cloison mobile qui hélas ! était ouverte. Ils le voyaient bien, leur père, la tête couchée à gauche, le récepteur coincé dessous, griffonnant péniblement ce qui grésillait pour lui seul dans l'ébonite, mais que le commentaire, si bref fût-il, laissait bien deviner : *C'est un peu sec, non ?... Tu ne veux pas que j'arrondisse ?... Enfin ! Tu sais mieux que moi, je te fais confiance.* Ils les voyaient bien, leur grand-père, là-bas, dans son coin, comme auprès d'eux leur grand-mère, comme chacun des frères et sœurs, participer à un vrai festival de têtes de bois. Mais Louis semblait ne s'apercevoir de rien. *Bon, je recopie et j'envoie ça tout de suite. Faut-il recommander ?* De guerre lasse, Mme Davermelle, sans explication, repoussa la cloison mobile : juste au moment où Louis, quittant l'appareil pour tendre à son père une page arrachée de son carnet, s'entendait dire :

« Ça, non. Je n'ai pas d'avis. Fais-en ton affaire. »

28 novembre 1965
21 heures 5

ALINE, derrière le brise-bise, surveille la nuit finement rayée par la bruine où se délaie la lumière fade de trois réverbères.

« Patience ! Ils ne sont pas loin », dit Emma.

Aux obligations de ce premier jour de visite, Aline n'avait pas pensé; ni sa sœur de Paris, ni sa sœur de Créteil. Emma, si. Emma pense toujours à tout. Elle est arrivée à cinq heures, avec sa gamine. Elle s'est même excusée :

« J'avais des devoirs à corriger, sinon je serais venue plus tôt. J'étais sûre de vous trouver dans cet état-là. S'il fallait que j'envoie Flore à son père... »

Flore a levé le nez, étonnée. Nul n'ignore que sa mère l'a eue d'un collègue guinéen quand elle était institutrice à Conakry; qu'elle l'a soigneusement élevée pour elle sans s'occuper plus longtemps du monsieur.

« Vous ne faites rien, Aline, a repris Emma. On dîne entre filles. Je me charge de tout. »

Femme seule, c'est une vraie sœur de charité pour

femmes seules : avec une véhémence de propos qui ravigote. Emma n'a guère que des amies séparées ou en instance de l'être, le plus souvent recrutées parmi les mères de ses élèves. De remarque anodine : *Comment se fait-il, madame ? On ne voit jamais le papa,* en réponse gênée : *C'est que, madame, nous-mêmes, on ne le voit pas beaucoup,* elle est vite embusquée à la sortie de l'école, s'apitoyant sur la maman, peu à peu confessée, prêchée, prise en main : *Les pauvres ! Elles se défendent si mal.* Emma sait tout : les lois, les droits, les coûts, les formalités, les adresses; elle n'est jamais si heureuse qu'en parvenant parfois à coincer un affreux, ce terme s'étendant du reste aux époux qui le sont sans conteste comme aux maris susceptibles de le devenir.

Particulièrement déçue ce dimanche par la sottise d'une de ses protégées — *vous savez, la mère du petit Gonzague, figurez-vous qu'elle a repris son ivrogne* —, Emma a enfilé d'autorité le sarrau d'Aline. Elle a battu, retourné, plié l'omelette au jambon en prenant grand soin de ne pas rayer la poêle de teflon — *ce que les hommes font à chaque coup quand ils s'en servent.* Après les crêpes, après le café, elle s'est jetée sur la lavette, en faisant remarquer que, *c'est une règle, dans une maison où l'argent file aux gueuses, il n'y a jamais de machine à laver la vaisselle.* Enfin, à neuf heures cinq, elle s'est embossée à la fenêtre près d'une Aline hérissée qui regarde incessamment sa montre :

« Il faudra avertir Louis d'avoir à ramener désormais les enfants à l'heure. Mais surtout, eux, ne les secouez pas. »

Aline ne répond pas. C'est la première fois que les Quatre lui sont tous ensemble sortis de dessous l'aile. Elle imagine le pire. L'accident. Le rapt. Elle écarquille les yeux. Un siècle s'est passé quand, dix minutes plus tard, elle s'écrie enfin :

« Les voilà ! »

*

Louis vient en effet de les déposer au coin de la rue pour s'éviter le détour du sens unique, et les Quatre s'avancent à la file indienne dans l'ordre inverse de leurs dates de naissance.

Guy, tête nue, son cache-nez et son imper sur le bras, longe le bord du trottoir et saute de dalle en dalle en évitant de marcher sur les raies. Il y réussit bien d'ordinaire. Quel autre souci lui fait donc rater une fois sur deux son coup ?

Suit Rose, empaquetée au contraire dans sa gabardine, à capuche rabattue sur cette idée fixe : *Est-ce vraiment fichu ?* qu'elle a en dernière minute glissée dans l'oreille de sa grand-mère.

Suit Agathe, sous sa pèlerine transparente : cloche de plastique froissée, dont ses jambes battent le bourdon.

Enfin, Léon ferme la marche, sérieux, neutre, campé au milieu de l'asphalte et, d'un doigt, essuyant ses lunettes.

Ils ne se parlent pas. Ils ne se rapprochent pas les uns des autres. Mais courbés en avant, ils démarrent tous en même temps sous l'averse qui, soudain, succède à la bruine et, précédés par la flèche mouillée du chat renonçant à ses amours, ils se ruent sur le portillon; ils escaladent en deux enjambées les six marches, ils tapent des pieds sur le paillasson; ils déboulent dans le couloir, puis dans la cuisine où leur mère est comme empalée sur son indignation :

« Et alors ? crie-t-elle. J'allais téléphoner au commissariat.

— Votre papa ne vous a pas raccompagnés ? » dit Emma.

Rose a compris. La mère Valdoux, tiens donc ! Elle bougonne, en repoussant la porte :

« Papa nous a laissés au coin de la rue. Et puis, quoi ! On n'a pas cinq ans. »

Léon salue sommairement de la main, dit *Bonsoir !* d'une voix creuse. Il est le seul homme de la maison désormais. L'exemple de son père, impavide parmi les cris, l'a depuis longtemps convaincu. Que la mère tempête ou que la pendule sonne, il suffit d'opposer aux décibels une surdité polie. Il file, tranquille, sur les talons de Rose. Mais Agathe, à qui ne viendrait pas une seconde l'idée qu'on ose s'en prendre à elle, retire ses bottillons boueux pour les passer sous le robinet. Aline voudrait hurler : que ça bouche l'évier, que personne ne l'a embrassée, qu'on la traite en quantité négligeable. Elle ne peut pas. Elle ne peut rien contre Agathe. Elle regarde Emma qui la regarde aussi, les sourcils haut relevés, insistants, pour conseiller la paix. Mais Aline est trop survoltée pour rater le point faible où décharger sa foudre. Voilà Guy, trop dansant, trop satisfait de sa montre et qui dit naïvement : *Vise le truc : c'est papa qui me l'a donné.* Voilà ce petit bougre qui parle de son père, qui ressemble à son père si fort qu'on dirait qu'il le fait exprès. Ce nez, ces yeux, ce menton, cette montre... Si c'est papa qui lui donne tout, tant pis ! C'est Guy qui va trinquer.

« Toi, au lit ! »

Coup d'œil de Guy au cartel électrique qui, en principe, lui accorde encore vingt minutes.

« J'ai dit, au lit ! brame sa mère fonçant sur lui.

— Voyons, Aline ! »

Trop tard : l'intercession d'Emma ne la retiendra pas. Droite, gauche, ça part, ça claque, ça donne du cramoisi sur deux joues innocentes. Aline elle-même, ses bras et sa colère aussitôt retombés, en reste médusée. Guy se sauve en piaulant, incapable de comprendre que ce n'est pas lui, mais son père qui par procuration vient d'être giflé. Agathe, qui n'en doute pas, hausse ostensiblement les épaules et, sur ses bas, émigre à son tour. Les doigts dans les cheveux soigneusement décrêpés de Flore, Emma murmure :

« C'est malin! Vous cherchez à le braquer ou quoi ?

— Au moins, il n'osera plus me parler de son père ! » jette Aline avant de s'effondrer en larmes sur la table.

Mieux vaut laisser couler la fontaine. Il était entendu qu'Aline devait être tendre, devait gémir une phrase du genre : *J'ai passé une bien triste journée sans vous, mes chéris.* Mais les réflexes des abandonnées sont imprévisibles. Au moment où elles ont le plus besoin de se faire aimer, elles se vengent de l'absent sur n'importe qui. Emma, là-dessus, a douze ans d'expérience. L'insupportable très vite vous rend vous-même insupportable. Il faudrait enseigner aux victimes que plus elles crient, plus elles effarouchent les sympathies, plus elles absolvent ces bourreaux souriants qui par comparaison semblent trop mesurés pour avoir tous les torts. Se défend mieux qui se tait, calcule, s'organise...

« Au fait, dit Emma, le quatrième dimanche tombe le 26, lendemain de Noël. Donc pas de visite : la première moitié des vacances est à vous. »

Aline renifle, mais se relève, intéressée :

« La seconde moitié est à lui. Il aura le Jour de l'An. »

Hoquet. Elle gémit :

« Les enfants ne pourront pas me souhaiter, dès minuit, la bonne année... »

Mais Emma poursuit son idée.

« Ne deviez-vous pas aller à Chamrousse ?

— Avec quoi ? » fait Aline qui n'a pas encore compris.

Emma va fermer la porte. Elle revient, elle chuchote :

« Ça vaudrait le coup d'emprunter, de vendre une bague, un meuble, n'importe quoi. Réfléchissez. Vos enfants ne sont jamais allés aux sports d'hiver. Ils s'en faisaient une joie. Si vous devez couper les vacances de Noël en deux et au surplus décompter le trajet, vous ne serez pas plus tôt arrivés à Chamrousse qu'il en faudra repartir. Demandez à Louis de vous céder ses jours.

— Il refusera, dit Aline.

— Parfait ! lance Emma. Les enfants lui sauront gré de les avoir privés de neige. »

Et, dans un petit rire, elle abat ses cartes :

« D'ailleurs, s'il accepte, il ne sera pas plus blanc. Les enfants penseront qu'il se désintéresse bien vite d'eux... Vous dites ? »

Aline a murmuré quelque chose d'inaudible, qu'un sourire complice exprime plus clairement. Cette Emma ! Elle exagère souvent. Elle ne pardonnera jamais aux hommes d'avoir été obligée de s'adresser à l'un d'eux pour devenir mère; et ce d'autant moins que pour son seul plaisir il lui en faut encore consommer quelques autres. Mais dans la pratique elle est parfois de bon conseil.

« Ce n'est pas tout ça, reprend Emma, il faut que je rentre. Vous, Aline, si vous m'en croyez... »

Aline la devance :

« Oui, dit-elle, je vais aller voir le petit dans sa chambre. »

AVRIL 1966

7 avril 1966

DÉBORDANT de son gémissant fauteuil d'osier, Mé était à sa place sous le sophora taillé en ombrelle, au bout de ce jardin dominant à pic une Argos trouble, tachée de vieux nénufars effrangés et lessivant mollement de longs bancs verdâtres, filandreux, entre lesquels affleurait de-ci, de-là, le fugitif dos gris d'un gardon. Pé aussi était à sa place, assis sur le mur de soutènement, haut d'un petit mètre côté salades, mais de trois et demi côté rivière où le dévoraient scolopendres et giroflées sauvages. Au-dessous le bateau, pas écopé depuis quinze jours et dont le caillebotis flottait sur une bonne couche d'eau sale, avouant l'importance des récentes giboulées, tirait sur sa chaîne cadenassée au bas de l'échelle de fer. Mais M. Rebusteau, l'œil vague, ne regardait rien : ni l'Argos qui s'engouffrait à droite sous le pont de la vicinale, ni à gauche les arbres encore nus du parc du marquis, ni même sa fille plantée sur le sablon et qui venait de dire :

« A propos, le jugement a été prononcé lundi. J'ai gagné.

— Ça, pour gagner, grogna M. Rebusteau, à qui perd gagne, on ne fait pas mieux !

— Ça non, on ne fait pas mieux ! » fit Mme Rebusteau, en écho.

Criarde ailleurs, fort soumise à Chazé, Aline ne craignait guère sa mère; bonne cassandre à l'aise dans la prédiction du petit malheur — renchérissement du veau, nocivité d'un courant d'air — et qui n'était plus devant les grands fléaux qu'une brebis du Seigneur stupéfiée par son injustice envers ses fidèles Rebusteau. Mais Léon Rebusteau, aussi régisseur à la maison qu'au château, inspirait à sa fille une affection craintive. Certes, elle savait garder son quant-à-soi. Elle avait mal pardonné certain propos, émis la veille de son mariage : *Aline a trop de chance : son polichinelle, elle méritait de l'élever toute seule.* Elle ne digérait pas la colère qu'avait piquée son père, lors des vacances de Noël, après avoir lu la lettre dictée à Louis par les avocats : *Allez vous faire voir, ma chère ! Je ne rentrerai jamais. Vous savez bien que j'ai refait ma vie...* Le cou, les pommettes, les oreilles violettes, auguste et définitif, ne s'était-il pas écrié :

« C'est indigne ! Non, Aline, tu ne te serviras pas de cette lettre de complaisance. En la produisant, en ne faisant pas tout ce que tu peux pour éviter le divorce, tu t'en rends complice. »

Il avait même ajouté froidement :

« Et qu'est-ce que tu me racontes ? Tu devais aller à Chamrousse ? Tu as changé d'avis quand ton mari t'a prévenue de son intention d'aller exercer sur place son droit de visite ? Tu aurais dû au contraire saisir l'occasion pour essayer, loin de sa maîtresse, de te rabibocher avec lui. Tu ne devais pas renoncer pour une question d'argent. Je ne suis pas riche, je ne vois pas souvent les enfants, mais je me serais volontiers imposé un double sacrifice. »

La mère elle-même, si proche du père, si pétrie des mêmes préjugés, en était restée médusée, avait trouvé le courage d'opiner :

« Enfin, Léon, qu'espères-tu ? Comme dit le vicaire, il n'y a aucune possibilité d'annulation en cour de Rome. Mais Aline a le droit de se défendre. Il suffit qu'elle ne se remarie pas. »

Encore heureux que ni l'un ni l'autre n'aient appris la vérité ! A savoir que Louis, en éventant le piège, en proposant de se trouver à la station dans un autre hôtel, avait aussi offert de payer; qu'Aline l'avait vu venir, le malin, rêvant sans doute d'improviser hors des jours légaux des rencontres sur les pistes avec les enfants, en l'absence de leur mère peu soucieuse de mettre le pied sur une latte; qu'Aline avait donc menti à tout le monde en inventant une invitation pressante de la famille, une quinzaine de consolation mutuelle à Chazé, où Louis ne s'aventurerait pas. *Se défendre ?* Voilà, elle se défendait. Elle n'avait pas voulu le divorce. Il *avait* divorcé, lui. Elle *était* divorcée, elle. Nuance ! Elle n'acceptait pas de se sentir coupable. Le Sacrement ? Bien qu'ayant cessé de pratiquer depuis son mariage, elle n'y était, certes, pas indifférente; mais c'est avec les Quatre qu'elle en demeurait gardienne. Et puis franchement le divorce avait bien quelques avantages... Toucher son dû — son maigre dû — au lieu de quêter misérablement à chaque apparition de Monsieur, ne plus avoir besoin de ses avis, de sa signature, ne plus se mépriser, ne plus attendre pour rien, se comporter en chef de famille, découvrir l'autonomie, ce n'était pas négligeable. Un affreux, en vous portant le dernier coup, parfois vous rend service.

« J'ai vu les carnets de notes, dit M. Rebusteau. Ils ne sont pas fameux.

— Le contraire serait étonnant, fit sèchement Aline. Les enfants sont très perturbés. »

Regrettant son aigreur, elle se rapprocha et mit la main sur l'épaule de son père qui, visant les nénufars, lançait nerveusement de petits cailloux. Le patriarche, si sûr de lui, voilà qu'il se plaignait :

« Trois filles, trois échecs ! Tu te retrouves séparée. Ginette malmène son minus. Annette n'en a même pas trouvé un. »

Que répondre ? Choisissant de subir, de mater ou de fuir, les filles de ce régisseur de père étaient mal préparées aux équilibres conjugaux. Mais Pé changeait de sujet :

« C'est vrai, ce que dit ta mère ? Tu envisages de revenir ici ?

— Elle pourrait envisager..., rectifia Mme Rebusteau.

— C'est la même chose », trancha M. Rebusteau.

Ballon d'essai. Récupérer au moins une de ses filles — toutes montées à Paris, avec entrain, dès leurs vingt et un ans —, c'était le rêve de la mère. Les parents en avaient sûrement discuté entre eux. Comme Aline elle-même avec les Quatre, pas chauds.

« Ça me paraît difficile, dit-elle. Il y a un problème de lycée. Et un problème de logement : je ne peux pas m'installer chez vous avec ma smala. Mais surtout l'avocat craint que Louis n'en profite pour faire réviser la garde en invoquant la distance, les visites impossibles. Je croyais que, mauvais époux, il serait aussi mauvais père, qu'il se fatiguerait vite. Pas du tout. Vous n'imaginez pas à quel point il peut me harceler.

— Ça prouve qu'il aime ses enfants, dit M. Rebusteau.

— S'il les voit peu, il l'a voulu, et il en souffre, c'est justice, reprit Aline, hargneuse.

— Moi, ce qui me révulse, c'est l'idée qu'il pourrait les emmener chez cette fille », dit Mme Rebusteau.

Le régisseur se leva brusquement, l'air inquiet :

« Que savent-ils d'elle, exactement ?

— Tout, dit Aline. Il fallait bien que je les informe. Si ça se trouve, dans six mois, elle sera leur belle-mère.

— Non, reprit M. Rebusteau, cette femme ne sera jamais leur belle-mère. Une belle-mère, c'est la seconde femme d'un père veuf... Enfin, j'espère que tu as averti les enfants avec précaution.

— Il suffisait de leur faire lire la lettre de Louis, dit Aline, sans sourciller.

— La lettre ? Tu as fait ça ? »

M. Rebusteau s'empourprait. Mais Aline, décidément majeure, se mit à crier :

« Enfin, papa, ce qu'il m'a écrit, qu'on le veuille ou non, c'est la vérité ! »

D'étonnement son père en retomba assis sur le muret.

« La vérité, c'est vrai ! marmonna-t-il. Mais les enfants ont droit à ce qu'on l'habille. »

Sermon. *Ecoute-moi, ma petite fille...* Aline connaissait l'exorde. Elle connaissait aussi la suite, cette tirade de manuel : *Il est indispensable qu'un enfant garde bonne opinion de ses parents, même fautifs; qu'il ne participe jamais à leurs discordes; qu'il conserve une égale tendresse pour son père et sa mère, chacun ménageant l'autre pour être lui-même ménagé...* Aline laissait passer. Une égale tendresse ! Pour le coupable et pour l'innocente ! Pour l'absent comme pour la présente ! La fille observait du coin de l'œil le visage de sa mère, rond, fêlé de rides, encadré de cheveux cireux tirés sur les oreilles et dont les paupières décemment chues vibraient de réticences. Qu'il lût l'Evangile au lutrin, selon le nouvel usage, ce saint homme de Chouan, parfait ! Mais que, de l'intransigeance sur les principes, il pût glisser dans la pratique à l'indulgence pour le réprouvé, allez comprendre ! Pour une faute de jeunesse — qu'il n'était plus du tout de mode maintenant de considérer comme une faute — l'avait-on assez maltraitée ! Un homme ménage toujours un peu les autres hommes; et ce n'était pas la péroraison de grand-père qui la ferait changer d'avis :

« Tout à l'heure j'ai fait écrire aux enfants une carte collective. Question de correction. Sur le fond tu sais ce que je pense de ton mari. »

Le coup d'œil de sa fille ne sembla pas l'émouvoir. Il se redressa, talonnant la terre :

« Quant à ton retour ici, malgré l'envie que nous en avons, je te le déconseille. Tu n'y serais pas vraiment mal accueillie...

— Mais je ne serais pas à l'aise, je sais, figure-toi !

— Je vais jusqu'au tennis », dit Léon Rebusteau, partant droit devant lui.

Une minute coula. Trois canards domestiques, croupionnant de concert, apparurent sous le pont. Un peu plus loin, à l'endroit où se coudait l'Argos, un rat d'eau traversa, le nez dans la canetille et un soleil de Jeudi Saint apparut dans une faille bleue, entre deux nimbus. Hélas ! La douceur d'un pays ne déteint pas sur ses habitants. En ville où tout flue, tout change, où les gens vous connaissent moins qu'ils ne vous rencontrent, les voisins ne glosent pas longtemps sur l'échec d'un couple. A la campagne où les familles se comptent comme les maisons, un divorce, même sans l'intervention des cagots, ça fait un trou dans le paysage. Ce ratage introduit la malchance, sinon la contagion. Un homme peut se croire libéré. Une femme fera toujours figure de répudiée. Pour tout le monde il semble qu'il y ait en elle quelque chose qui fait qu'elle n'a pas pu, pas su, peut-être pas voulu retenir son mari. L'infortune devient un état, autour de quoi se dressent, en palissades aiguës, le doute, la vigilance, la commisération. La veille, pour en éprouver les effets, Aline n'avait eu qu'à traverser le bourg avec les siens : un défilé de culs-de-jatte n'eût pas réussi à voiler plus de regards. Pas un bonjour n'avait su éviter l'intonation consolatrice. Les parents se trompaient. Venue à Noël pour semer Louis, redescendue pour les Rameaux, mais forcée de remonter pour livrer les Quatre à Monsieur, le jour de Pâques, Aline ne réclamait pas le droit d'asile.

« Le marquis n'a pas prévenu, mais ça ne m'étonnerait pas qu'il vienne faire un tour », dit Mme Rebusteau.

Pas toujours futée, la mère, mais pourvue d'antennes. Le marquis, justement ! Autre raison de rester banlieusarde. Voilà pourquoi son fidèle sous-ordre était allé faire un tour jusqu'au tennis. Régisseur d'un domaine où le propriétaire ne mettait pas les pieds plus de deux mois par an, il régnait sur huit fermes, il détenait toutes les clefs, il pouvait discrètement faire profiter les Quatre du court, de la piscine, de l'étang ou des bois, quitte à leur faire vider les lieux, en vitesse et bien poliment, si d'aventure la Mercedes du patron remontait la grande allée. *Mais laissez-les donc jouer !*, dirait sûrement ce paternel seigneur qui, enfant, avait couru dans la futaie avec Aline et plus tard, sans insister, pour se faire une idée des choses, glissé la main sous son chandail. M. Rebusteau, là-haut, s'appelait Léon et son épouse,

Sophie; et Mme Davermelle, leur fille, devenue bru de pharmacien, montée d'un échelon en somme — *sur le barreau qu'on sait,* disait depuis dix-huit ans la rumeur —, n'aimait pas dans l'ombre de Léon se faire appeler Aline. Sa position sociale, voilà encore une chose que le départ de Louis remettait en question. Mais trêve de regrets ! Il fallait profiter de l'absence du père pour en venir au but de ce voyage :

« Maman, dit Aline péniblement, je suis très ennuyée. Après le divorce il va y avoir partage.

— Quoi ! fit Mme Rebusteau, joignant les mains. Il n'a même pas l'élégance de tout te laisser ?

— Il dit que c'est déjà bien beau que j'en garde la moitié, puisque je n'ai rien apporté ni rien gagné. »

Fontaine. Une des grandes forces d'Aline avait toujours été de pleurer sur commande, de désarmer son monde. Mais que pouvaient ces larmes en étoilant le sablon ?

« Pour les meubles, c'est déjà grave, reprit-elle, grelottant du menton. Pour la maison, c'est une catastrophe. Notaire, agent immobilier, fisc, comptons un quart de frais. Solde dû au Crédit foncier, un autre quart. Coupons le reste en deux et je n'aurai même plus de quoi m'acheter un studio. Nous sommes à la rue...

— Et tu n'oses pas demander à ton père de t'aider ? Tu voudrais que je m'en charge ? » fit Mme Rebusteau, faiblement.

D'un revers de main Aline s'essuya les yeux. La consternation de sa mère disait assez son impuissance. Elle regardait filer l'eau. Si toute branche est bonne à saisir, quand on se noie, encore faut-il qu'elle soit de taille à soutenir quelqu'un. Mme Rebusteau se tassait dans son fauteuil :

« Ne te fais pas d'illusions, dit-elle. Il faudra vendre. Vous êtes trois filles. Même si tu étais seule, ton père ne pourrait pas à la fois rembourser la part de ton mari et payer les annuités du Crédit foncier. Il a soixante-cinq ans. S'il était fonctionnaire, il serait à la retraite. Il ne peut pas arrêter : le chalet appartient au marquis et nous nous retrouverions, nous aussi, sans maison, avec des économies ridicules... Je ne lui dirai rien. Il se rongerait inutilement les sangs.

— Tant pis ! Je louerai », dit Aline, les dents serrées.

Une maison, elle avait eu une maison. A elle. Alors que ses parents vivaient chez autrui, sa sœur Ginette dans un petit trois-pièces de Créteil, sa sœur Annette dans une chambre meublée. Elle avait été la bien casée, l'enviée, la chanceuse de la famille, et c'était encore Louis, toujours Louis, qui la dépouillait. Le Misérable ! Qui reprend ce qu'il nous donne nous lèse bien plus que s'il n'eût rien donné.

« Remets-toi, voilà les enfants », fit une lèvre poilue cherchant à l'embrasser.

La mère s'était levée sans qu'elle s'en aperçût. Avait-elle jamais su, la mère, ce que c'était que la haine ? Œil pour œil, cadeau pour cadeau, retrait pour retrait. Les enfants, mais oui, Aline lui avait donné les enfants et jusqu'ici elle hésitait, sevrée de bons conseils. Affaire classée : en te les reprenant, salaud, je te léserai bien plus que si je ne te les avais jamais donnés.

8 avril 1966

Il était préférable que la Pintade ne fût pas là pour glousser, charitable : *Eh bien, mon cher, ça te pousse aussi ?* Le fait est que passer l'après-midi chez une petite cliente, la contenir vertueusement dans les limites d'une conversation esthétique et commerciale, gloser sur la couleur des papiers, des tentures, à mettre en accord avec celle du divan — sans faire un pas vers lui de peur d'y basculer —, se sauver en disant qu'on aurait pu, qu'on aurait dû, qu'en d'autres temps c'est une de plus qu'on aurait laissée courbatue, rentrer néanmoins la commande en poche, quitter à six heures l'Atelier Mobiliart pour mettre un libre pied sur la rue Saint-Antoine et découvrir sur le trottoir d'en face Odile en train d'embrasser un garçon d'une trentaine d'années, vraiment, il y avait de quoi se troubler.

Louis ne se troubla pas. Un flot de voitures, déferlant au feu vert, l'empêchait pour l'instant de traverser, mais on venait de pointer le doigt dans sa direction et il était improbable qu'Odile fût en train de désigner son numéro à un numéro deux. Louis leva le bras, ce qui dans toutes les langues signifie : me voilà. Odile leva le bras. Le garçon leva le bras. Bien, ils étaient donc là, eux aussi : ni tendres, ni polis, et l'air plutôt bonasse, se regardant tous deux comme on regarde une pendule. Une seule explication : ce garçon, il était de la famille. Le feu venait de changer. Louis traversa sans hâte.

« Mon frère ! » dit Odile avant de tendre la bouche.

Ouf quand même ! Faire confiance participe toujours de la confiance en soi. Mais durant quelques secondes dans ces situations-là une idée saute à l'autre. Divorcer pour rien, cela s'est vu; il y en a qui ont tout démoli pour se retrouver seuls. (Et seule, après tout, n'était-ce pas ce que devenait Aline ? De cette hantise-là, madame, quand nous déferons-nous ? D'une certaine patience que l'on garde avec vous, ne devinez pas la source.)

« Raymond m'a téléphoné au bureau, expliquait Odile. Je lui avais donné rendez-vous ici. Sa femme et son fils sont à la tour Eiffel. Ils nous rejoindront à la maison. »

Spontané ou provoqué, ce coup de téléphone ? Odile prenait un bras de Louis, un bras de son frère, tractait le tout vers le métro. Louis réprimait une de ces envies de rire qui servent parfois d'alibi à la gêne : *Me voilà libre et l'on accourt pour beau-fraterniser*. En fait Raymond Milobert disait en dégringolant l'escalier de la station :

« Vous êtes artiste, je crois ?

— Ne me flattez pas, dit Louis. Je peins, il est vrai; mais pour vivre je suis décorateur. Vous, si je ne m'abuse, vous êtes ingénieur ?

— Ne me flattez pas non plus, répondit-on modestement. Je serais plutôt conducteur de travaux. »

Ils s'engouffrèrent dans une rame bondée et Louis

s'installa, un genou entre ceux d'Odile. Il souriait. Pas si mal après tout, le fils du libraire. Sur ce ton goguenard, qui avait longtemps servi à désorienter les Rebusteau, on pourrait rompre la glace : une glace devenue banquise depuis le quinquennat. Par sa faute, indiscutablement. Rencontrer une petite provinciale égarée dans une explosion de meubles, la mettre dans les siens huit jours plus tard, lui chercher un job faute de finances pour l'entretenir, lui découvrir par chance un poste de stagiaire dans une maison d'édition, avouer un peu plus tard qu'on a une femme et quatre enfants, conserver la demoiselle en dépit de toute morale et de toute vraisemblance, trouver la chose aussi normale que la famille la trouve scandaleuse, ignorer qu'il existe dans l'indicateur Chaix au moins quatre trains en hiver, huit en été pour La Baule, *dame !*, pour parler local, on ne pouvait s'étonner qu'au rappel de son nom soufflât peu d'enthousiasme sur la Côte de Jade.

*

Pour l'instant ça semblait aller mieux. Mais après un premier effort nul n'en faisait d'autres, la question *Qui récupère qui ?* flottant dans l'air à la ronde. Odile dut crier : *Saint-Mandé, tout le monde descend !*, à l'intention du provincial et glisser dans l'oreille du Parisien : *Sois gentil, tiens-lui le crachoir*, pour obtenir sur le court trajet de la rue des Laitières quelques échanges de vues sur le temps qu'il faisait dans l'Ouest.

Mais l'ascenseur à peine renvoyé, remonta un second chargement de Milobert et *je te présente Armelle, ma belle-sœur, et je te présente mon neveu et je vous présente Louis :* ce dernier pas autrement qualifié, mais observé de la tête aux pieds par une petite dame aux yeux verts et par un gamin roux qui, joints aux précédents, surpeuplaient la moquette, cherchant de quoi s'asseoir dans le minuscule studio d'Odile.

On se casa comme on put, le gosse à terre, le vrai ménage sur deux cubes de plastique, le faux au bord de son divan. Porto, gâteaux. Et bien entendu concerto : *Comment va maman ?... Et papa ?... La librairie marche bien ?... Oh, tu sais, s'il n'y avait pas le scolaire...* Ils étaient déjà tous à La Baule : sauf Louis qui s'enfonçait dans les comparaisons. De Rebusteau en Milobert, était-ce donc là le commencement d'un troc ? Ce qu'il y a d'étonnant dans les brouilles de famille, ce ne sont ni leur nombre ni leur durée; c'est au contraire la facilité avec laquelle tout s'arrange. La fille, vous l'aviez connue seule et comme telle accointée, toute à vous, rien qu'à vous, pour cette sorte d'amour qui se suffit à lui-même, qui ne tient rien d'une famille et qui n'en fabrique pas. Et puis voilà ! Si migrateur qu'on soit, on sort de quelque part : passe un de ses hirondeaux et du vieux nid crotté s'inquiète l'hirondelle. Avant de penser à en construire un neuf.

« Comment allez-vous faire maintenant ? disait le frère à la sœur. Ce sera tout de même petit pour recevoir les enfants de ton mari. »

Sur son mari par anticipation Odile jeta un regard prudent :

« Ça va nous créer des problèmes », admit-elle.

Le tacite a de la force. De ces problèmes-là, très longtemps ruminés, Aline avait tiré au moins trois ans de prolongations. La semaine de Pâques en posait un, plus simple, mais si pressant qu'à son propre étonnement Louis se mit de la partie :

« Pour l'instant, dit-il, je voudrais bien savoir ce

que je vais faire d'eux pendant huit jours. Je ne peux pas prendre un congé. Mes parents sur qui je comptais, abusivement du reste, seront en cure à Dax. Il n'y a qu'une solution : me servir de leur appartement et mobiliser la sœur de mon père, tante Irma, pour nous faire la tambouille. »

A bon entendeur, salut ! Ils arrivaient la bouche en cœur, les braves. Il était bon de leur faire comprendre les difficultés dans lesquelles on pouvait se débattre pour les beaux yeux de la sœur. Difficultés qui ne faisaient sans doute que commencer ! C'est déjà malaisé d'articuler dans le mariage les exigences de deux tribus. Il y en aurait trois, bientôt; et quatre si Madame se remariait. Ce serait un jeu de gènes aussi étonnant que le jeu de gênes correspondant. Mais en face de Louis on béait de gentillesse et de compréhension :

« Si tout était en ordre, disait la belle-sœur, je vous aurais dit de nous les envoyer à La Baule avec Odile. Mais évidemment tant que... »

Pause. Les choses se précisaient. Une date, cher monsieur, nous voudrions bien ramener à La Baule une date. Odile cillait très vite, visiblement anxieuse de l'insistance des siens. On fuit un vieil amour devenu obligation pour se jeter dans un jeune, qui vous piège de nouveau. Mais quand trois cent soixante-cinq fois par an, durant un lustre, le désir, le plaisir, loin de s'éteindre, vous ont fait parvenir à cet état indéfinissable où l'absence de celle-ci deviendrait pire que le manque du drogué, à quoi bon se duper en disant : je suis fait ! Troc entre Rebusteau et Milobert, peut-être. Mais troc, surtout, entre 25 et 42, entre le miel et le vinaigre, entre le pois de senteur et la cosse. Louis se pencha, embrassa une fois de plus Odile sous l'oreille :

« Tout sera réglé en juillet », dit-il.

10 avril 1966
8 heures

La valise est ouverte. Rentrée par le train de nuit (par le train, évidemment, quand on n'a plus de voiture... mais à propos puisque Louis se l'est attribuée, il faudra veiller à ce qu'au partage il en rembourse la moitié), Aline remet ses affaires dans la penderie. Elle accroche sa robe bleue, prend un autre cintre, se ravise, le laisse sur la tringle et revient vers la table de chevet. Cet extrait de jugement arrivé en son absence et qui a été ou va être signifié à Monsieur, elle l'a bien relu dix fois. Trois précieux feuillets ! Un bleu, imprimé passe-partout à l'en-tête du tribunal de grande instance de la Seine : deux blancs, le premier à l'en-tête de la Première Chambre première section, numéroté 21 168, timbré à deux francs cinquante et comme le second dactylographié recto verso. Quatre-vingt-huit lignes : Aline les a comptées. Quatorze *attendus* et notamment : *SUR LA DEMANDE PRINCIPALE DU MARI : attendu que Davermelle a formé contre son épouse une demande en divorce, attendu que dame Davermelle s'est portée reconventionnellement deman-*

deresse aux mêmes fins, attendu que par conclusions signifiées le 18 février 1966 Davermelle déclare n'avoir pu recueillir les témoignages nécessaires et renoncer à faire la preuve des faits par lui articulés...

A renoncé à faire la preuve ! A tout jamais il sera l'accusateur qui se rétracte. Aline se baisse, saisit sa robe grise, va l'accrocher, reprend sa lecture : *PAR CES MOTIFS déclarons Davermelle mal fondé en sa demande...* Vous entendez, les Quatre ? Mal fondé ! Ecoutez la suite : *Et recevant dame Davermelle en sa demande reconventionnelle, prononçons le divorce d'entre les époux à la requête et au profit de la femme...*

Aline va suspendre son châle d'angora. Le meilleur est à la fin, après les clauses de garde et de visite, ces dernières scandaleusement généreuses envers le coupable. Nous disons bien : le coupable, légalement défini, le verbe employé pour ses obligations le proclame : *Condamnons Davermelle à verser à sa femme une pension alimentaire... Condamnons Davermelle en tous dépens.* On sait bien que les tribunaux, même civils, ne connaissent pas d'autre formule, qu'il ne leur semble pas être venu à l'idée d'employer des verbes moins blessants du genre *contraindre, obliger, exiger.* Non, c'est parfait : Louis est un condamné. Ecoutez encore :

En conséquence la République française mande et ordonne à tous huissiers sur ce requis de mettre les présentes à exécution, aux procureurs d'y tenir la main, à tous officiers de la force publique d'y prêter main-forte... Vous voyez bien que le législateur lui-même veut que tout le monde soit prévenu, vous voyez bien qu'il faut que ça se sache ! Aline va ranger ses bas dont deux ont filé. *En conséquence,* il sera bon de laisser longuement traîner ce jugement sur la table de la salle, pour que nul n'en ignore, pour que celui-ci ou celle-là, quand Aline aura le dos tourné, vienne y jeter un petit coup d'œil.

On sonne et Aline, déjà engagée sur le palier, fait volte-face, saute à la fenêtre de sa chambre qui domine la rue. Voilà les invités du dîner rituel de Pâques : œufs mimosa, gigot, haricots verts mis en bocaux à Chazé, tourte aux prunes de conserve, également angevines. Voilà, en même temps, du renfort pour accueillir le non-invité quand il se présentera. Annette, qui, un samedi sur deux, va coucher chez Ginette, accompagne le ménage Fioux, dont les deux fils Arthur et Armand dépassent d'une bonne tête maintenant leur nabot de père. Aline tambourine aux carreaux. Vieux signal : *Montez donc, les filles !* Les garçons vont rejoindre les garçons, dans leurs chambres, au sous-sol. Henri Fioux, qui n'a pas de jardin, qui trouve scandaleux l'abandon des plates-bandes, va se précipiter sur une serfouette et, en bon aide-comptable, semer des carottes ou des petits pois en rangs aussi bien alignés que ses colonnes de chiffres. Ce sera toujours ça de fait.

Déjà l'escalier retentit du crépitement des talons aiguilles. La chambre est envahie. Deux fois deux bises. Sautillent sur le lino, tout ponctué de petits trous, la maigre Annette, la grosse Ginette — assez ressemblantes d'ailleurs pour que Louis pût assurer que la première, passée au gonfleur, ne se distinguerait plus de la seconde. Sautille aussi Agathe, jaillie de la salle de bain pour le congrès des soutiens-gorge. Manque Rose... Mais Rose n'en fait jamais partie.

« Alors, tu vas refuser les enfants ? Tu ne crains pas d'avoir des histoires ? » demande Ginette, très excitée.

S'il est un modèle de symbiose téléphonique, ce sont bien Aline, ses sœurs et ses amies qui du bureau, du café, d'un taxiphone ou de chez elles, à toute heure, assurent les relais de la chronique. Aline, en rentrant, n'a donné qu'un coup de fil : à Emma, pour prendre son avis. La nouvelle a été aussitôt répercutée. Point n'est besoin de convaincre les sœurs, toutes gagnées et qui passeront sur le détail pour lui donner raison. Mais Agathe écoute; et plaider pour son saint, de toute façon, encourage. Aline se lance :

« Léon a une belle angine de Vincent et Guy a la gorge un peu rouge. Ça tombe bien. De toute façon, il faut tenter le coup. La petite est là, elle vous dira elle-même qu'elle en a assez ! Les enfants travaillent toute la semaine. Auparavant, le dimanche, c'était leur dimanche, ils en faisaient ce qu'ils voulaient. Maintenant, une fois sur deux, c'est le dimanche de leur père. Contents, pas contents, il les emmène. Or, aujourd'hui, tombent à la fois Pâques et l'anniversaire d'Agathe. J'ai demandé l'autre jour à Louis de me laisser les Quatre un jour de plus, de venir les prendre demain... Pas question ! Il m'a même crié qu'il regrettait beaucoup d'avoir cédé ses droits à Noël, que je saisissais toutes les occasions pour les lui rogner.

— Ses droits ! dit Ginette. Il a manqué à tous ses devoirs et le voilà carré dans ses droits. »

Agathe se mordille les ongles et il n'est pas sorcier de deviner pourquoi. Tant pis ! Le temps presse et il faut qu'elle soit bien remontée. Les cadeaux, elle les aura quand même; mais la réunion, les bougies, la sauterie avec les copains, c'est fichu. On la fêtera peut-être aussi, rue Vaneau. En tout cas le programme ne supportera pas la comparaison.

« Voir papa, dit-elle, ça ne devrait pas être une punition. »

Aline dédie un tendre coup d'œil à cette bonne enfant. Elle recule vers la fenêtre pour surveiller la rue, comme si l'ennemi était proche :

« J'ai interdit à Louis de venir avant midi. Les enfants ont treize jours de vacances et la moitié de treize, c'est six et demi. Emma a raison : il faut serrer, il faut lasser. Depuis six mois j'ai déjà refusé tout changement de jour, quand on me proposait de troquer un dimanche contre un autre. Désormais, passé dix heures Louis sera réputé manquant. »

De la pochette de son tailleur Aline tire un agenda pygmée, le feuillette :

« Je tiens mes petits comptes. Louis a manqué trois fois, dont une sans prévenir. Il est arrivé deux fois après dix heures. Il ne s'est pas encore avisé de m'envoyer ma pension en retard. C'est presque dommage. Nous avons déjà fait bloquer son compte en banque, jusqu'au partage. Si besoin est, nous pouvons mettre arrêt sur son salaire. S'il ne payait pas et que je porte plainte, il risque même trois mois de prison... Vous saviez ? »

Les yeux d'Annette se sont rétrécis. Ginette, plus coriace, ne dit rien. Agathe retourne à l'onychophagie. Est-ce donc trop ? Jadis en Indochine au temps du Code colonial, on pouvait liquider la congaï et garder les enfants nés de graine blanche. Qu'est-ce que le divorce, sinon le même rejet, suivi des mêmes prétentions sur ce qui vous est sorti du ventre ? Chassez la chienne et vous n'aurez plus de chiots. Coupez le pommier et vous n'aurez plus de pommes. A son grand regret Aline baisse le ton :

« Deux malades. Un refus. On verra bien ce qu'il fera.

— Tu n'empêcheras pas Rose, dit Agathe.

— Qu'elle y aille ! crie Aline. Je ne retiens personne. »

Elle ricane, elle répète :

« Qu'elle y aille ! Ça prouvera notre bonne foi. »

10 avril 1966
matinée

La belle journée ! A huit heures, sur un coup de fil de son frère descendu avec sa femme dans un petit hôtel du XIIe, Odile se laisse convaincre et décide : *Puisque tu reçois tes enfants pendant six jours rue Vaneau, autant que j'en profite pour descendre à La Baule.* Qu'elle ait raison de préparer la suite, c'est sûr. Mais pour la première fois la voilà partie, évadée d'une adorable solitude à deux, dans le souci de la légitimer aux yeux de sa tribu — et les tribus, Louis sait ce que c'est.

A neuf heures et demie coup de téléphone de Gabriel, cette fois embauché par Aline : *Aline me prie de te rappeler que c'est l'anniversaire d'Agathe. Celle-ci tient absolument à le fêter à Fontenay, ainsi d'ailleurs que ses frères et sœur, dont deux au surplus sont souffrants. Je crois que tu ferais mieux d'aller chercher tes enfants demain.* Il a convenu cependant du double vice de la chose : céder, c'est s'exposer à cent autres prétextes; et admettre qu'un anniversaire ne puisse être bien célébré que chez la mère, c'est pour le père accepter un statut inférieur.

A dix heures coup de fil à Grancat. Par chance il a eu peur de la cohue pascale, du massacre routier; il est resté chez lui. Il commence par bougonner : que Louis le tire du lit, qu'il a oublié le complément d'honoraires prévu pour le début du mois. Louis se vexe. Provisions, frais de greffe, droits taxés, exploits, sans compter le reste, lui ont déjà coûté un demi-million. *Cinq mille francs ?* fait Grancat — qui trouve les francs nouveaux moins voyants. *Dans une affaire aussi vite expédiée, où il a fallu presser, prendre un tour de faveur, faire remonter le dossier sur le haut de la pile et conséquemment* « éclairer », *ce n'est pas cher.* Louis change de disque, parle du jugement dont il a reçu signification l'avant-veille et dont certains termes lui sont restés en travers de la gorge. *La forme,* dit Grancat, *la forme ! Je t'avais prévenu. Archaïque, injurieuse, périmée, d'accord ! Nous demandons tous au Palais que ça change. Mais pour l'instant il n'y a pas de divorce-constat en France; il n'y a qu'un divorce-sanction. Qui pis est, nous jugeons sur des faits, non sur leurs causes. L'adultère est un fait, même s'il peut s'expliquer par un long désaccord avec la dame. Elle est ravie, la dame, tu peux m'en croire. Tu es le mouton noir; elle est la blanche agnelle...* Louis en vient au litige. Doit-il passer la main, pour Pâques ? D'avocat, Grancat redevient cousin. Il se fâche : *C'était couru ! Vous avez trop bien raté votre ménage pour ne pas rater votre divorce. Vous êtes aussi emmerdants l'un que l'autre. Ma parole ! La guérilla conjugale vous manque. Vous la continuez sur le dos des gosses...*

Perplexe, divisé, Louis, à onze heures, met son manteau. A onze heures cinq, il l'enlève. A onze heures vingt il le renfile, il saute dans sa voiture et comme il craint d'être en retard il appuie sur le champignon.

Du coup il arrive avec dix minutes d'avance. Sur son coup de sonnette la porte s'ouvre et se referme, laissant seulement passer cette apostrophe :

« Il n'est pas midi ! »

Il y a du monde qui passe et repasse derrière les rideaux. La grosse Ginette, hilare, en soulève un. Léon la remplace, sérieux, montrant du doigt une gorge enveloppée. Admettons. Si Léon est debout, son angine n'est pas grave, mais il est beaucoup trop prudent pour raconter des blagues. Une discussion confuse a lieu près de la porte où la voix de Rose, semble-t-il, se heurte à celle de sa mère... Midi sonne au carillon des voisins, par la baie de leur salon. Toujours rien. Louis resonne. Rien. La discussion s'est élevée au niveau de la dispute. Reste la ressource de répéter le siège de Jéricho en triomphant de l'adversaire par le bruit, en le contraignant à tenir compte des sentiments de la rue. L'hésitation du début a disparu dans l'agacement qui le cède à la rage : climat connu des surenchères. Louis ramasse un éclat de verre et réussit à coincer la sonnette. Il remonte en voiture, s'assoit et par larges rafales appuie sur le klaxon. Les chiens du coin se mettent de la partie. Au 20, au 30, au 33, des poignées tournent et sous les marquises apparaissent des gens qui remâchent les premières bouchées de hors-d'œuvre. Le 38 hurle : *C'est fini, ce boucan ? J'ai un bébé qui dort...* Il n'y aura pas besoin de donner l'assaut, d'escalader la grille. La porte s'ouvre, pour livrer Rose.

« Tu m'as demandé de ne pas venir avant demain ? fait Louis en l'embrassant.

— Moi, non ! » dit Rose, qui n'est pas cafarde.

La cause est entendue. D'une victoire partielle, on pourrait se contenter, quitte à déchaîner demain les autorités, qui en ce jour festoient comme leurs administrés et seront peu enclines à venir prêter main-forte. Malheureusement, si le klaxon s'est tu, la sonnette est toujours coincée et une Aline exaspérée ouvre la fenêtre de sa chambre d'où elle va dominer, comme en chaire, la chaussée et les jardinets. Appel à l'opinion ? Soit ! On voit le bras de Madame plonger derrière elle, tirer à soi une Agathe réticente, mais tout de même offerte aux populations. Aline crie, *urbi et orbi* :

« Elle te demande la moitié du jour de Pâques pour fêter avec nous ses seize ans. C'est même le seul cadeau d'anniversaire qu'elle te réclame. Ça t'est si difficile de lui faire plaisir ?... Vraiment te voilà pris d'une soudaine passion pour les Quatre. Avant le divorce tu ne les voyais pas deux fois par mois...

— Parce qu'il fallait te voir avec ! hurle Louis.

— Laisse tomber, dit Rose, tirant sur le bras de son père. Vous allez dire n'importe quoi, tous les deux. »

Agathe, il faut le reconnaître, est en train de faire la même chose, là-haut. Mais il reste un mystère : où est Guy ?

« Je veux voir les malades, dit Louis, plus calme. Je veux contrôler s'ils le sont vraiment. »

Et aussitôt Aline repart de plus belle, vocifère aux échos :

« Si tu ne me crois pas, va chercher le commissaire. Qu'il vienne prendre leur température ! Mais toi, je t'interdis bien de fourrer les pieds chez moi.

— Tu le veux ! Bon, je vais de ce pas porter plainte.

— Laisse tomber », gémit Rose, insistante.

Que faire d'autre ? Devant Aline, encore provocante, mais déjà blanche à l'idée d'être prise au mot, Louis démarre en trombe et fonce vers le commissariat.

*

Mais dix minutes plus tard il va en ressortir à grandes enjambées, Rose en flanc-garde. Aucune brise ne fait flotter le drapeau sale, qui pendouille au-dessus d'un factionnaire ennuyé. Aucun zèle n'excitait le sous-fifre chargé de la permanence :

« Aujourd'hui, vous savez... »

Et trop d'explications l'ont plutôt fait douter de son devoir :

« Vous dites : deux malades, une présente. Je crois que mademoiselle a raison. Pour une enfant qui manque... »

Mademoiselle, c'était Rose, lancinante, avec ses *Laisse, papa, laisse donc* qui n'arrêtaient pas. Le bonhomme approuvait et, le mégot en coin de bouche, lâchait de la fumée : *Ces histoires de divorce ! S'il fallait intervenir chaque fois pour une visite contestée, nous n'aurions plus de jambes...* Enfin, bousculé, maussade, il a étendu la main en grognant :

« Moi, je veux bien prendre votre déclaration sur la main-courante... Mais, pour prouver le refus, vous avez des témoins ?

— Toute la rue, a dit Louis.

— Une rue, ce n'est pas un nom, a rétorqué ce précis fonctionnaire. Vous avez votre livret ? Vous avez l'extrait du jugement qui vous donne droit à prendre vos enfants ? »

Louis s'est battu les flancs. Le livret ? C'est Aline qui l'a gardé. L'extrait du jugement ? Un texte de trois pages, sur papier fort, format 21/27, qui pense à se balader avec ça, plié en quatre dans son portefeuille ?

« Désolé ! a conclu le sous-fifre, assez compatissant

pour ajouter : *A votre place je ferais faire une sommation par huissier. Mais, le dimanche, les études sont fermées.* »

Voilà donc Louis qui bat en retraite, ulcéré, farouche. Il retrouve sa voiture à trente mètres et part d'un méchant éclat de rire. Il était garé du mauvais côté et un flic de passage, un jour de Pâques, a trouvé moyen de lui glisser une contravention sous son essuie-glace. Mais les petits ennuis guérissent parfois les grands et surtout Rose vient de lui sauter au cou. Louis s'avise qu'elle est fraîche et douce et déjà belle, sa fille, qu'elle sent bon, qu'elle est heureuse d'avoir son père pour elle toute seule. Si elle a tort de ressembler à sa mère, ce qu'elle ressuscite vient d'une Aline lointaine, inoffensive, devenue mythique aux confins du souvenir. Et de cette enfant-là en deux baisers, deux phrases, la même petite bouche mêle tendresse et sagesse :

« Ce n'est pas drôle pour nous non plus, dit-elle. On dirait que maman veut oublier qu'elle nous a eus avec toi. Et pourtant... »

Elle n'a pas quinze ans d'âge, Rose, mais vingt ans de raison. Toute jeune, elle était déjà ainsi, passionnée, exclusive, pleine de jugeote et précocement douée pour le trait. *Et pourtant...* Louis, qui s'engage un peu vite dans l'avenue de Paris, n'a pas pipé. De quiconque, sauf de Rose, il refuserait ce rappel, par délicatesse resté sous-entendu : *Et pourtant vous vous êtes aimés...* Deux poumons pour un souffle, deux parents pour la vie. Si ma mère, si mon père ne sont que les débris d'un couple dispersé, qu'au moins l'amour soit responsable de ma naissance ! Sinon je manquerais d'air... Pour Rose il ne faudra jamais toucher à ça. Pour les autres non plus. Quelle différence après tout entre le choix de Rose, *fille d'un père qui la fit à sa mère,* et celui d'Agathe, *fille d'une mère à qui la fit son père ?* A la dilection près, n'est-ce pas la même chose ? Ceux dont la ville natale a été rasée par la guerre, ceux dont l'acte de naissance présente deux lignes blanches, ils auront toujours l'impression d'être tronqués, de chercher leur commencement. Mais ceux qui l'ont connu et perdu ne seront pas les moins atteints; ils crient à bouche fermée : *Ce dont nous sommes nés n'existe plus et voilà que nous existons moins.*

Louis remonte l'avenue du Trône. Il s'en veut. Il s'est laissé aller. Le genre digne et froid, devant Aline, il aurait dû le conserver. Qu'elle soit enfin pleinement dans son tort, rien de plus soulageant. Mais quoi ? Rose — c'est très défendu — vient de poser une main sur celle qui tient le volant. Elle dit :

« Si grand-père et grand-mère s'étaient séparés quand tu étais jeune, tu te rendrais mieux compte.

— Hein ! » fait Louis.

Déjà son étonnement l'étonne. Si toute comparaison se fait avec notre enfance, il est bien vrai que l'idée lui paraît saugrenue. Ridicule. Mais ridicule pour qui ? Mère à droite, père à gauche et lui-même au milieu, blotti, par grâce, pour cinq minutes, dans la double chaleur du grand lit d'acajou : c'est son plus vieux souvenir; et ce souvenir-là il participe du sacré, comme si le drap brodé de grandes initiales à entrelacs était la nappe d'autel d'un dieu lare en trois personnes. Mais si ça se trouve... Oui, c'est exactement ce dont se souvient Rose.

11 avril 1966

UN œil sur la télé roulante tirée près du canapé, l'autre sur le cours de Monge et Guinchan, Léon recroquevillé dans sa robe de chambre soignait son angine. A son coupé, un match se suit très bien quand on connaît les joueurs aussi bien que le commentateur. Du reste, après un grog bien tassé et un certain nombre de cachets divers, tout se brouillait dans une douce euphorie et Léon en prenait son parti : des couacs de l'amateur de flûte en train de s'exercer au sous-sol comme de la désertion générale. Le chat, Guy, Léon, c'était tout ce qui restait dans la maison.

La veille à pareille heure ils étaient bien vingt à rayer le parquet en cadence : Agathe menant le train et Léon, exempté de trémousse, requis près de l'électrophone. L'oncle Henri, sous prétexte de faire tourner les tantes, leur écrasait les pieds. Lorgnant le buffet, les cadeaux, les accessoires de cotillon, Gabriel faisait des calculs, disait trop haut :

« Ce n'est pas sérieux, Aline, la surenchère ne retient personne. »

Lui parti, la fête s'était prolongée tard dans la nuit,

malgré la fatigue de la mère qui se secouait, qui se frottait les yeux, qui avait grande envie de dormir et de montrer à ses chéris à quel point lui serait toujours léger le sacrifice de son sommeil et de son argent.

« But ! A la trente-deuxième minute, but pour le SCO ! » hurla le commentateur.

La défense enfoncée, devant l'imminence du point, Léon, spécialiste de la chose, venait de rendre le son en tournant le bouton avec son pied nu. De mâle joie rempli, les bras en V, le buteur victorieux revenait vers son camp, se laissait assaillir par les bises des coéquipiers. Des genoux de Léon les sieurs Monge et Guinchan, abandonnés à la page 67, glissèrent sur le tapis. Ce matin, elle aussi, Rose était revenue vers son camp, porteuse d'un message qu'elle avait commencé à lire : *A la demande de Rose, je n'ai pas porté plainte. Mais je le ferai dans une heure si elle ne me ramène pas les valides... Quant aux malades, ils rejoindront aussitôt guéris...*

« Merci, ma Rose, je n'en attendais pas moins de toi ! »

D'une main preste subtilisant le billet, la mère s'était épargné la lecture de la suite ainsi que tout commentaire :

« C'est bon ! Filez, les filles !... Non, pas toi, Guy. Je ne prends pas le risque de te laisser sortir. »

Evidemment elle ne pouvait pas se dédire et Guy, bien content de rester la veille pour la fête, ravi à l'idée de remettre ça rue Vaneau, était allé s'enfermer dans sa chambre. La flûte, torture acoustique, acharnée sur *Le Roi de Thulé* que pour une raison indéterminée sa mère détestait entendre, exprimait sa fureur. Inutile, d'ailleurs : il ignorait qu'entre-temps Gabriel était passé, insistant :

« Aline, j'ai quelques amis chez moi, à midi. Les Dumont notamment. Tu viens déjeuner avec nous... Si, si, tu dois t'aérer un peu. Tu peux bien laisser tes garçons seuls jusqu'à ce soir. Avec les restes d'hier ils ont de quoi s'étouffer. »

Et elle était partie, camouflant mal sa satisfaction, disant d'une voix forcée :

« Après tout c'est vrai, je suis libre. Je vais refaire un peu la fille... Léon, tu surveilleras le petit. »

*

Nouvelle clameur dans le poste : un second but venait d'être marqué... Que la mère eût jadis fait la fille, qu'elle en parlât, même par boutade, qu'elle pût — elle qui recevait peu et sortait moins encore — aller manger quelque part sur une nappe qui ne ferait pas partie de son linge sale, Léon n'appréciait pas. Mais il comprenait bien : parmi les amis, ceux qui restaient capables d'inviter ou de se pointer à la maison devenaient rares; l'exception méritait d'être encouragée. La clameur se prolongeait, se terminait bizarrement par un bruit métallique. Il aurait fallu ramasser Monge et Guinchan. Le bac approchait. Mais ce bruit métallique, joint au renoncement de la flûte... Sapristi ! Le temps d'écarter le voilage, et déjà, le fichu môme galopait au bout de la rue.

*

Pieds nus, déshabillé, incapable d'exposer sa gorge piquée de blanc, que pouvait-il faire, Léon ? Et s'il ne faisait rien, qu'allait-on penser ? Du côté de la rue Vaneau, le fuyard une fois reçu, cajolé, examiné, fuserait le reproche : *Mais ce petit n'avait rien, Léon, et tu le savais !* De l'autre côté, on ne serait pas moins aigre : *Je comptais sur toi et tu le laisses partir. Ma parole tu l'as fait exprès !* Deux fois réputé complice, quand on ne l'est de personne, non et non ! Heureusement douze stations en ligne 1, le changement à Concorde et quatre autres arrêts avant Sèvres-Babylone laissaient le temps de réfléchir et de téléphoner. Afin que rue Vaneau chacun sût son regret de n'avoir pu accompagner les filles, il aurait dû déjà donner un coup de fil.

Nerveux, Léon composa le numéro, se trompa, recommença. A supposer que tout le monde fût sorti, là-bas, que ferait le petit ? Avait-il pensé qu'en ne protestant pas la veille pour se sauver le lendemain il était lui-même fautif ? Allait-il prétendre qu'on l'avait bouclé ? Joli débat, qui en laissait prévoir d'autres : on serait souvent, comme ça, coupés en deux.

« Allô, papa ? »

Encore une chance de tomber sur lui. Léon toussa, trois ou quatre fois, se découvrit une pauvre voix :

« Allô, papa ?... Je voulais te prévenir : ne sortez pas. Maman est absente et Guy en a profité pour filer. »

A l'autre bout du fil on répondait par une question qui trouva bonne réponse :

« Pourquoi veux-tu que je l'en empêche ? Il n'avait pas grand-chose et de toute façon c'est fini. A bientôt ! »

Personne n'était trahi. Gardé à droite, il ne restait plus qu'à se garder à gauche. Léon se mit à feuilleter le mémento téléphonique du clan, hésita entre les deux numéros de Gabriel, le privé et le professionnel, élimina le *PROvence* qui avait toutes les chances d'être bancaire, au bénéfice de *VAUgirard* et tomba pile sur son parrain :

« C'est Léon ! Puis-je avoir maman ? »

Elle accourut dans les dix secondes et, comme prévu, avant toute explication, se déclencha aussitôt le gloussement d'inquiétude : *Qu'est-ce qu'il y a ? Ça ne va pas ? Dis-moi vite.*

« Rien de grave, dit Léon. Je me suis assoupi et en me réveillant je me suis aperçu que Guy s'était sauvé... Tu devines où. »

On s'affola. On gémit : *Mon Dieu ! Ton père va prétendre que Guy n'avait rien, que je le séquestrais.* Mais Léon, abandonnant la voix de fausset, s'en recomposait une grave :

« Veux-tu que j'essaie d'arranger les choses ? Je vais dire à papa que finalement je l'ai laissé se trotter parce qu'il allait mieux. »

Il raccrocha, bon fils, bon frère, deux fois félicité.

11 avril 1966
même moment

Revenue dans la salle à manger où les convives, à trois heures passées, en étaient encore au café, Aline, qui avait refusé de la fine, saisit au passage le verre de Gabriel et l'avala d'un trait. L'appareil se trouvant à côté de la porte, chacun avait pu entendre et comprendre. Mais sauf Gabriel, dont le regard interrogateur ne reçut pas de réponse, personne ne demanda rien. Depuis longtemps Aline connaissait la consigne : un prévenant silence ! Les frasques de Louis, ses amis les avaient connues bien avant elle et sûrement commentées, dégustées, comme ils en dégustaient d'autres, avec les liqueurs. Ils avaient sans doute parié : *Divorcera, divorcera pas.* Mais parmi ces trois ménages quadragénaires, les Dumont, les Bringuet, les Touloux, pas un mari et, chose plus grave, pas une de ces femmes, aussi exposées qu'elle, ne l'avait jamais mise en garde. Tout au plus, voilà une douzaine d'années, entre la naissance de Rose et celle de Guy, alors que leur père manifestait déjà pour sa femme un intérêt à éclipses, celui d'Albert Bringuet s'était-il un moment manifesté. Sans succès. Car enfin le petit jeune homme affamé ne manquant pas, les bajoues de Brinquet n'étaient guère tentantes; et le plus cocasse c'était bien qu'une fois, une seule fois, Aline ait failli se laisser aller, que pour trois ou quatre baisers échangés au fond d'un taxi avec un étudiant pressé, pour une promesse de rendez-vous pas tenue, elle s'en soit voulu comme d'une trahison ! Louis ne méritait pas tant de scrupules.

Retournée à sa place, assise en équerre, Aline ne bougeait plus. Propos décousus, ronds de fumée, tintements de verre, autour d'elle c'était la confusion habituelle : rien qui pût retenir l'attention. Et pourtant elle avait envie de mettre les pieds dans le plat, d'écraser. Parmi ces trois couples, qui aimait qui ? Qui trompait qui ? Dumont couchait avec sa secrétaire, c'était connu. Mais Touloux, Bringuet et les deux autres bonshommes non mariés, invités pour assurer le panache, et Gabriel lui-même, veuf très veuf, mais fondé de pouvoir entouré de jolies dactylos au Crédit lyonnais, combien de mensonges proféraient-ils par jour ? On sait ce qui passe d'eau, de gaz, d'électricité dans une maison. On sait ce que débite un distributeur de bonbons. Chaque fois que les hommes font l'amour, ça devrait s'enregistrer sur un compteur. On n'aurait qu'à relever. On saurait à quoi s'en tenir. Mais voilà qu'à la droite d'Aline on demandait :

« Vous n'avez pas revu Gertrude, votre collègue ?

— Non, dit Laura Touloux, la postière. Elle s'est fait nommer à Brest. Mais j'ai rencontré son mari : il n'a pas l'air de lui en vouloir. »

Qu'il y eût des femmes pour laisser des hommes sur le sable, c'était réconfortant. Pourtant Aline ne put s'empêcher d'intervenir :

« Il est bien bon, dit-elle. Louis m'a quittée et je

vous jure que je ne suis pas près de l'en tenir quitte. »

Qu'est-ce qu'ils avaient tous à baisser les yeux ? Il y a deux sortes d'abandonnées, celles qui pardonnent et qu'on répute connes; celles qui tracassent et qu'on répute garces. Pour le respect de soi mieux valait faire partie du second lot.

« Vous voilà délivrée, tout de même ! fit Laura.

— Délivrée, je veux bien, reprit Aline. Mais soyons franches, je n'ai plus aucune chance de me recaser. Les restes des messieurs qui pourraient s'accommoder des miens ne me séduisent pas. Je n'ai aucun métier, aucun moyen de vivre en dehors d'une pension qui est, somme toute, une forme de la mendicité. Il n'y a pas de quoi pavoiser. »

Pour les présentes, aussi fragiles, la conversation aurait dû devenir insoutenable. Mais non ! Un accident d'auto, un abandon, ça n'arrive qu'aux autres et puisque l'éclopée elle-même parlait de son mal, la politesse n'avait plus à fermer la bouche de personne. Et allez donc ! En trois minutes ces gens mariés faisaient le tour de la question, tous généreux, libéraux, ouverts, je ne vous dis que ça, mais glosant pour la gloire sans en croire un seul mot. Un des célibataires, Samuel, laissait tomber *le droit au bonheur* sur le tapis. Annie Dumont, sûre du sien, l'approuvait, regardant Aline avec sympathie, ne croyant pas pour autant que ceci comportât le droit au malheur du conjoint recalé, puisqu'il redevient libre. Libre, n'est-ce pas ? O sainte liberté ! Vénus un peu Janus redevenant Junon à volonté ! L'autre célibataire, Marc, inquiétait davantage, insinuant qu'après tout le divorce n'existerait pas si le mariage lui-même, concubinage légal, si la famille, cellule provisoire des sociétés bourgeoises... Gabriel lui-même s'en mêlait, prenait feu, se lançait dans une défense passionnée de la famille, disant que la fonction sexuelle peut être aisément séparée de la reproductrice, mais non de l'éducative; que la nécessité d'un territoire, commune à tous les êtres vivants, fonde la propriété et en même temps le socialisme, cet espace vital ne pouvant empiéter sur celui d'autrui; que de même la famille est fondée sur le temps vital nécessaire à l'élevage des enfants; que loin de se raccourcir il s'allonge; qu'au moment où les spécialistes soulignent l'importance des relations d'identification, d'opposition, d'équilibre entre le couple parental et ses enfants, il paraît suicidaire d'attaquer un système naturel pour la seule raison qu'il est pratiqué en système bourgeois. Et la respiration, mesdames, est-elle bourgeoise ?... Toutes choses vraies, mais abstraites et soudain ridicules comme des condoléances. Aline n'écoutait plus. Elle n'était plus de ce monde des ménages, rassurés par l'expression même de leur précarité à quoi, tant qu'ils existent, ils font belle exception.

« A propos, vous savez que la petite Denoux se marie ? »

De noir en blanc. De cendre en flamme. Repartez donc en sens inverse. Aline s'absorba tout à fait. Il faudrait surveiller Guy de plus près. Il faudrait sans doute le punir. Mais comment ? Il faudrait le gâter. Mais comment ? Il faudrait enfin se mieux défendre. Emma ne lui avait-elle pas parlé d'un club de femmes séparées, les *Agars* ? Lheureux était vraiment trop mou. Presque autant que le père qui, à Chazé, avait osé dire : *Au partage, réclame ton dû. Mais rien de plus.* Par courtoisie Aline se contint encore dix minutes, puis se leva, arguant de ses malades.

« La pauvre ! dit Laura Touloux après son départ. Elle se détériore. »

JUILLET 1966

2 juillet 1966

A L'ABRI de la porte capitonnée Louis écoutait Grancat, non sans éprouver un certain agacement. Moins parent qu'avocat — et le tutoiement seul assurant la liaison entre ces deux qualités —, il n'était ni moins coûteux ni plus dévoué qu'un autre. Bien qu'il se fût annoncé, la cousine n'était pas venue saluer le cousin au passage, et la secrétaire l'avait fait entrer, bon sixième, donc longuement patienter dans ce salon mi-privé, mi-professionnel, dont Louis pouvait assurer que, pour ce dernier usage, s'en trouvaient retirés deux très beaux Jacob et quelques bibelots précieux.

« Je me résume, disait Grancat. Les biens de communauté doivent avoir leur valeur maximum au moment du partage. Mme Rebusteau a été maintenue dans les lieux jusqu'à la fin de la procédure; elle ne peut pas s'opposer à la vente. »

Il se détachait, le bon maître, sur fond de bibliothèque bourrée de gros livres de droit. Comme un pharmacien devant ses bocaux. Comme un psychanalyste au bord du divan... En fait de divan il y en avait un dans le coin de la pièce, un divan de secours réservé au petit-fils, et Louis, avec une curieuse mauvaise foi, se demandait si Grancat n'y culbutait pas quelquefois une cliente soucieuse de payer en nature.

« Nous avons été patients. Malgré le blocage du compte, nous n'avons pas répondu par des mesures conservatoires, toujours offensantes. Maintenant il s'agit de savoir si nous pouvons obtenir un partage à l'amiable ou non. De toute façon il y a un immeuble, l'intervention d'un notaire est indispensable. Mais pour s'incruster le plus longtemps possible, Aline peut refuser tout accord, réclamer une expertise et retourner enfin devant le tribunal qui tranchera. Les frais, joints aux dettes, deviendraient tels que, de la maison, il vous restera une brique sur trois. Lheureux sera raisonnable, mais il me l'avouait l'autre jour : *Ma cliente l'est de moins en moins.* »

Encore un procès, encore un jugement. Louis ne comprenait que trop la raison de son hostilité croissante : il ne pouvait plus supporter la vue d'un chat-fourré. Pourtant celui-ci reprenait, finaud :

« Comme date je te propose le vendredi 8, qui convient au notaire. Et je te donne un conseil... Les dames revendiquent férocement l'argenterie, le linge, le mixer, la machine à laver, le cosy, tout ce qui a fait le décor de leur petite vie. Elles songent moins à l'addition. Je ne pense pas que ta nouvelle femme tienne follement aux meubles de l'ancienne. Sois coulant. Pas trop. Juste ce qu'il faut pour te laisser arracher les choses. La liste s'allongera. Aline croira t'avoir eu. Elle signera plus facilement l'accord sous seing privé. Mais la maison vendue, la soustraction faite, tu te rattraperas sur le liquide. »

Conseil un peu nauséeux : la position de Grancat semblait s'être durcie. Mais il s'en expliquait lui-même :

« Reconnais-le, j'ai fait preuve jusqu'ici envers Mme Rebusteau de modération. Elle a quatre enfants, elle a été ma parente par alliance. Aujourd'hui la fermeté s'impose. Tu sais qu'elle m'a appelé ?

— Quand ? fit Louis.

— Avant-hier. Pour m'expliquer tes noirceurs. Pour sauver ses enfants de ta rapacité. Et comme je lui faisais remarquer qu'un avocat n'a pas le droit de communiquer directement avec l'adversaire, elle m'a tout bonnement insulté.

— Il y a d'autres problèmes, dit Louis. Tu sais que j'avais fini par avoir les enfants à Pâques, rue Vaneau. Là aussi, Aline a téléphoné sans arrêt à tante Irma. De ce qu'elle a pu lui raconter tu n'as pas idée ! La tante, excédée, ne décrochait plus. Mais elle a aperçu deux fois Aline qui remontait la rue, qui guettait une sortie d'Agathe. Impossible, Agathe, au surplus ! Ennuyée, soupirante, comptant les jours, sans cesse en bisbille avec Rose, marmonnant des messes basses avec Léon qui voudrait bien ménager tout le monde, mais qui me semble pencher de l'autre côté, parce qu'il fait plus facilement le pacha chez sa mère. »

La tête de Grancat oscillait : façon polie de prendre part à de petits malheurs. Ne perdant pas de temps il parcourait des yeux un dossier ouvert sur son bureau.

« Et depuis que les enfants sont rentrés, tout recommence, continuait Louis. Agathe manque sous tous les prétextes. Léon s'est mis de la partie et je n'ai pas insisté : il révisait son bac. Mais il l'a raté et sa mère soutient que c'est de ma faute. Rose se défend contre l'enjôlement ou la quarantaine. Guy va redoubler : c'est encore de ma faute, bien qu'il en ait sa part. Ce petit voyou ! Qui répond ! Qui se sauve pour venir chez moi ! Je ne dis pas qu'Aline le martyrise. Mais le gosse n'a pas le choix : si tu aimes papa, tu n'aimes pas maman. Elle l'étouffe de baisers ou lui flanque une trempe.

— Qui te l'a dit ? fit Grancat, soudain attentif.

— Lui-même.

— Rose te l'a confirmé ?

— Rose ne souffle jamais un mot de ce qui se passe chez sa mère.

— Méfiance ! reprit Grancat. Un enfant qui se plaint d'un parent pour se faire bien voir de l'autre, c'est courant. Mais s'il était marqué, préviens-moi : je ferais faire un constat. Pour l'instant, je répète ce que je t'ai dit : ni plainte, ni sommation avant le partage. Nous verrons après. Rien d'autre à signaler ? »

Il se soulevait pour donner congé.

« J'ai trouvé une bicoque à Nogent, dit Louis. Je m'y installerai vers la fin du mois. Je me marie le 25.

— Mes félicitations à ma cousine », dit Grancat, emporté par l'habitude.

8 juillet 1966

ELLE avait très mal dormi : se retournant, s'agitant, passant de la demi-veille au cauchemar, étendant sans cesse la main à droite, pour vérifier le dépeuplement du lit. A droite, là où le drap n'était pas chaud. A droite, place ordinaire des maris, parce qu'ils enlacent du bras gauche afin de garder la bonne main libre. Les jugements n'ont pas d'autorité sur le rêve qui continue à sourdre des profondeurs. Louis, quand il rêvait, se trompait-il de prénom ? Se rendait-il compte, en se dégageant de l'ankylose du resserrons-nous, que sa joue n'avait pas reposé entre l'épaule et le sein, sur cette médaille d'or de baptême, longtemps mâchouillée par des dents de lait et qui était pour Aline ce que sa plaque d'identité timbrée du numéro matricule est au soldat ?

Elle s'était levée avec ce qu'elle appelait « les cheveux en fil de fer », et deux, puis deux autres comprimés d'aspirine, n'étaient pas venus à bout de cette migraine tenace, térébrante, associée à une crampe de mollet. Tirant la jambe, elle avait embrassé, nourri son monde, contrôlé sa toilette, les boutons, les souliers, les mouchoirs des Quatre, pour les expédier chez les Fioux dans la voiture de Ginette, venue les chercher à dix heures, en même temps qu'une certaine valise vivement enfouie dans le coffre avec ce commentaire : *C'est ce dont je t'avais parlé.* Incapable d'avaler une bouchée, mais soucieuse de sa gloire, elle achevait de ranger, de briquer, de poursuivre un dernier grain de poussière quand, entrant chez elle comme dans un moulin, par les portes laissées volontairement béantes — ouvrir, c'est recevoir : elle ne voulait que subir —, un quidam envahit le vestibule et s'annonça en tapant des pieds :

« S'il vous plaît ! Il y a quelqu'un ? »

Aline parut et tout de go s'enquit d'une voix aimable :

« Vous venez pour la razzia ? »

A vrai dire, ce long jeune homme blond, papillotant des paupières derrière des lunettes innocentes, l'étonnait un peu. D'après l'image qu'elle gardait du notaire de Chazé, brave devant les fermiers, courbe auprès du marquis, la respectabilité de ses collègues exigeait qu'ils fussent gros et gris. Se méfiant de tout inconnu, n'ayant pas compris grand-chose aux explications de maître Lheureux, elle n'attendait que des adversaires.

« Excusez-moi, fit l'intrus en s'inclinant, d'avoir à remplir une tâche désagréable. M. Davermelle n'est pas arrivé ? Nous avions bien précisé : deux heures.

— Vous connaissez mon mari, maître ? dit Aline, l'œil froncé.

— Je n'ai pas cet avantage. »

On reprit modestement :

« Je me permets de préciser que je ne suis pas maître Vermet, mais son premier clerc. »

Evidemment le patron ne se dérangeait pas pour si

peu. Le regard du clerc, sans doute mal payé, mais habitué à s'arrondir la bouche de gros chiffres, à flairer l'odeur des fortunes d'autrui, faisait négligemment le tour de la pièce. De cet ensemble Mobiliart, en teck, obtenu au rabais — 20 p. 100 au titre d'employé —, réglé par d'interminables retenues sur le salaire, Aline n'était pas peu fière. Comme de ses rideaux croisés. Comme de sa moquette. Hier une cigarette tombée dessus la mettait en transe; et demain de tout ça il ne resterait rien. Elle étouffait. La conciliation, voilà des mois, avait été une épreuve; mais depuis lors tout se passait entre les avocats, les avoués, les huissiers, les juges, dans un tourbillon lointain de procédure; elle avait seulement vu circuler du papier. Ce partage rendait le jugement réel, devenait la noire cérémonie, l'exécution finale.

Les lèvres serrées, les narines dilatées, elle s'était laissée tomber sur un siège, en face du clerc, pénétré de componction, mais qui commençait à s'impatienter, à remuer de la jambe. Une estimation-partage, c'est toujours une corvée, même quand on évite les cris, les larmes, les injures. La petite dame n'était pas de première jeunesse, elle était gentiment installée, elle avait bien tort de liquider son bonhomme pour une banale histoire de braguette. Maître Vermet disait toujours : *Si la moitié de votre maison brûle, l'assurance paiera. Vous en perdrez un peu plus dans le divorce, mais il n'y a pas d'assurance. Finalement c'est encore un privilège de riches.*

« La maison sera vendue plus tard, dit le clerc pour alléger l'attente. Aujourd'hui nous ne nous occuperons que des meubles. Ce sera vite fait. J'ai préparé l'accord...

— Il n'est pas signé, vous savez ! » dit Aline.

Très sèchement, très haut, parce que Louis entrait.

*

Il entrait, accompagné d'un tiers qu'Aline reconnut aussitôt : c'était l'huissier qui lui avait apporté la première citation. Elle fut dupe de l'astuce : s'il se faisait soutenir par l'huissier, c'est qu'il craignait le clerc. Masqués d'indifférence, les deux hommes de loi déjà prenaient contact. *Pas de contrat, pas de biens propres, pas de reprises personnelles, tout en communauté : c'est simple !* marmonnait l'un. *Vous avez des factures ?* demandait l'autre. Aline en sortit une liasse d'un tiroir. Le clerc les feuilleta, en saisit une :

« Commençons par cette pièce, puisque nous y sommes, dit-il. Le buffet a été acquis voilà quinze ans, pour...

— Il s'agit d'un ensemble qui ne peut pas être divisé, dit Aline. J'en ai besoin pour les enfants. Mais vous n'allez pas me le compter au prix d'achat. Ce n'est plus que de l'occasion.

— Avec la dévaluation, aujourd'hui, ça vaudrait le double, dit Louis.

— Nous appliquons le barème ? dit le clerc en regardant l'huissier.

— Le barème date : il avantage celui qui reprend, dit l'autre. Je ne peux pas conseiller à monsieur Davermelle...

— Si les enfants en ont besoin, tenons-nous-en au barème », grogna Louis.

Il n'eut pas longtemps besoin de feindre l'humeur. Pressés, comprenant bien que le mari désirait surtout en finir pour remployer sa part, ces messieurs tournaient rapidement, pilotés par Aline. Les enfants eurent besoin des meubles de la cuisine, de ceux de leurs chambres, de la machine à laver, du réfrigérateur, des draps, des couvertures, du linge, de la vaisselle. Arrivée dans sa chambre, Aline dit, arborant son plus aigu sourire :

« C'est un lit à deux, j'entends bien, mais dois-je le céder à ma remplaçante ? »

Le premier accrochage eut lieu près du piano, nécessaire aux gammes des filles, mais sur quoi leur père jouait depuis son enfance.

« Il vient de la famille de monsieur, c'est vrai, dit Aline. Mais les enfants sont aussi des Davermelle. »

Louis abandonna le piano, le troqua — non sans mal — pour le secrétaire Louis XVI du palier, cadeau de la tante Irma. Aline aussitôt le réputa d'époque.

« Dans ce cas envoyez-le à la salle des ventes », dit Louis.

L'huissier arguant des mortaises, Aline admit qu'il s'agissait peut-être d'une copie. Mais, tout en le réclamant, elle tint alors pour faux le cartel Napoléon III, don du régisseur, qui l'avait lui-même reçu de la marquise un jour qu'elle vidait ses combles. L'huissier le crut authentique. Le clerc, aussi. Aline, hors d'elle, parla de collusion, refusa de continuer. Il fallut une demi-heure de palabres et l'abandon à vil prix des lustres, des tapis et de la plupart des bibelots pour l'amener à composition. Louis se cramponnait. Aline avait sans doute deviné son souci de faire vite et décidé d'en profiter. La pintade, ça devenait du vautour ! Restait l'atelier dont Aline admit que le contenu pût revenir à Louis. Elle excepta toutefois les livres d'art. Elle hésita pour les toiles empilées sur la tranche dans un coin. Maître Lheureux avait pris soin de l'informer : l'œuvre d'un artiste, en régime de communauté, est copropriété du conjoint, comme s'il en avait créé la moitié. Louis tenait à ses croûtes. En demander cher serait avantageux pour elle, mais flatteur pour lui; les négliger, humiliant.

« Ça n'a aucune valeur, dit Aline. Je garderai seulement les portraits des enfants.

— Non, dit Louis, c'est la seule façon de les avoir chez moi tous les jours. Vous, vous avez la garde. »

Le ton, résolu, surprit moins Aline que le vouvoiement. Quoi de pis, pour vous écarter, pour nier le passé ? Il aimait ses enfants, peut-être. Mais de qui les tenait-il ?

« C'est bon, dit Aline, je ne signerai rien.

— Voyons, madame, fit le clerc, il s'agit de toiles sans valeur, vous le dites vous-même, et M. Davermelle en est l'auteur. Nous n'allons pas échouer pour si peu. Nous en avions fini...

— Je ne signerai rien, répéta Aline, butée.

— J'hésite aussi, dit Louis, très froid. Nous avons beaucoup avantagé madame. J'y consentais, par décence. Je passais même sur certaines dissimulations. Mais si nous ne pouvons aboutir, je vous prie de noter, messieurs, que manque, par exemple, l'argenterie héritée de ma grand-mère. Je peux vous dire où elle se trouve. J'ai des amis dans la rue, qui me renseignent. »

Le nez en l'air, attentifs surtout à ne pas sourire, à ne rien manifester d'une réprobation depuis longtemps blasée, clerc et huissier ne bougeaient plus. Aline se recroquevillait. Elle parvint à balbutier :

« Tu oses... m'accuser... me faire espionner ! »

Elle repartit vivement vers la salle pour cacher sa panique. Elle s'en voulait à mort. Pas du geste. Mais de l'imprudence. Les voisines, à sa place, en eussent fait autant : on sauve ce qu'on peut. Mais Louis, aussi liant, aussi peloteur qu'elle était réservée, malgré son détestable exemple ensorcelait la rue. Ce matou ! Aline regrettait qu'il fût assez malin pour ne pas courser les chattes autour de son panier : il eût été, dans le coin, moins populaire. Mais il fallait parer au plus pressé. Compromettre la serviable Ginette, l'exposer à une plainte en recel, impossible !

« Précision, disait Louis dans son dos. Ma belle-sœur Mme Fioux, a chargé une valise dans sa voiture, ce matin même. »

Aline se retourna :

« J'ai prêté l'argenterie à Ginette pour une réception. Et alors ? »

Le jour de l'inventaire, l'excuse était absurde. Au moins en était-ce une. Cernée de regards entendus, Aline s'inquiétait pour vingt napoléons noyés dans le sucrier, pour le collier de sa belle-mère arrimé à son cou et dont Louis semblait recompter les grains.

« Où est cette paperasse ? cria-t-elle. Je signe tout ce qu'on veut, si vous me débarrassez de monsieur. »

Le nécessaire glissait déjà sur la table.

« Votre nom de jeune fille, s'il vous plaît », dit le clerc.

Aline le gratta furieusement.

*

Un quart d'heure plus tard pourtant Louis était encore là. Salués avec soulagement, les hommes de loi l'avaient laissé sur le trottoir, mais Aline l'avait soudain retenu par le bras. Il se laissa ramener dans le vivoir où sans mot dire Aline détacha son collier.

« Il vient de votre mère, dit-elle. Vous le lui rendrez. »

Louis refusa. Elle y comptait sûrement. Mais qu'elle crût nécessaire de racheter son estime, même à bon compte, avouait bien quelque chose. Son dos voûté disait le reste. A bout de fureur, elle basculait dans l'accablement, bien plus pénible à supporter.

Louis les connaissait bien ces trêves, ces reprises de souffle, au bout desquelles se redressait la harpie. Mais il n'était pas plus fier de lui, en ce moment, qu'Aline ne l'était d'elle. *J'ai, tu as, nous avons été moches*. Le savoir est une grâce, à condition de le taire. Innocents, les adversaires ne se pardonnent pas; s'ils rougissent ensemble, une chance leur est donnée.

« Je t'offre un whisky ? » dit Aline.

Louis, engourdi, accepta. Resté debout, il but à petits coups dans un des derniers verres de son service de mariage. Les verres, les sentiments, tout est fragile. Il louchait sur l'ensemble Mobiliart, qui n'était plus à lui. Il faut aussi divorcer des choses. Donc de soi-même. Aline murmura d'une voix qui s'efforçait au même détachement :

« Je te ferai reporter l'argenterie. »

Derrière les grands rideaux de voile, touchés de soleil, dans un jeu compliqué d'ombres et de lumières, s'estompaient la tache verte d'un thuya, la tache rouge d'un prunus. Plus que les meubles, Louis regrettait ses arbres, encore jeunes et qui avaient poussé en même temps que les Quatre. Les arbres, eux, ont des racines : ces vivants ne bougent que sur place.

« Tu dois être content, disait Aline. Tu as ce que tu voulais. Divorce, partage, tout a été finalement vite bâclé. Tu vas pouvoir épouser ta maîtresse. »

Fausse note : elle n'avait pas pu nommer Odile. Louis se retint de répliquer : *Oui, c'est même la seconde fois que ça m'arrive*. Il murmura :

« L'important, tu sais bien, c'est la suite. »

La remarque, strictement réservée à Odile, n'aurait pas dû déplaire. Mais Aline, se l'appliquant aussitôt, y vit comme un bilan et se remit à dérailler. Sa voix se fêla :

« Envoie-moi le faire-part, c'est bien le moins. Mais auparavant tu devrais en faire imprimer un pour notre divorce : on en fait bien pour les décès. »

Louis reposa son verre et dériva vers la porte, cherchant la formule d'adieu désormais convenable et suivi d'Aline non moins embarrassée. Comme il parvenait sous la marquise, l'irruption des Quatre rentrant de chez leur tante le délivra de toute civilité. Il put embrasser Rose, au passage, mais non les autres :

« Voulez-vous rentrer ! » criait Aline.

9 juillet 1966

La fenêtre grande ouverte sur un brasillement d'étoiles, ils dormaient tous deux, parallèles et nus dans la touffeur, quand le poste mobile d'Odile — toujours posé de nuit auprès de son lit, sonnerie bloquée et index mis sur le vibreur — se mit à grésiller. Sans même allumer elle étendit le bras pour entendre le bourdonnement d'attente d'un taxiphone à pièces, puis un très insolite *Allô, papa ? Ici, Rose...* De saisissement elle se le laissa répéter deux fois, puis avec un remarquable sang-froid émit une sorte de grognement asexué, boucha le récepteur en le plaquant d'une main contre son sein, appuya de l'autre sur la poire électrique et se mit à secouer cet Adam poilu, ébloui, incrédule, à qui elle soufflait bas :

« Incroyable ! C'est ta fille.

— Qu'est-ce que c'est que cette blague ? fit Louis, enfin réveillé. Si on veut me joindre on m'appelle au bureau. Sauf mon père personne n'a celui de Vincennes.

— Justement, fit la voix de Rose. Je viens d'appeler grand-père et il me l'a donné, vu l'urgence. Pé est mort subitement d'une crise cardiaque. »

La bouche cousue, mais l'oreille active, Odile avait pris l'autre écouteur. Pourquoi M. Davermelle n'avait-il pas transmis lui-même la nouvelle ?

« Je suis désolé, ma chérie... »

Louis avait compris, lui. Pour Rose en deuil la poitrine où pleurer à l'aise était celle de son père, séparé d'elle pour toute la première partie des vacances. Elle continuait, en reniflant :

« Maman s'est fait conduire en taxi chez la tante Annette. On ne peut la joindre qu'à sa banque, après l'ouverture, et il faut qu'elle parte avec nous par le train de sept heures.

— Rosa, rosae, rosam... », déclinait tendrement Louis.

Un vieux code, ridicule et charmant, entre père et fille : *A tous les cas, dans tous les cas, la petite rose à papa !* Odile, avec une crainte attendrie, découvrait un autre homme. La petite reniflait toujours :

« Maman ne voulait pas que je te prévienne... Elle criait : *Ça ne le regarde plus !* Je t'appelle de la gare. Si je le faisais de la maison, Agathe cafarderait. De toute façon il fallait que tu saches... Je t'avais promis de m'échapper une ou deux fois. Je ne pourrai pas. Nous allons sûrement passer tout le mois de juillet à Chazé !

— Ecoute chérie, je voulais te dire, quand tu reviendras...

— Tu seras remarié, je sais. Ne te tracasse pas. Je ne crois que ce que je vois... Je t'embrasse, papa, je me sauve. »

Louis aussi fit claquer un baiser sur l'écouteur, puis resta un instant immobile, les doigts fourrageant machinalement dans le poil de sa poitrine. Oui, Rose et Guy, à l'improviste, étaient passés chez Mobiliart : *Rabiot, papa ! On s'en va chez les cousins. On gratte un petit quart d'heure.* Pourquoi les deux plus jeunes, pourquoi pas les deux grands ? Si on a les enfants que l'on mérite, pourquoi méritait-il ceux-ci et pas ceux-là ?

« Je ne crois que ce que je vois ! répéta Odile. On a dû lui raconter des horreurs sur mon compte.

— C'est probable », dit Louis.

Problème à venir, moins pressant. La mort de celui que son gendre appelait ironiquement « le vieux mâle dominant », plein d'exigences et de scrupules, faisait disparaître le seul modérateur de la tribu. Son seul soutien, aussi. Le coup était dur pour Aline et les siens. Plus de vacances au château. Plus de chalet, puisqu'il s'agissait d'un logement de fonction. La belle-mère n'aurait pas de quoi vivre avec, pour tout douaire, une demi-retraite de la Sécurité sociale. Mais la belle-mère, quoi ! Le titre était périmé, réduit à celui de grand-mère des Quatre. L'alliance par les enfants ne survit pas à l'alliance par la femme. Rose avait cru que si. Aline pensait, avec raison, que non. Louis se tourna vers Odile, la trouva singulière et, pour y remédier, lui fit l'amour.

AOÛT 1966

3 août 1966
après-midi

ACCOMPAGNÉE de son agent immobilier, la dame s'éloigne en marchant sur son ombre dans la rue écrasée de soleil. Bon vent ! C'est la sixième qui se présente depuis le retour de Chazé et, de loin, la plus tatillonne. Elle et son acolyte, ils ont sauté partout à pieds joints pour déceler un éventuel fléchissement des lambourdes. De la tranche du poing, à petits coups secs, ils cognaient les cloisons pour déceler un éventuel décollement des plâtres. Arrivés aux toilettes sur quoi d'ordinaire, par la porte entrouverte, se jette un regard rapide, ils ont soulevé la lunette, tiré la chasse et, d'après le chuintement du robinet de remplissage, conclu à son entartrage. Et ces questions, ces réflexions :

« Pourquoi vendez-vous ?... Ah ! c'est une vente après divorce !... Vous êtes au moins d'accord sur le prix ? »

Et d'en proposer un ridicule... Sait-on jamais ? Ces gens qui se sont défaits de leur ménage se défont parfois aussi légèrement de leurs biens. Toute infortune alerte ses charognards. Elle doit même avoir une odeur, sensible de loin pour certains nez : qui avait averti le brocanteur venu la veille proposer à Madame de la débarrasser de tout ce qu'elle n'entendait pas conserver ?

Aline revient dans la salle. Louis a fait prendre sa part de meubles pour la nouvelle maison qu'il a louée à Nogent. Aline n'a donc plus de secrétaire : *l'autre* s'en sert sans avoir remarqué que sous chaque tiroir le nom d'Aline est inscrit. Pas à l'encre, non, ça s'efface. Il y est pour toujours, pyrogravé : avec la pointe bien rouge du tisonnier.

Il faut donc se contenter de la table, couverte d'une si permanente toile cirée qu'on a oublié son appartenance à l'ensemble de teck. Aline s'assied, reprend son stylo, continue sa lettre à Emma... *Vous imaginez ces journées que j'ai laissées passer sans écrire à quiconque, tant j'étais accablée. Quand un père nous quitte, nous avons d'ordinaire un mari pour nous soutenir. Moi, j'ai perdu les deux en même temps. Pourtant j'ai eu du mal à rester à Chazé jusqu'à la fin de juillet. Impossible de profiter du parc : les invités du marquis étaient là. Impossible de sortir, de supporter l'atmosphère de ce village où je me sens lépreuse. Ma mère ne voulait pas me voir dehors, sauf pour les offices où elle nous a traînés sans se rendre compte que sur le sujet ses Parisiens, comme elle nous appelle, se sont bien ralentis. Les enfants adoraient leur grand-père, mais vous me voyez exiger d'eux qu'ils se lèvent chaque matin à six heures pour assister aux messes basses de neuvaine ! Ils s'éclipsaient. J'ai eu des mots avec ma mère sur la façon dont je les avais élevés. J'ai même entendu : « A ta place, je réfléchirais sur la situation où te voilà. L'amour de Dieu, souvent, garantit l'autre. »*

Aline sursaute. Un coup de sifflet, qui n'est pas le premier, qui ne sera pas le dernier, vient de faire ouvrir la fenêtre d'Agathe. Elle va descendre et filer en empruntant la petite porte de derrière, en contournant la maison. Comme Léon. Comme le faisait déjà son père. Mais il faut achever cette lettre :

Enfin je suis rentrée. Aucune nouvelle de Louis... Seuls, les enfants sont accablés de cartes postales. J'en ai brûlé quelques-unes, j'ai cessé en constatant qu'on les numérotait. Les Quatre sont chatouilleux sur la question, même Agathe. Ils sont d'ailleurs très nerveux en ce moment. On le conçoit. Ils ne sont pas allés à la mer cette année. Ils savent que nous allons devoir quitter la villa. Ils appréhendent le 9 août. Je dis bien le 9 août. La rentrée scolaire aura lieu le 15 septembre. La moitié des vacances, c'est 31 + 31 + 14, soit 76 divisé par deux, donc 38 jours. Louis voulait prendre ses enfants le 1er août : il a loué à Combloux, m'a expliqué l'avocat. Je pense avoir bien fait en m'en tenant à la lettre du jugement : ce sera une semaine de sauvée...

*

Excitée par son propre rapport, Aline se retrouve debout. Une pétarade l'attire le long des vitres. Le fils de l'ingénieur du 29 démarre, Agathe en croupe.

Bien entendu, s'il a un casque, la petite n'en a pas. Mais est-ce précisément ce dont elle aurait besoin ?

*

Une crainte en fait naître une autre. Aline glisse sur ses chaussons. Si douce, si fidèle, si aveuglément fille de sa mère — avec la tête, avec le sang de son père

—, Agathe, à condition de jouer les courants d'air et de ne pas s'entendre demander d'où elle vient, Agathe est la seule qui ait réagi en s'intéressant au sexe opposé, en allant chercher ce qui manque à la maison : *l'homme,* sous l'apparence de gaillards musclés. Les autres ont aussi rompu le carré, mais s'isolent.

Voici Guy dont la porte n'est pas fermée. Il est penché sur ses hamsters : le père, la mère, cinq petits. La cage est pleine et l'odeur n'est pas nulle.

« Tu devrais mettre le père à part, dit Aline. Sinon dans six mois, tu en auras trente.

— Séparer une famille au complet, tu n'y penses pas ! » proteste Guy, indigné.

*

Voici maintenant la chambre de Léon, si encombrée d'effets jetés au hasard, de souliers, de tiroirs béants, de livres mélangés à des pots de gelée royale ou d'embrocation, qu'elle reste peuplée de son désordre. Aline ne rangera pas. Léon en a horreur, crie qu'il ne retrouve plus rien. Où voulez-vous qu'il soit ? Au club, réfugié dans le sport. Avachi devant la télé ou suant sur la cendrée, il ne connaît pas de milieu. Il a peut-être une petite vie à part. Difficile à savoir. Aline s'est glissée cinq ou six fois sur le terrain derrière les minces rangées de supporters de l'athlétisme local. Après le 3 000 elle a toujours vu Léon revenir, jamais premier, jamais dernier, traversant sans appétit apparent des groupes de filles aux fesses drues, aux nénés saillants sous le maillot. Mais Léon est tellement secret... Un dimanche, il s'est aperçu de sa présence; il s'est approché, il a grogné, mécontent :

« Que fais-tu là ? »

Lui non plus ne doit pas être interrogé. Lui aussi

entend qu'on le dorlote, qu'on ne lui réclame rien, aucune aide, aucun service, sinon la grâce de sa présence. Aline se baisse, ramasse une petite boîte ronde, qui l'intrigue. Une petite boîte tombée d'une poche... Aline rougit. S'il n'y a plus rien dans la boîte, la marque suffit à la remplir de questions. Bien sûr, Léon a dix-huit ans. C'est rassurant dans un sens. C'est inquiétant, dans un autre. La sexualité d'un garçon, ça relève du père. Aline n'a jamais osé s'en occuper.

*

La revue se termine chez Rose, qui s'est transportée avec ses coquillages dans l'atelier. Dans l'atelier de son père, chez son père en somme, dans la maison de sa mère qui n'avait pas réfléchi à ce détail. Un des rares avantages de l'imminent départ sera de l'en retirer et de lui faire comprendre dans l'étroitesse d'un appartement, dans le retour forcé à la chambre commune avec sa sœur, la vraie valeur des bontés paternelles.

La porte est soigneusement fermée. Celle-là pourtant, si elle voulait, rien — rien de possible — ne serait de trop pour la gagner. Aline gratte à la porte, timidement. Une clef tourne, une targette recule. La porte s'ouvre sur cette pièce dont Louis faisait un foutoir et qui, retapissée par l'occupante elle-même, à petits frais, est devenue une chambre de jeune fille qui sent l'églantine, dont le dessus-de-lit n'a pas un pli, dont le rideau monte comme une vapeur, tandis que béent, sur les étagères, un grand strombe, un turbo vert, un murex bouche-de-rose, soigneusement étiquetés.

« Tu as besoin de moi ? »

Stricte et sans chaleur, Rose balaie, épluche les légumes, monte les œufs en neige, met la table, s'active sans rechigner quand les autres ne font rien; elle tient la moyenne douze ou plus dans la classe même où son aînée traîne en queue; elle embrasse comme il faut les gens qu'il faut et notamment sa mère, sans jamais s'accrocher, sans jamais lui souffler dans le cou des confidences, des sornettes tendres, comme Agathe. Se regarder comme dans une glace en voyant Rose et n'être pas la préférée de son double, Aline ne s'y fera jamais.

« Je ne pourrai pas sortir la poubelle toute seule, dit la mère.

— Je viens », dit la fille.

Aline a des yeux de chat. Rose aussi était en train d'écrire une lettre : en réponse à une autre dont Aline a pu la veille reconstituer l'enveloppe mise en petits morceaux dans la corbeille et qui portait l'adresse : *Fontenay, poste restante.*

3 août 1966
soir

AGATHE était rentrée presque en même temps que Léon, pour trouver les tantes à la maison. Revenues des trempettes de juillet où s'était dévêtu leur deuil, elles se pressaient, rhabillées de noir, autour de leur sœur, flanquée de Rose et de Guy, fort moroses.

« Si votre père avait de la décence, il continuerait à vous voir chez vos grands-parents », disait Annette.

Léon aussitôt fila vers sa chambre. Agathe entre vivement, malgré la tache de cambouis qui déshonorait sa robe et pouvait lui valoir d'aigres remarques. Certes, ceci ne la concernait pas : elle était toute persuadée. Mais d'après sa mère *l'exemple d'une sœur aînée, qui a compris, peut aider les plus jeunes à comprendre.* Agathe en doutait un peu, Rose montrant depuis quelque temps une nette propension à la contredire. Elle ne croyait pas non plus qu'il fût habile, pour préparer les petits à l'inévitable, de les endoctriner avec tant d'insistance. Ginette rabâchait :

« Comme disait votre grand-père, cette personne

peut bien s'appeler Mme Davermelle : elle ne vous sera jamais rien.

— Saluez-la poliment, c'est tout », reprenait Annette.

Sur le visage de cire des cadets rien n'apparaissait, sauf l'ennui. Enfin Rose se déroba :

« Je vais faire du thé, dit-elle. Vous voulez du cake ? »

Guy en profita pour se glisser dans son sillage, et les sœurs, qui ne pensaient pas avoir à se gêner devant Agathe, haussèrent le ton. Bientôt circula une photo trouvée dans une poche en un temps où il était possible de les retourner.

« M'est avis qu'elle se peint, la nymphe ! dit Ginette, sous sa perruque acajou.

— Moi, dit Annette, c'est ce museau qui m'épate. Qu'est-ce que Louis peut bien lui trouver d'extraordinaire ?

— Mais rien, ma grande, reprit Mme Fioux. C'est une bonne illustration de la fausse charade : *Tu n'es pas mon premier, ni d'ailleurs mon second; tu ne seras pas mon dernier, bien que tu sois mon tout, pour une heure, dans un lit*... L'inattendu, c'est qu'elle y soit restée.

— Elle a eu de la patience, il faut le reconnaître, conclut Annette. C'est même le cas de le dire : faire le pied de grue, ça paie. »

Les petits rires, l'acharnement de Ginette renouvelant l'hilarité en demandant si Louis saurait exploiter de si bonnes dispositions ou ferait gratuitement le bonheur de ses amis, c'était tout de même un peu trop pour Agathe qui disparut à son tour.

9 août 1966

La voiture, au-delà de Cluses, fait chanter du pneu le long de l'Arve. Louis qui ne craint rien de Rose, assise à sa droite, lorgne le reste de son monde dans le rétroviseur. Des rumeurs de Fontenay il ne saurait douter : fées grasses, fées maigres, depuis quelques années, sont à son intention chiches de roses et riches de crapauds. S'il en était besoin, le malaise général, depuis six cents kilomètres, l'en aurait averti. Il y a longtemps qu'il l'appréhende, lui aussi, cette rencontre entre les enfants et celle qui doit d'abord leur apparaître comme responsable de la ruine du ménage de leur mère. Ergoter, démontrer que le ménage était ruiné bien avant, à quoi bon ! Nul commentaire n'infirme un fait et le fait est, pour eux, qu'Odile remplace Aline.

Sept heures, Sallanches est traversé. L'ID attaque les lacets qui mènent à Combloux. La vallée se creuse, se remplit de violet, tandis que la montagne, de roc en roc, s'élance vers de hautes régions encore lumineuses. Les Quatre enfin ont le nez sur les vitres.

« Ton mont Blanc, il est rose ! fait Guy.

— Du chalet, dit Louis, tu pourras voir à la lunette les cordées redescendre au refuge du Goûter. »

Si son père est de La Baule, Odile de sa mère savoyarde a hérité le goût des pentes : à vaincre dans les deux sens, sur skis ou sur brodequins. La librairie de famille exploite depuis trop longtemps le touriste des sables pour qu'Odile auprès d'eux puisse se sentir vacancière. Il lui faut de la dévalante eau vive. Les Quatre auraient plutôt l'habitude de l'eau plate : à nénufars ou à goémons. Ils ne connaissent pas la montagne. Ils devaient aller à Chamrousse à Noël, ils n'ont pas pu. Et voilà justement l'astuce. On ne les emmènera à Nogent qu'à la fin des vacances. Pour l'instant il faut les intéresser, les dépayser, les transporter dans un ailleurs qui fasse diversion, utiliser glaciers, téléfériques, gentianes, utiliser aussi les Milobert, les vieux comme les jeunes, assemblés pour la circonstance dans un chalet à trois niveaux. Ça fait sérieux, une famille : les enfants sont sensibles au consentement du nombre. Odile, arrivée d'avance à Combloux, va disparaître dans le lot. L'astuce est au surplus réversible : après ce rapide passage en mairie, ce mariage-formalité sans assistance, sans photo, sans pouvoir de date, après ce faux commencement où il s'agissait de faire une fin, la jonction des uns et des autres n'est pas vaine. Les enfants sans le vouloir cautionneront de leur présence une sorte de recyclage.

« Encore cinq cents mètres, dit Louis, qui ralentit devant les premières maisons. On traverse le patelin et c'est un peu plus loin, sur la vieille route de Megève. »

Les Quatre lorgnaient le paysage. Les voici qui se referment, qui s'agrippent au silence. Et voilà Louis qui accélère au mépris des pancartes, pour en finir plus vite. Ils arriveraient à lui ficher le trac, ses corniauds ! Ne dirait-on pas qu'il les conduit à l'ogresse ? Choisir de ne pas contrer leur mère, c'était bien. Et même habile. Eviter toute explication l'a sans doute été moins. Par définition les enfants n'ont pas à donner leur consentement au mariage de leurs parents ! Mais cette évidence est-elle extensible au remariage d'un père-gigogne, habilité à voter seul, à gérer seul, mais pas forcément à décider seul d'un engagement contraire à celui qui lui avait donné ces droits ?

Et puis il y a une défection grave. Louis en veut à ses parents : s'ils avaient accepté de participer au rassemblement, ç'aurait été bien plus facile. Mais ils ont décidé d'attendre, de juger Odile sur pièces. Tant pis ! Si les vieux liens et les nouveaux n'ont pas fini de faire des nœuds, il doit y avoir pour les débrouiller d'autres moyens que de les trancher, comme Aline, au couteau de cuisine. Odile est très arrangeante..

*

Odile qui pourrait bien être cette tache blanche, devant le sixième chalet de bois verni : le plus grand, dit *Le Bouquetin*. Odile qui, en effet, agite la main parmi les Milobert, immobiles au bord de la balustrade. Qui s'avance tandis que la voiture crochète à droite escaladant le raidillon courbe conduisant au terre-plein. Qui ouvre la portière et baise son époux sur la bouche avant de dire :

« Pas trop ankylosés, là-dedans ? »

Le glacier du Bionnassay qui accumule en face les frigories, le serein qui tombe ne sont pas seuls en cause. Les trois aînés se déplient, se défripent, prennent un instant prétexte du panorama pour se figer devant lui. Seul Guy sautille d'un pied sur l'autre.

« Voilà donc vos enfants », dit le libraire, tirant sur sa courte barbe.

Nul ne leur en voudra d'être un peu gourds, de tendre des mains molles avec d'étroits bonjours. Ils ne s'attendaient pas à tout ce monde et Agathe elle-même sortie de voiture avec un menton carré se noie dans la bonhomie des Milobert. Léon louche du côté de cette étonnante belle-mère, plus petite que lui d'une demi-tête et dont la mère ne semble guère plus âgée que la sienne. Appliquant le scénario convenu — *Fais comme si tu les connaissais depuis leur naissance* —, Odile va de l'un à l'autre. Elle embrasse Guy, qui a tendu la joue. Elle parvient à frôler le menton d'Agathe, bien que la petite ait le cou soudé à la colonne vertébrale. Elle n'insiste pas devant Léon, dont la sépare le barrage des valises qu'il vient d'empoigner pour se donner une contenance. Mais elle double Rose, qu'un coup d'œil inquiet de son père décide à lui rendre la pareille.

« Vous voulez monter les bagages, Léon ? » dit Odile, qui se reprend aussitôt : « Et puis zut, je te tutoie... Monte-moi ça au second.

— Oui, madame, dit Léon.

— Appelle-moi Odile, ce sera plus simple.

— Oui, madame, dit Léon.

— Je les conduis, je les installe et je vous les ramène pour dîner », dit Mme Milobert, prenant le relais.

Son aisance, aiguisée par la fréquentation du chaland, fera merveille. Après tout c'est elle qui a loué les trois étages, et la meilleure manière d'aider la fille est de l'effacer le plus possible pour les premiers contacts. Après s'être confinée dans la réprobation, la seconde belle-famille montre une adresse à replonger dans le légal qui peut inspirer des sentiments divers.

Raymond, Armelle et leur fils, dont les huit ans pourront aimanter Guy, ont suivi. Cordial — avec un rien d'ironie dans l'œil —, le libraire reste en face de son gendre : on ne se douterait pas qu'ils se voient seulement pour la seconde fois, la première datant d'une semaine à l'occasion des retrouvailles d'un père avec sa fille.

« Ouf ! fait Odile. Elle les a bétonnés, ta femme. J'ai cru que j'allais craquer.

— Ma femme, c'est toi, n'oublie pas, dit Louis.

— C'est une habitude à prendre, dit le beau-père, mi-figue, mi-raisin. En tout cas les choses se sont plutôt bien passées.

— Je devrais peut-être faire un tour là-haut, dit Louis.

— Restez donc là, dit le beau-père. Vos enfants aussi ont besoin de s'habituer. Vous n'êtes pas assez neutre en ce moment pour leur faire oublier qu'ils n'embrasseront pas leur mère ce soir. Et puis regardez Odile : elle s'est forcée, elle en tremble encore. »

Il rentre. La nuit tombe, percée de points lumineux qui des creux aux alpages triangulent la masse maintenant obscure de la montagne. Louis serre Odile contre lui dans l'ombre, lui souffle des choses... *Pourquoi ris-tu ?* dit-elle. Il ne lui dira pas. Non, il ne lui dira pas qu'après une semaine d'abstinence, il va lui faire l'amour de la façon la plus banale, la plus conjugale qui soit : dans une chambre contiguë à celle de ses enfants.

« Attention, chéri ! » murmure Odile.

Une fenêtre du second vient de s'ouvrir. Rose tend les bras et ferme les volets.

*

Puis Rose, là-haut, se retourne. Dans la petite chambre aux lits superposés, Agathe s'est emparée de la place du dessus. Léon, qui dans la chambre des garçons en a fait autant — au détriment de Guy qui la voulait, pour le plaisir de grimper à l'échelle —, Léon entre, sans frapper.

« Il fallait qu'on me mette avec ce gosse ! » grogne-t-il.

Le gosse suit. Il jette un coup d'œil derrière lui. Les Milobert sont restés dans le couloir. Alors il murmure, sans préciser :

« Ce qu'elle est jeune ! »

Meneur de jeu, porte-parole de la mère, Agathe qui essayait son perchoir en redescend vivement :

« C'en est même ridicule, bougonne-t-elle. Et j'aime mieux te dire que me laisser commander par elle, pas question !

— Elle est aussi très belle, dit Rose. Qu'est-ce qu'elles racontaient, les tantes ?

— Tu approuves papa ? » reprend Agathe, agressive.

Ce qu'elle peut le moins supporter, c'est un avis de Rose, cadette longtemps mécanisée par elle, nippée de ce qui devenait trop court pour son aînée. Agathe adore sa mère, c'est un choix chaud, farouche, comme l'est celui de Rose, mais qui se renforce de leur rivalité.

« Je n'approuve pas, dit Rose. Je comprends mieux. »

Rose n'approuve pas, c'est déjà ça. Mais sa « compréhension » à Fontenay paraîtrait scandaleuse. Agathe cherche un allié. Elle grince :

« Maman serait ravie de t'entendre !... N'est-ce pas, Léon ? »

Léon, qui se méfie, tord une moue et repasse la porte :

« Ce n'est pas tout ça, dit-il, mais j'ai faim. »

*

Au dîner, grâce au tintement de onze fourchettes piquant dans onze assiettes, grâce à la conversation soutenue des Milobert, la petite faim d'Agathe, le zèle masticatoire de Léon qui ne saurait parler la bouche pleine passeront presque inaperçus. Et la fatigue, point feinte, fera très tôt remonter tout le monde. L'escalier ne sera pas gravi comme un calvaire, mais de deux marches en deux marches, dans un bruit de cavalcade, et Guy, presque apprivoisé, criera *Youpi* ! en arrivant le premier.

Seule, Agathe, sortant dix minutes plus tard de la salle d'eau, en pyjama, s'arrêtera sur le pas de la porte et sera changée en statue. Savoir n'est pas si pénible que voir. Des années durant son père a pénétré chaque soir dans la chambre de sa mère. C'est la première fois que devant elle il entre chez Odile.

13 août 1966

De rêve en éveil, toujours ce passage incertain. Est-ce vrai ? Suis-je vraiment seule ? Et toujours au début de la reprise de conscience, dans l'un peu flou, dans l'un peu fou, voilà l'évocation, l'illusion, le petit roman vengeur : Louis aussi doit ouvrir les yeux, il voit l'autre et ne la trouvant plus nouvelle, il songe à une troisième; il décide que ce sera la prochaine, à condition que ce ne soit pas la dernière... Voyez-vous, mes mies, on se croit choisies, à tout jamais. Choisies ! La poire coupée en deux, pelée, équeutée, épépinée, la poire qui fut choisie dans le compotier parmi les meilleures, que devient-elle ? Choisie ! Participe passé secret du verbe choir. Sens exact : distinguée provisoirement pour être rejetée après usage. J'y suis passée. Vous y passerez. Vous deviendrez ce que je suis : ni fille ni femme. Ni mademoiselle — ça n'a pas servi — ni madame — puisque c'est en service. Une ex. Car on dit *ma veuve,* on ne dit pas *ma divorcée.* Une ex, comme ex-ministre, ex-coupon, expropriée, excommuniée. Mais qui sonne ? Le téléphone ? Non, la porte. Ne sonnez pas si fort, je ne suis pas sourde...

« Ce n'est pas vrai ! »

Il est six heures. Décoiffée, bouffie, Aline est enfin sur ses pieds. Flageolante, la main sur un bâillement, elle va ouvrir. Elle avoue, piteuse :

« Excusez-moi, Emma. Depuis que les Quatre sont partis, je n'arrive plus à fermer l'œil, la nuit. En vous attendant, j'ai voulu lire un peu et je me suis endormie sur la table.

— Et que lisiez-vous de si soporifique ? »

Emma s'avance dans la salle et découvre un vieux broché jaune paille : *Un divorce* de Bourget.

« Je l'ai trouvé parmi les bouquins de mon père, explique Aline.

— Je vois, dit Emma. Vous avez plongé sur le titre. Ça date. Et puis savoir s'il faut ou s'il ne faut pas divorcer, ce n'est plus votre problème. Pas plus d'ailleurs que celui de savoir s'il faut changer ou non la forme du divorce. Pour vous il est trop tard et, de toute façon, on aura beau faire, l'important dans le divorce, ce sera toujours ce qui le suit. Et là, pour en parler rien ne vaut l'expérience. Au club, vous le verrez, les lèvres en savent plus long que les livres. On y va ? »

*

Voilà longtemps qu'Aline en parle et longtemps qu'elle hésite. Des compagnonnages de buveurs, de prisonniers, de malades mentaux, de drogués, il y en a un peu partout et son éventuelle entrée parmi *les Agars*, groupe mixte de mères célibataires et de femmes séparées — affilié d'ailleurs à une plus vaste association —, lui donne l'impression d'avoir à s'inscrire à une confrérie de handicapés. Au surplus un club, c'est un clan : le sien a toujours été sa famille. Si elle a fini par se décider sur l'insistance d'Emma, c'est pour bénéficier de conseils plus rassis. Aline a dans son sac un mot d'Agnès Goubleau, la présidente : *Ma chère sœur, on m'a parlé de vous. Nous vous attendons à nos réunions du samedi soir, chez moi, rue des Pyrénées...*

« Elle cumule, lui a dit Emma. Agnès a été mariée une première fois : d'où une fille. Elle a été mariée une seconde fois : d'où un garçon. Deux divorces. Les pères, disparus, ne lui versent aucune pension. Mais elle s'est magistralement débrouillée, en créant une agence d'intérim. C'est elle qui est à l'origine du club des *Agars...* en souvenir d'Agar, la servante d'Abraham, que ce salaud chassa dans le désert avec son fils Ismaël, quand Sarah lui eut donné Isaac.

Ces références ne vont point sans troubler Aline, native de son Anjou, tandis que l'ascenseur l'emporte vers le sixième où Agnès rassemble ses « sœurs » dans son appartement. Mais quand l'ascenseur stoppe, quand Aline a poussé la porte, laissée entrouverte pour l'entrée libre des hésitantes, une salve de rires l'étonne plus encore. Une petite dame, point laide, mais bigle, se tient debout, un verre en main, parmi diverses compagnes : jeunes, moins jeunes, plus du tout jeunes; elle débite d'une voix amusée :

« Je vous jure, il avait la main sur le cœur, il susurrait : *Ce que j'ai le plus aimé en toi, ce sont tes yeux. Mais depuis ton accident, depuis que le gauche dit zut au droit, je t'avoue que je ne peux pas m'y faire. C'est comme si tu étais devenue une autre femme.* Et moi, bonne pomme, de répondre : *Qu'à cela ne tienne ! Je le fais enlever, pour mettre un œil de verre.* Alors il s'est écrié : *Tu n'y penses pas. Tu serais borgne !* »

De nouveaux rires fusent : certains réduits à d'aigres petits riots, d'autres plus francs, qui ne détendent vraiment que les plus vieux visages.

« Blague à part, dit une boulotte, la gaieté parfois, c'est une bonne défense. Les gémissements des saintes femmes trompées m'horripilent. A les entendre on a souvent l'impression que la bouche leur sert de relais et que chacune d'entre nous se croit obligée de nous réciter une scène des *Bijoux indiscrets*. Nous sommes un groupe d'entraide et non de conférences sur nos ratages au bilboquet.

— Juste ! » dit une petite femme qui se fraie un passage et ajoute : « Aline Rebusteau, n'est-ce pas ? Je m'appelle Agnès. »

Aline ne réprimera pas un froncement de sourcils. Mais la présidente, qui lui a saisi une main et la conserve dans la sienne, reprend aussitôt :

« Ne vous formalisez pas. Votre nom de jeune fille est le seul que nous voulons connaître, étant entendu que pour simplifier nous n'employons que nos prénoms. Bienvenue parmi nous ! Je ne fais pas de présentations. Faites le tour. Chacune s'en chargera elle-même. »

*

C'est bien un peu ce qu'Aline craignait : la confession du genre *Je suis un alcoolique*. Au moins ne se fait-elle pas ici sur une estrade, mais de bouche à oreille. Il n'y a que les murs qui se veuillent provocants. Aline reste un instant interloquée par un grand panneau :

VOUS ÊTES EN BONNE COMPAGNIE !

HERCULE	délaissa	DÉJANIRE	pour	IOLE
ABRAHAM	délaissa	AGAR	pour	SARAH
DAVID	délaissa	MICHOL	pour	BETHSABÉE
CHARLEMAGNE	délaissa	HIMILTRUDE	pour	DÉSIDÉRATE
LOUIS VII	délaissa	ALIÉNOR	pour	CONSTANCE
PHILIPPE AUGUSTE	délaissa	ISAMBOUR	pour	AGNÈS
HENRI VIII	délaissa	CATHERINE	pour	ANNE
NAPOLÉON	délaissa	JOSÉPHINE	pour	MARIE-LOUISE

Mais Emma, qui pilote Aline, ne lui laisse pas le temps de décider s'il s'agit de naïveté ou d'humour. Voici une quadragénaire effacée, maigrelette, à timbre aigu, qui décline prénom et qualités :

« Marie, trois filles. Epicière. Enfin je l'étais... Mon mari a bu le fonds, avant de filer. Je fais des ménages. »

Voici une jeune femme à longs cheveux, bruns à la racine, blonds sur le reste du parcours :

« Amélie, étudiante en droit et pour subsister baby-sitter. Mon gosse est le seul dont je ne puisse pas m'occuper : son père m'a quittée le lendemain de sa naissance. »

Voici une autre jeune femme, au front tatoué :

« Tahar, plongeuse. J'ai un garçon et une fille. Mon ami était italien : il est retourné à Naples. »

L'œil rétréci de ces trois-là ne trompe pas : il s'est trop longtemps plissé devant d'insurmontables difficultés. Mais voici une mémère épanouie dans la graisse d'un menton à trois orbes :

« Adrienne ! Moi, ma petite, j'ai pu me débarrasser de mon bonhomme avant d'être aplatie. Il purge trois ans pour coups et blessures. Je suis écaillère, et, si je n'avais pas de varices, j'aurais maintenant la belle vie. »

Le défilé continue. Une infirmière s'annonce comme surveillante en chef dans un hôpital psychiatrique : *Quinze ans avec mari, quinze ans sans. Deux filles dont celle-ci, à ma gauche, qui récidive.* La fille en question, sans doute abandonnée de fraîche date, entrouvre à peine la bouche pour avouer un prénom rare : *Flavienne.* Aline relève la tête, aperçoit un autre panneau :

DIVORCE
responsables

aux torts du mari	41 %
à torts réciproques	32 %
aux torts de la femme	27 %

ABANDON DE FAMILLE
responsables

hommes	85 %
femmes	15 %

Emma, elle aussi, contemple cette statistique avec satisfaction :

« C'est clair, non ? fait-elle. Les chiffres parlent.

— L'androphobie ne vaut pas plus cher que la misogynie, dit une voisine, strictement boutonnée dans son uniforme d'hôtesse de l'air. Moi, voyez-vous, je fais partie des 27 p. 100. Mais c'est bien par hasard. Pas vu, pas pris. Si la preuve fait le coupable, elle n'absout pas qui s'en sert. »

Combien sont-elles ? Emma précise qu'il n'y a pas là le quart des inscrites. Deux, cinq, dix autres sœurs se nomment, les unes volubiles, les autres laconiques, presque toutes citant le nombre de leurs enfants, certaines le chiffre de leur pension. La dernière sera la doyenne : vieillarde au chignon jaunâtre lardé d'épingles mal enfoncées. Si l'alliance de ses compagnes a souvent disparu, la sienne est enfilée dans un sautoir pour y servir d'éloquent pendentif. Elle s'appelle Catherine, elle s'est mariée à seize ans, elle a fêté ses noces d'or à soixante-six et la voilà qui se retrouve, à soixante-huit, nantie d'un étrange record : celui du plus tardif divorce. Cependant Agnès, la présidente, tape dans ses mains, obtient un silence relatif. Amélie, qui fait office de secrétaire, annonce qu'il n'y aura ni projection ni discussion, qu'il sera seulement fait un certain nombre d'observations, dont chacune pourra tirer profit. Ces dames se sont assises un peu partout. La présidente frappe de nouveau dans ses mains pour faire cesser les derniers bourdonnements :

« Je veux d'abord, dit-elle, empêcher Alberte de faire une bêtise, en allant habiter chez son ami. C'est idiot, je le sais, son procès dure depuis trois ans. Mais c'est comme ça : la loi lui accorde un domicile séparé, elle lui refuse le droit à une vie personnelle jusqu'à ce que le jugement soit définitif. Son mari peut bien avoir vingt maîtresses, il lui suffira de prouver qu'elle n'habite plus seule pour que les torts soient réciproques... Je voudrais dire ensuite à Lucienne, dont l'ancien mari vient de mourir, qu'en principe elle a droit à partager avec la veuve la pension de réversion, au prorata des années de mariage, sans pouvoir toutefois en réclamer plus de la moitié. Maître Grainde examine son cas...

— Maître Grainde est notre vice-présidente », murmure Emma dans l'oreille d'Aline.

Aline hoche la tête, indifférente, voire ennuyée. Elle imaginait une ligue passionnée, romantique, un syndicat d'Erinyes. Mais soudain elle dresse l'oreille, incrédule. Agnès s'en prend à une certaine Marguerite qui se serait vantée de faire conjuguer le verbe *être* à son fils sur le mode badin : *Papa est, était, a été, sera un salaud*. Quelques sourires indignent la présidente : *Combien de fois faudra-t-il répéter qu'une sœur de ce genre nous cause — et se cause — le plus grand tort ? On ne gagne rien à ce jeu-là. L'enfant préfère toujours celui qui ne lui demande pas de détester l'autre. Et puis quoi ! Même en ne parlant que de gros sous, je ne vois pas l'intérêt de lasser chez un payeur le sentiment paternel...*

Silence. Aline n'est pas la seule, sans doute, à se sentir visée. Et divisée. Est-elle venue trop tard ? Est-elle venue trop tôt ? C'est une consolation que de savoir son sort très répandu, de constater qu'il y a pire; mais une consolation que balance le rejet dans la banalité, le sentiment d'être moins à plaindre. Agnès enchaîne, rappelle que le but de l'association n'est pas seulement de se faire prendre en charge, de s'instruire de ses droits, mais d'aider qui vous aide et que, franchement, si la cliente abonde, l'auxiliaire manque un peu... Secourues secourables ! Aline ne se sent pas mûre pour ce genre de scoutisme. Agnès ne parle plus, elle va de groupe en groupe, elle s'approche :

« Vous, dit-elle, vous êtes encore à vif... »

Tailleur sombre, permanente discrètement parfumée, ongles soignés : l'élégance froide d'Agnès ne peut pas faire oublier ses yeux, son regard en forme de sonde :

« Je sais, reprend-elle doucement. Le divorce, parfois, c'est de la chirurgie. Un juge tranche et s'en tient là. On imagine mal un médecin qui lâcherait son patient dans la nature sans s'occuper ensuite du pansement. C'est pourtant notre sort. Au besoin ne craignez pas de faire appel à nous...

— Ça me paraît plus plausible que le contraire », dit Aline.

Elle recule de trois pas, près d'une étagère chargée de livres plus communément rencontrés sur les rayons d'un juriste et qui repose sur un fichier métallique, plein de dossiers multicolores. Elle fait encore trois pas, cette fois de côté, en écrevisse et se retrouve près de la porte.

« On peut s'en aller ? souffle-t-elle.

— On entre, on sort, on revient quand on veut, dit Emma. Ne pas faire de remarque à ce sujet, c'est même une de nos consignes. »

Agnès, en effet, ne s'étonne point, se contente de lever la main dans l'air bleuté par les cigarettes. Aline atteint le palier, appuie sur le bouton d'appel de l'ascenseur et pouffe :

« Quoi ? fait Emma vexée.

— Vous voyez Louis dans un truc de ce genre ? dit Aline.

— Il pourrait », dit Emma, sans rire.

La cage métallique est en train de frémir. Emma répète :

« Il pourrait. Les hommes ont longtemps eu la loi pour eux. Ils ont encore le fric et les places. Mais ils se sentent assez menacés pour avoir créé un comité de défense des divorcés : la DIDHEM. »

Une arrivante sort de l'ascenseur, y va de son grain de sel au passage :

« Oui, dit-elle, il m'arrive de plaider contre un de leurs conseils; ou même de faire l'économie d'un procès en transigeant avec eux. »

Elle passe, sans insister.

« C'est maître Grainde », chuchote Emma.

22 août 1966

Le front barré d'un pli creux, Odile souriait, Odile s'étonnait de ses propres mérites. Elle venait de faire les lits, de ranger les chambres, de passer l'aspirateur dans l'escalier, dans la salle commune, de nettoyer les lavabos, la baignoire, scrupuleusement, méticuleusement, comme elle faisait dans son petit studio de Vincennes. Seul changement : les surfaces confiées à ses soins avaient au moins quadruplé. Personne pour l'aider : la saison battait son plein à La Baule et ses parents, vivant du lecteur vacancier, n'avaient pu abandonner leur librairie qu'une semaine, pour célébrer la rentrée en grâce et faciliter les premiers contacts. Louis était dans la cour, devant son chevalet, et les enfants, expédiés en courses, s'attardaient sans doute au golf miniature : avec Raymond et Armelle chargés de les encadrer, de les occuper, de les amadouer et qui en profitaient pour se la couler douce.

Et pourtant Odile souriait. Elle l'avait voulu. Elle serait à la hauteur. Elle passerait victorieusement l'examen. Quand vous remplacez une autre femme, jeunesse et fraîcheur sont pour les enfants des arguments aussi troubles, aussi détestables que vos capacités nocturnes (ils ont déjà horreur de songer à celles de leurs mères, dont pourtant ils sont nés). Ce qui compte, ce sont les capacités diurnes : cinq pour cent d'intellectuelles (ne pas avoir l'air idiote), dix pour cent de pédagogiques (savoir résoudre un problème), trente pour cent de ménagères (le point de jersey jacquart, le millefeuille, le beurre blanc, le coup de fer sur broderie, le bouquet composé, les tours de main, les trucs), et cinquante-cinq pour cent d'ancillaires (à nous lavettes, brosse, faubert, torchon, tête-de-loup), qui seront toutes soumises à d'âpres comparaisons. Sort singulier ! Etranges résultats de la dilection ! On vous a tant aimée qu'on vous a épousée. Et de ce jour vous voilà servante. Vous étiez la chérie, la mignonne, la choyée, sans charges, sans responsabilités; vous n'aviez à vous occuper que d'un homme, tendre et attentif, mais logé, nourri, blanchi, ravaudé, repassé ailleurs et dont les exigences ne concernaient guère vos activités en station verticale; vous pouviez durant ses absences vous reposer de lui, l'attendre, le faire attendre jusqu'à la belle envie, vous renouveler en le renouvelant; vous étiez libre; vous alliez partout et dans toute sortie, pour tout plaisir vous passiez la première... Et hop ! Terminé, ma chère. De celle qui part devenez celle qui reste. Epluchez, cirez, cousez, balayez maintenant. Et hop ! Avec quatre enfants tout faits, tout grands, sautez du même coup de la génération des filles à celle des mères. Efforcez-vous d'être telle sans pouvoir disposer de leurs atouts : le saint ventre dont les eaux — les vraies eaux bénites — baptisent à jamais le plus méchant bâtard; et cet autre cordon que sont les habitudes, les parentés, les souvenirs, la cuisine maison, le patois maison, le consentement aux claques sur joues d'abord bien ponctuées de baisers. Bref, rajeunissez pour le père, vieillissez pour les enfants. Bonne et belle-mère, savourez l'inversion, la perversion de l'excellence en ces adjectifs. Dans ses attendus — qui ne vous attendaient pas — le jugement de divorce concernant votre époux en a ainsi décidé : pour deux dimanches par mois, pour la moitié de toutes vos vacances...

Le rôti à mettre au four, la crème à battre, la nappe à repasser. Des deux jambes, des deux mains, Odile continuait de s'agiter et ne cessait pas de sourire, pesant les résultats, jugeant son monde.

*

Et d'abord Louis. Il avait de la chance, mais le savait-il ? Une collègue d'Odile, travaillant chez le même éditeur et se trouvant dans le même cas, ne s'était pas gênée pour lui dire : *Tu es folle ! Moi, je prends le bonhomme comme je l'ai connu : seul.* Mais celle-là était dotée d'un homme du genre coq, sans un regard pour la couvée. Depuis quinze jours Odile comprenait mieux son interminable attente. Comme disait son amie, *Je t'en souhaite ! Tu es tombée sur un père. Quadruple, pour tout arranger ! Cinq personnes à épouser, ma belle, c'est une autre partie !*

En effet, c'était une autre partie. Mais encore une fois Louis avait de la chance. Quadruple, il l'était d'une autre manière, en quatre noms. Pourquoi nier que ça faisait plaisir à la bouche de dire enfin *mon mari :* en le citant, en parlant de lui à la famille, aux commerçants, au facteur ? Pourquoi nier que dans *votre père,* servi aux enfants, le *votre* servait de cloisonnement, comme le *mon* devant mari, mais à l'intérieur d'une même vie commune, à l'intérieur d'une même villa divisée en chambres ? Et *Louis,* appellation mixte, d'avant comme d'après, ne se pointerait plus, ne se fêterait plus au calendrier de la précédente, mais au calendrier de la seule Odile, comme s'y était toujours fêté le prénom prononcé à l'envers, la petite invention de l'heure des caresses, le *Sioul* soufflé par la squaw au chef sioux parti sur le sentier de l'amour.

Une remarque, tout de même. Sioul, il peignait là, devant la fenêtre. Avec une ardeur nouvelle depuis qu'elle lui avait dit : *Au fond, c'est ton vrai métier.* Faire office de muse vous donne de l'indulgence. Une minute, cependant, rien qu'une minute, l'artiste aurait pu lâcher ses pinceaux pour aider la muse, surchargée, à mettre le couvert.

*

Et Léon, là-dessus, c'était bien son fils, habitué à considérer la maison comme un hôtel dont la patronne a tous les pouvoirs, sauf un : celui de déshonorer le client en lui demandant de tremper un doigt dans l'eau de vaisselle. Impératrice-esclave, Aline l'avait voulu ainsi : un fils — comme un mari — ne touche à rien de ce qui réclame le port du tablier. Ce préjugé campagnard, on pourrait peut-être le réformer chez Louis, mais chez Léon c'était hors de question. D'ailleurs, qu'il fût toujours en retrait, celui-là, campé dans le ni oui ni non, au fond, c'était préférable... Dix-huit ans ! Il avait dix-huit ans, Léon ! Avec un certain air, sur un certain ton, Raymond l'avait fait remarquer : *Il n'a que huit ans de moins que toi.* Sous-entendu : *Il est, dans l'âge, plus proche de toi que Louis. Attention ! Un mari quadragénaire, une jeune femme, un beau-fils, tout est réuni pour jouer Phèdre...*

Ne sourions plus. Rions. Imaginer Léon dans le rôle d'Hippolyte, c'était cocasse ! Mais le cinéma qui tourne dans la tête des gens est ce qu'il est. Comment traiter Léon ? En mineur prolongé ? Il s'en vexerait. En infant de premier lit ? Il n'y montrait que trop tendance. L'indifférence serait le moindre mal.

*

Pour Agathe au contraire il fallait faire des frais. Inutiles. Mais visibles. Destinés à prouver que la bonne volonté restait du même côté. Quand l'hostilité ne désarme pas, la patience arrive à l'engluer.

Dès le premier jour, Agathe s'est voulue insupportable, insolente, étrangère. Elle a essayé toutes les recettes d'opposition : le mutisme, le bâillement, la sécheresse de ton, la politesse excessive, le sourire à claques, le retard, l'inertie. Elle a boudé le plat : *Maman ne sale pas tant.* Boudé le paysage : *Moi, j'aime mieux la mer.* Boudé les jeux : *Si vous croyez que ça m'amuse !* Elle a sucé son stylo durant des heures devant son « journal », probablement très agressif. Elle a disparu maintes fois du côté de la poste. Elle a ramassé un peu n'importe qui parmi les jeunes du coin pour bien faire sentir que ceux-là, du moins, elle les fréquentait de son plein gré. Elle a affecté de ne jamais rien demander à Odile, quitte à chiper sans vergogne son parfum, sa laque, une paire de bas et même, devant elle, une coupure dans le porte-billets.

« Louis, tu as oublié de donner de l'argent de poche à ta fille », a dit Odile.

Mais le surlendemain, dans la combe de Paccaly, les choses ont failli devenir graves. Odile venait de dire : *Ce n'est pas de la varappe, mais ce n'est plus de la balade. Restez groupés. En montagne, on ne se sépare pas.* Vérité connue, mais dans sa bouche devenue provocante, appelant une réplique. Cinq minutes plus tard, après une pause, Odile a recompté machinalement son monde. Plus d'Agathe !

« Elle a crocheté par là, a dit Léon.

— Tu ne pouvais pas le dire tout de suite ? » a crié son père.

Le faux sentier pris par la fille traversait un pierrier, puis se ramifiait. Etait-elle repartie en arrière, jusqu'à l'auto ? Avait-elle poussé seule sur Roche-Pierfa ? Le nom d'Agathe une fois clamé à tous les échos, le ravin exploré, les jumelles en vain braquées dans tous les sens, on s'est morfondu durant deux heures. On était même sur le point d'aller chercher du secours quand, tirant un peu la patte, Agathe est réapparue :

« Et alors ? Je vous attendais au Trou de la Mouche. »

Bonne affaire, au fond. Furieux d'avoir manqué leur sortie, ils lui sont tous tombés dessus.

« Qu'est-ce que tu as au genou ? » a dit Odile, tirant du sac à dos un rouleau de sparadrap.

*

Et Rose ? Quand il fait le point, la nuit, sur l'oreiller, Louis s'encourage en murmurant : *S'ils étaient tous comme elle...*

Il a raison. Rose est serviable, sociable et jusqu'à un certain point maniable. Réservée, mais pas hostile. Discrète, mais pas indifférente. Ni soumise ni compromise, elle admet. Dans le tête-à-tête, elle peut aller jusqu'à la curiosité : *Comment as-tu connu papa ?* Elle a même une fois lâché une file d'adverbes interrogatifs : *Où ? Quand ? Pourquoi lui ?* Et, ainsi, montré le bout de l'oreille. Quand sa belle-mère occupe la place avant droite, dans la voiture (ou son père, s'il la laisse conduire), Rose devient taciturne. Quand sa belle-mère fait ce qu'elle faisait naguère et, renseignant l'époux, déplie la carte Michelin, devenue de nos jours pour les épouses une sorte de carte du Tendre, Rose fripe le nez. Quand sa belle-mère se fait embrasser dans le cou, elle avance le museau par-dessus le dossier, pour avoir sa part. Et la belle-mère aussi regarde ça du coin de l'œil. La tendresse et l'amour ne sont pas de même nature. Voire ! Quand le soleil tourne autour de deux arbres, d'espèces différentes, mais plantés sur le même terrain, il y en a toujours un pour faire de l'ombre à l'autre.

*

Guy, enfin. Intéressant petit bougre. Bien sûr cet « intérêt » sera toujours limité par ce réflexe du ventre : ceci ne sort pas de moi. Mais portrait de son père — comme Agathe — il est, lui, pleinement en accord avec cette ressemblance. Il touche. Quelle femme n'a pas rêvé de mignoter le galopin que fut jadis son amant ? Ou de le refaire ? Vingt-six moins dix égalent seize : à la rigueur en commençant très tôt...

Gagné, ce petit ? A l'aise, en tout cas. Peut-être trop rapidement. Toutes les femmes — et même leurs rivales — frémissent d'entendre un gosse parler sans chaleur de sa mère. Guy n'est pas discret, lui, et malgré l'œil sévère de sa sœur, il est vite pointu dans la confidence. La première faite chez le pâtissier, en croquant une tartelette aux myrtilles, eût été suffisante : *Ben, dis donc, à ce qu'on disait de toi, je ne te voyais pas comme ça.* Passe encore pour cette autre : *J'aurais dû amener mes hamsters; maman va me les faire crever.* Mais distribuer des cartes à cet enfant — et aux autres — en insistant pour qu'ils en envoient chacun une à Fontenay et, tandis qu'Agathe s'exclame : *Je n'ai pas besoin qu'on me le rappelle,* s'entendre dire par le benjamin : *T'es drôlement poire ! Maman, elle, fait le contraire,* c'est déjà plus gênant. Soyons franche : le beau rôle, c'est le plus habile. Agathe le sait bien, qui ne se laisse pas impressionner. Mais Guy lui-même, sans le vouloir, l'aura confirmé. Il arrive un soir, en courant; il écrase au passage le pied d'Agathe qui, aussi sec, le gifle.

« Celle-là, hurle Guy, elle est aussi rosse que Maman. »

Agathe, outrée, est sur le point de le doubler. Odile s'interpose, néglige Agathe, isole le petit :

« Je ne veux pas que tu parles ainsi de ta mère devant moi. De quoi aurais-je l'air ? Et d'ailleurs pourquoi lui en veux-tu ? »

Guy pique du nez, mais n'hésite pas :

« Pourquoi dit-elle toujours que papa est un salaud ? Et toi, une... »

Le mot ne tombe pas.

« Tu vois, dit Odile, que nous ne pouvons pas lui rendre la pareille. Tu nous détesterais. »

*

Ereintante, quand même, la maternité d'occasion ! Louis répète : *Tu as de bons nerfs. Chapeau !* Ou encore : *Sacrée belledoche ! Si tu as voulu m'épater, tu m'épates !* Avec un rien d'inquiétude dans le ton. Se reposer sur la belle-doche, tiens donc ! Il aimerait bien. Mais ce bon père, en fait d'autorité, s'en méfie chez les autres. Holà, Madame légale, ne vous prenez pas trop vite au sérieux.

Le voilà qui rentre, sa toile fraîche devant lui. C'est son troisième glacier : blanc de zinc et bleu de cobalt, devant quoi il sied de se figer.

« J'aime mieux tes portraits que tes paysages », dit Odile.

Louis ne bronche pas, détourne la tête : des pas font crisser le gravier.

« Voilà la smala, dit Odile. Je sers. Va me chercher la cocotte. »

Louis semble plus étonné. Il ne le dit pas, mais Odile se souvient d'une remarque : Aline, sur ce point fort bêcheuse, exigeait le transvasement dans le plat creux du service. Cependant Louis va, revient, pose la cocotte sur la table, la hume et de nouveau semble surpris :

« Tu le fais aux patates ? »

D'après Aline, sans doute, le haricot de mouton, pour mériter son nom, réclame des flageolets. On change de femme. On en propose, on en impose une autre à ses enfants. Mais de cent petits détails on n'est pas, soi-même, bien divorcé.

31 août 1966

ALINE faisait ses comptes.

Neuf cartes d'Agathe, toutes choisies dans la série polychrome des fleurs alpines, caraline, panicaut, aster, martagon, paradisie, cyclamen, rhododendron, arnica, edelweiss, la dernière portant la mention : *Pour compléter la collection.* Sept de Guy : rien que des marmottes, ironique illustration du reproche : *Tu vas te lever, marmotte ?* Six de Léon, six de Rose, plutôt portés sur le roc ou la cascade. Les Quatre, qu'on n'avait sûrement pas encouragés à écrire, se montraient finalement de bons enfants. Les textes, d'une intrépide monotonie dans le genre *bons baisers,* pouvaient faire penser à quelque censure. Tous les envois restaient adressés à *Madame Davermelle,* sauf un, le dernier, recommandé, destiné à *Madame Rebusteau* et regroupant sous une même enveloppe deux vues de la chapelle d'Assy, l'une signée Léon, l'autre signée Rose, jointes (évidemment, sans leur aveu) à la lettre de leur père : à cette lettre qui précisément interdisait à une mère de porter désormais le nom de ses enfants.

Aline s'empara de l'enveloppe, se demanda pourquoi elle était libellée de la main de Léon, subodora une ruse de Louis et se mit posément à la déchirer ainsi que son contenu : en tout petits morceaux. Puis elle passa, sereine, au second lot.

Dix cartes-lettres d'Agathe, à timbre imprimé, donc achetées à la poste, écrites à la poste, comme maman le lui avait conseillé. Petits rapports expédiés tous les trois jours. Ils n'avouaient presque rien des incidents qui devaient forcément se produire. Agathe accusait réception des lettres de sa mère, soigneusement numérotées (comme celles de Louis à Chazé : confiance pour confiance). Elle avait reçu le colis de linge et notait qu'*Odile en avait ri*. Ri jaune, certainement. Rien ne prouvait que cette femme (qu'Agathe avait tort d'appeler Odile) fût capable d'entretenir correctement les petites. Agathe notait encore : *La suscription donnant le nom de l'expéditeur,* Madame Davermelle n° 1, *n'a pas été appréciée. Papa a grogné : « C'est d'un goût ! » Plus tard, je l'ai entendu qui disait à Odile : « Je ne voulais pas d'histoires; mais puisqu'elle les provoque, je fais le nécessaire. »*

C'était donc le prétexte : une plaisanterie anodine, ne reflétant que la triste vérité ! Ça les gênait, la vérité. Agathe parlait aussi de photos : *C'est la nouvelle manie de papa... « Allez ! Tous autour de moi. » Une photo de famille avec Odile dedans, tu vois le genre. Je me défile, si je peux. Si je ne peux pas, quand le déclencheur automatique se met en marche, je remue la tête.* Mais Agathe n'était pas toujours à la hauteur. Elle l'avouait elle-même : *Bien reçu ton mot (14) ce matin. Figure-toi qu'Odile a eu le toupet de me demander : « Ta maman va bien ? » J'avais envie de lui répondre : « Elle irait mieux si tu n'existais pas. » Je n'ai tout de même pas osé.* Agathe aurait dû. Oui, Agathe aurait dû moucher sa belle-mère ! et au surplus, sans la tutoyer. Elle a été plus finaude en ajoutant : *Papa essaie de me gâter; je ne suis pas dupe.* Si son père lui voulait vraiment du bien, il relèverait la pension. Il gâte ses enfants chez lui, pas chez leur mère : comme si ce n'étaient pas les mêmes.

Aline saisit le dernier rapport, daté de la veille, 30 août, en relut l'essentiel : *Nous voilà donc rentrés : dans la nouvelle maison à Nogent. Papa reprend son travail après-demain. Odile aussi. Ils ont le droit de nous garder jusqu'à la rentrée. Ça leur posait un problème et j'ai cru un moment qu'ils allaient nous renvoyer à Fontenay. Papa a préféré mobiliser une fois de plus la tante Irma. Tu la connais : elle a avalé une pendule et va toujours faire les provisions à onze heures. Si tu m'appelles vers onze heures et demie...*

*

Agathe avait seulement oublié d'indiquer le numéro ! Mais les renseignements ont leurs listes de transferts et un Davermelle y était noté comme venant de s'installer à Nogent... Le cadran tourna sept fois. La langue d'Aline n'eut pas à en faire autant pour trouver des excuses ou des explications. Au bout du fil chantait la voix de mésange :

« Allô ! C'est maman. Tu es seule ?

— Oui, vas-y, il n'y a que Léon. »

Que les minutes défilent ! Après tout, dans le même secteur on ne paie qu'une communication. L'exclamatif s'emmêla à l'interrogatif :

« Ce que ça m'a paru long, ma petite fille !

— A moi aussi.

— Tu n'as pas maigri, au moins ?

— Non, j'aurais plutôt pris du poids.

— Je vois ! On t'a fait manger trop de farineux. Mais dis-moi, cette maison de Nogent, comment est-ce ?

— Plutôt grand, presque vide et très délabré. Tout à refaire, quoi !

— Quand même, je me demande où ton père trouve l'argent. Ce qu'il a dû nous en détourner ! Au fait, as-tu pu savoir où travaille ta belle-mère et combien elle gagne ?

— Elle l'a dit devant moi : mille huit cents aux Editions Ballin. Mais tu sais, ici, ce n'est qu'une location et, à Combloux, ce sont les Milobert qui ont payé.

— Non ! Tu es sûre ? Il se fait entretenir maintenant ! Je ne l'aurais pas cru tombé si bas. C'est sans doute par compensation qu'il se venge sur moi. Tu sais qu'il vient de me retirer votre nom ?

— Je sais, il s'en est vanté. Même Odile en était gênée.

— Gênée, celle-là ! Pures simagrées... Enfin s'il n'y avait que ça, ce serait seulement une épreuve de plus pour moi. Malheureusement il y a pis. Ton père exigeait la vente, tu le sais, et la maison, hélas, a trouvé preneur. D'ici trois mois nous devrons nous resserrer, ma pauvre chérie, dans un appartement. Quatre pièces, au plus ! Ce qui exclut toute chambre individuelle...

— Il va falloir que je me remette avec Rose ? »

La voix de mésange s'altérait. Aline prit la tangente :

« Comment faire autrement ? Tu pourras en remercier ton père... A propos, je pense qu'il s'est casé tout près pour mieux nous harceler. Mais il a oublié une chose : par l'autobus te voilà à dix minutes de chez maman. Tu n'es pas enfermée à clef, je suppose. Tu résides légalement chez ton père. Mais du moment que tu y couches, rien ne t'empêche, rien n'empêche Léon — ni même les autres, s'ils veulent venir — de passer l'après-midi chez moi. »

Le coup de sifflet des jeunes de l'époque — saluant belle fille, belle chanson, bonne idée — retentit dans l'écouteur.

« Ne vous en cachez pas, surtout ! ajouta rapidement Aline. Vous direz en rentrant : nous sommes allés voir maman. Quoi de plus naturel ? Quand il se sera aperçu que, dans l'autre sens, c'est seulement la loi qui vous amène, il sera peut-être moins arrogant, ton père. »

MAI 1967

5 mai 1967

GRANCAT revenait, maussade, de la Quatorzième. Pour une fois qu'il plaidait au pénal il était servi : son client venait d'écoper le maximum. Grancat s'en était douté en voyant le président Dutoitre s'installer sur le siège à la place du bon vieux Garnoux, malade, et pencher la tête d'un air intéressé. Habitué aux robins pour casseurs, Dutoitre ne ratait jamais les civilistes précédés d'une réputation de gros gagneurs. *Echec bien payé, échec moins cuisant,* disait le patron à ses stagiaires. Voire ! Le prestige, aussi, est alimentaire.

Ruminant, bousculé par des collègues pressés de tomber la robe pour foncer vers leurs salles d'attente, Grancat entrait au vestiaire quand il se trouva nez à nez avec Lheureux, qui en sortait.

« Tiens, fit-il, ça m'arrange. J'allais te téléphoner au sujet des Davermelle.

— Dégagez la porte ! maugréa un ténor à rosette posée sur canapé.

— J'allais en faire autant, dit Lheureux. Ma cliente se plaint de ce que ton cousin profite des visites pour monter ses enfants contre elle. »

Grancat relevait sa robe, la passait par-dessus sa tête, l'accrochait :

« Soyons sérieux, dit-il en se repeignant. Louis n'est pas innocent, mais Aline a un sacré toupet. La pension est payée rubis sur l'ongle, alors qu'Agathe est en état quasi permanent de non-représentation et que Léon manque une fois sur deux.

— Allons ! dit Lheureux. Il s'agit de jeunes gens, difficiles à contraindre. Je te signale d'ailleurs que les cadets, inversement, font des incursions à Nogent certains jours où ils n'ont aucun droit d'y être. »

Tractant le confrère, Grancat repassait la porte, remontait vivement la galerie :

« Trois lettres recommandées à la mère, une dizaine de déclarations d'absence au commissariat ! dit-il. Il va bien falloir passer aux sommations et, si nécessaire, à la plainte. Je comprends qu'Aline enrage d'avoir dû quitter sa maison, de savoir qu'à peine libéré d'elle Louis semble réussir. Ce n'est pas une raison pour organiser ce massacre à l'épingle...

— Réciproque ! » fit Lheureux.

Grancat claqua de la langue, agacé : loin du client, on n'ergote plus.

« Injures, calomnies, malédictions proférées à l'égard du père, reprit Grancat, c'est le menu quotidien des enfants. Manque-t-il un papier ? Aline le refuse. Arrive-t-il du courrier pour Louis ? Elle le brûle. Un client ? Elle déclare ignorer sa nouvelle adresse. Et je ne parle pas du petit héritage laissé par la tante Irma qui vient de mourir subitement : Aline s'est jetée dessus...

— Les revenus des mineurs appartiennent au parent gardien, même s'ils proviennent de l'autre famille », dit Lheureux.

Soudain, comme il repoussait une des portes de

verre donnant sur le grand escalier, il se relâcha :

« C'est vrai, admit-il, que la dame est chiante ! Elles se sont donné le mot en ce moment, mes clientes. J'en ai une autre qui a dressé son môme à démolir le mobilier du père : elle lui donne vingt francs par fauteuil cassé. Au fond pour beaucoup de femmes c'est une sorte de réflexe : à retrait d'amour, retrait de paternité. La moitié des enfants confiés à la mère sont élevés contre le père... »

L'escalier dévalé, il s'était arrêté sous le grand candélabre et relaçait son soulier, tandis que dans un grand claquement de semelles la foule évacuait le Palais.

« En finale, qu'est-ce qu'on fait ? dit Grancat.

— Bon ! Fais-lui peur », dit Lheureux.

8 mai 1967

DANS le brouhaha poudreux de la récréation, la copie passe de main en main.

Mme Vianson, qui n'a pas osé la noter, ni même y tracer un point d'interrogation à l'encre rouge, l'a remise avec une sorte de timide fierté à Mme le censeur. *Bigre !* a murmuré cette personne, replète, plus connue au lycée sous le surnom de *Boulimiette*. Un sandwich intérimaire dans la main droite, la feuille dans la main gauche, elle a longuement considéré l'unique mot de cette rédaction : comme si elle essayait de déchiffrer un texte secret tracé dans le blanc à l'encre sympathique. Voici maintenant que le filiforme M. Dauton, encore allongé par d'étroits pantalons, s'en empare. Il lit à haute voix :

« *Guy Davermelle, Sixième B, Rédaction : Quand vous rentrez chez vous, dites ce que vous préférez y retrouver...* »

Il s'arrête, il hausse un sourcil, il demande :

« *Rien !* C'est lui qui a écrit : *Rien* ? »

Devant quatre têtes branlant gravement des oui, il se résigne et commente :

« Un peu court, mais terrible.

— Et courageux, dit Mme Vianson. Tous les autres ont plongé dans la guimauve, et tant mieux pour eux si c'est vrai ! Tous, même le petit Garnier qui pourtant m'arrive souvent cabossé. »

Mme Ravers, la directrice, qui tient à ne jamais intervenir la première, prend le relais et considère le singulier devoir à travers la région basse de ses lunettes à double foyer :

« Je ne voudrais pas être la mère ! » dit-elle, avant de passer la pièce à l'assistante sociale, Mlle Ravigue, après tout la plus qualifiée.

Ces messieurs et dames, faisant cercle autour d'elle, ont encore agrégé deux ou trois des leurs, dont le prof de math, vite écrasé de regards noirs pour avoir grogné : *Et alors ? Vous n'allez pas prendre ça au sérieux, non ? Ces enfants de divorcés, c'est recta, ils en profitent toujours pour ne rien foutre.* Il se retire du conciliabule, il s'en va en se battant les flancs. La directrice essuie ses lunettes :

« Surtout ne montrez pas ce devoir à Mme Rebusteau, reprend-elle. Je me disais depuis des mois : ce petit a changé du tout au tout, il ne fiche plus rien, il est insupportable, qu'est-ce qu'il a ? Nous voilà fixés. Il faudra sûrement l'envoyer au centre psychopédagogique.

— Avec sa mère ? demande Mme Vianson.

— Forcément, dit Mlle Coubais. Je la connais. C'est elle qui a le plus besoin de consulter. D'autant qu'elle a trois autres enfants dont une seule, Rose, travaille normalement. »

Le groupe se desserre. La directrice s'en va, remorquant Mme le censeur, à travers des tourbillons de garçons qui se rangent à peine sur son passage et de filles tirant de longs regards en secouant de longs cheveux. M. Dauton et ses collègues, restés sur place pour une surveillance limitée aux minces effets de leur présence, s'embarquent avec circonspection sur un flot de considérations sociologiques. Mme Vianson, dont le sein gonfle, les écoute avec distraction et finit par repérer, loin des amas de jupettes et de culottes, un maigrichon solitaire qui, sur le bord d'une fenêtre, décortique rageusement les géraniums de la concierge :

« Guy, piaule-t-elle. Tu veux que j'aille t'aider ? »

14 mai 1967

LOUISE et Fernand Davermelle n'en revenaient pas. Ils avaient accepté de rencontrer leur bru : trois fois en tout, sous couleur de se faire amener leurs petits-enfants. Ils avaient dû l'inviter au dîner d'obsèques, lors du deuil de la tante Irma, plus vite gagnée qu'eux et qui disait peu avant sa mort : *Dégelez-vous donc un peu : elle n'est pas si mal.* Mais ils n'étaient venus qu'un après-midi, huit mois plus tôt, jeter un coup d'œil sur la maison de Nogent : *une cambuse pourrie dans un jardin de ronces,* selon M. Davermelle, ulcéré de voir partir en fumée l'avance faite à son fils — et jamais remboursée — lors de l'achat de la maison de Fontenay.

Et voilà qu'au terme de dix mois d'épreuve, par eux jugés indispensables, ils retrouvaient sur un tapis vert un peu étroit, ourlé d'arbustes forcément jeunets, une maison restée ce qu'elle était, assez chandelle, mais blanchie de frais; et à la place des petites pièces fumeuses, aux papiers décollés, aux plafonds éclatés, un ensemble coquet, démonstration d'économie alliée à un joli don de la bricole. Habitués à leur fouillis méticuleux, M. et Mme Davermelle découvraient un autre genre d'ordre, presque vide et là-dedans un autre genre de bru, vive, à l'aise dans son rôle comme dans sa robe et disant tranquillement :

« Nous attendons aussi mes parents, qui sont de passage à Paris. Louis est allé les chercher. Je surveille mon rôti. Je vous laisse visiter.

— Ma parole ! Ce sont eux qui passent l'éponge, bougonna Fernand Davermelle quand Odile eut disparu dans sa cuisine.

— Allez, monte ! » fit Mme Davermelle, bonasse.

De la grande salle obtenue en abattant les cloisons du rez-de-chaussée, un escalier en colimaçon les conduisit aux deux chambres du premier, aussi nettes, aussi démeublées, puis aux combles également bipartis : le sud constituant l'atelier de Louis, éclairé par des tuiles de verre, le nord cloisonné en quatre cabines, pour les enfants.

« Astucieux ! dit Mme Davermelle, considérant la couchette, la table escamotable se rabattant sur le lavabo dans le coin laissé libre par la penderie à glissière.

— Trop de frais dans une location ! » fit M. Davermelle.

Lui s'attarda dans l'atelier, considérant un portrait d'inconnu, encore frais, sentant l'huile. Il recula pour le mieux juger avec une moue transformée en sérieux sourire. Il se baissa pour remuer d'autres toiles posées sur la tranche :

« Celles-ci viennent de l'exposition », dit-il.

Que cette exposition l'eût impressionné et sans doute décidé à revenir, il n'en souffla mot. Sa tête à collier de barbe redescendit, portée plus haut par un cou pivotant de droite à gauche dans le col dur. Arrivé au palier il saisit le poignet de sa femme :

« Ça m'embête de lui donner raison, dit-il. Mais il

faut reconnaître qu'avec Aline il n'arrivait à rien et qu'avec celle-ci... »

Mme Davermelle entrouvrit la porte de la salle d'eau. Sa mise en plis mauve oscilla, satisfaite :

« Elle le tient comme elle tient sa maison », répondit-elle.

*

Quand revenus dans la salle ils eurent posé — non sans mines — leur benoît derrière sur des fauteuils-sacs, pour eux insolites, Odile, qui avait laissé le passe-plat légèrement entrebâillé, jugea que les choses allaient bien. Les beaux-parents, les parents, elle les avait, à l'occasion de la Pentecôte, résolument piégés. Les réticences des uns et des autres avaient assez duré. Elle les mettait d'autorité en présence : à l'Esprit-Saint de faire le reste ! Du pharmacien ou du libraire, du barbu en pointe comme du barbu en collier, qui des deux pourrait nier qu'en moins d'un an elle eût fait ses preuves ? On cesse d'être l'autre, on demeure forcément la seconde, on se pique au jeu et pour effacer la première, rien ne paraît de trop. Quand pour tant de gens, même indifférents, l'orgue a manqué, quand vous vous en fichez et que pourtant ça vous crispe de laisser ce céleste avantage à la répudiée, il faut faire mieux qu'elle sur la terre ! Apparemment Odile avait fait mieux. Le passe-plat, servant aussi de tube acoustique, lui faisait parvenir l'humour grinçant du beau-père :

« Les mariages, pour certains, seraient-ils comme les sauces ? Avec les mêmes ingrédients l'une tourne et l'autre réussit. C'est encore un peu tôt pour en décider, mais quand je compare...

— Moi, répondait la belle-mère, voilà longtemps que je ne juge plus une fille sur ce qu'elle a fait, couchée, mais sur ce qu'elle sait faire, debout. »

Si longtemps que ça, vraiment ? Odile ne se faisait pas d'illusions. La rosserie d'Aline, l'indulgence envers un fils unique l'avaient beaucoup aidée. Elle éteignit son four, saisit le plateau d'apéritifs et, la jambe lisse, entra dans la salle :

« Pas trop déçus ? fit-elle.

— Je dois avouer..., dit Fernand Davermelle, amateur de phrases inachevées.

— Vous en avez fait presque trop ! dit Louise, reprenant le thème à son compte.

— Vous ai-je dit que nous étions ici en location-vente ? reprit Odile, insistant sur les derniers mots. Nous ne tenions pas à ce que ça se sache, à cause d'Aline. Nous n'aurions pas fait tant de réparations pour un propriétaire. Je crois avoir eu raison en insistant pour que Louis remploie sous cette forme ce qui lui est revenu de Fontenay. »

Ça montait en face, la considération, comme un thermomètre quand on souffle dessus.

« A son nom, bien entendu », acheva Odile.

Ils se regardaient tous les deux d'un air entendu, presque effaré, et leurs décentes paupières battaient sur le regret d'avoir, ignorant ces mérites, prolongé une semi-quarantaine. Mais la justice enfin se mettait en marche :

« Je crois qu'il est temps de vous le dire franchement, Odile : au début vous nous avez fait peur... »

La franchise n'articule pas toujours aisément. Soyons confuse, pelotonnons-nous dans la modestie, laissons couler cette salive qui fut amère et n'est plus qu'un peu rare :

« Aline est ce qu'elle est, mais enfin, avec quatre enfants... Vous-même, vous êtes bien jolie, mais enfin avec vingt ans de moins... »

Voilà, ça partait, ça ronronnait. Comprenez-nous bien, ma chère enfant. Un fils unique casé d'avance dans la pharmacie et qui la refuse, qui choisit ce qu'il y a de plus hasardeux, qui court, qui court, qui contraint et forcé épouse une dactylo sans le sou, qui s'empêtre d'une famille nombreuse, qui se remet à courir, qui s'entiche d'une jeune fille, qui casse tout pour recommencer avec elle... Avouez-le, il y avait de quoi nous inquiéter. Beaucoup. Nous avons décidé de vous regarder faire. Un certain temps...

— Maintenant, coupa Mme Davermelle, nous savons à quoi nous en tenir. »

Pause. Puis reprise. D'appréhension en étonnement, de satisfaction en gratitude... sans s'obnubiler, mais sans se leurrer sur les difficultés à prévoir pour assumer dans une vie nouvelle les conséquences de l'ancienne : *Ce dont jusqu'ici... auprès des enfants particulièrement... vous vous tirez, je le dis comme je le pense... avec beaucoup de doigté...* Poils de barbe ou fils de guyère, ça s'étirait, ça s'embrouillait. On en venait aux faits : dans un langage prudent, mais facile à traduire. L'amour du fils, gardez-le. L'argent du fils aussi, comme vous l'avez su faire. Et continuez, mon enfant, à défendre les bonnes idées que vous avez eues : primo, d'associer le possible au certain, le peintre au décorateur, en lui faisant écouler de la toile aux clients Mobiliart; secundo, d'intéresser les susdits à leur aimable portrait; tertio, d'amorcer, dans une spécialité devenue rare, une réputation, une carrière, une petite pompe à finances...

« J'aime Louis, figurez-vous ! » dit Odile.

Et la vaseline coula sur les visages tandis qu'Odile se disait qu'au trémolo près c'était pardonnable de jouer avec la vérité. De l'oubli, machine à laver des familles, retirons du linge propre. Dupes, pas dupes, au fond quelle importance ? De la réprouvée à l'approuvée — traversée en secret d'une franche gaieté —, chers parents, comme le chemin reste court ! Qu'il soit mon amant, qu'il soit mon mari, c'est toujours le même Louis : harponnée d'une autre façon, contentée par d'autres moyens. Je n'ai rien fait pour vous; j'ai tout fait pour lui; j'ai tout fait pour moi.

*

Battements de portes, glissements de pieds, raclements de gorge : les Milobert arrivaient, saluaient, avec les gestes raccourcis, avec la tête penchée en avant des intimidés.

« Ma mère, dit Odile, voici maman. »

Ma mère ! C'était la première fois. Jusqu'ici, parlant d'elle ou s'adressant à elle, Odile évitait de la nommer, employant avec Louis des pluratifs plaisants : *Les D ont téléphoné !* comme elle faisait, par extension, pour les M de son clan, pour les R de Fontenay.

« Enchantée... »

Enchantement sans doute réservé, pollué par quelques restrictions mentales. Les M *plaçaient* leur fille, d'abord détournée; les D *remplaçaient* la belle-fille par cette autre, d'abord usurpatrice. Mais chut ! Pardonnez-nous nos offenses comme nous pardonnons à ceux qui nous ont offensés. Odile proposa très vite de passer à table.

« Vous êtes dans le commerce, je crois ? Personnellement, je m'en suis récemment retiré... »

Les langoustines, en guise d'entrée, ont un avantage : vous n'en finissez pas de les décortiquer, de grattouiller l'intérieur des queues et des pinces, vous êtes occupés. La conversation d'accompagnement peut être faite de creux, comme dans votre assiette les carapaces vides. Odile meublait, avec du sourire : sachant bien que pratiquer l'amène — et non l'amer, comme Aline —, s'en épanouir assez, pas trop, pour que ça se sente, même dans son silence, c'était toute sa force. Les joyeuses toujours écraseront les tristes.

« Vous et moi, en somme, c'est la patente noble, cher monsieur ! »

Non, tout de même, ce n'était pas dit sans grain de sel sur la langue. Mais enfin libraire et pharmacien qui, tous deux, avant-hier, ruminaient des choses sur le fils ou la fille de l'autre, qui attendaient sinon des excuses, du moins des avances permettant de sauver la face, ils se congratulaient ! Louis regardait sa femme. D'elle, flanquée des deux pères, à lui flanqué des deux mères — avec inversion de priorité pour la mise à droite —, le guilleret petit courant n'avait pour passer, besoin d'aucun fil. De ceux-ci, tous établis dans des commerces dont la vocation est de soigner l'esprit, de soigner le corps, voilà, on était issus. Qu'un libraire ne fût point docteur comme un pharmacien, on ne pouvait le nier : avantage à Louis. Qu'il fût recyclé par sa marchandise et plus responsable du choix d'une lecture que le potard d'une spécialité, nul doute : avantage à Odile. Les D, les M, ils ne songeaient plus qu'à leurs ressemblances : dames comprises qui, n'est-ce pas ? avaient su, toute une existence, passer au galop de la boutique à l'appartement, du service-client au service-enfants.

« Qu'est-ce que c'est ? » dit le libraire, soudain.

Des pas faisaient crisser le gravier, dans la cour.

« Vous attendiez les Quatre ? dit le grand-père.

— Non, dit Odile. Nous sommes bien le deuxième dimanche du mois, mais c'est la Pentecôte : petites vacances à partager. Aline ne les lâchera que demain à midi.

— D'ailleurs, les Quatre, c'est une façon de parler, dit Louis. Nous n'en voyons guère que deux en ce moment. Je suis même tellement excédé de l'absence des grands que je vais envoyer l'huissier chez Aline. »

Aline. Aline. Ce nom jeta un froid. Une moue conjugale laissa entendre qu'Odile ne militait guère pour la sommation ou s'avouait moins chagrine que Louis de la disparition de ses aînés. Mais la porte s'ouvrait, livrant Rose et Guy, essoufflés, en nage.

« On a dit qu'on allait faire un tour de vélo, dit Guy.

— Excusez-moi, je regarde ma montre, dit Rose. Nous n'avons que dix minutes. »

Fernand Davermelle n'en croyait pas ses yeux. Ce n'était pas tellement sur les joues de Louis, vite suçoté, que Guy insistait, mais autour d'Odile qui, levée de table, prenait deux assiettes, recoupait deux morceaux de clafoutis, installait l'un, puis l'autre à chaque bout de la table, pour s'attarder finalement près du benjamin :

« Comme tu es ficelé ! dit-elle. Ce n'est pas possible de te laisser aller avec une veste percée aux coudes. Après-demain je te rhabille.

— Si tu m'achètes un costume, du moment que ça vient de toi, elle me l'enlèvera, dit Guy, à mi-voix.

— Tu te changeras en repartant. »

Dialogue privé, qui devenait presque inaudible. Tout autour, dans l'attendrissement officiel des sourires, c'était un ballet de questions muettes : *Est-ce trop ? N'est-ce pas un peu contre nature ? Tous les atouts sont-ils bons ? Aurait-elle envie de...* Mère et belle-mère, plus intuitives, déjà n'en doutaient pas : Louis, Odile, Rose, Guy, les parents Davermelle, les parents Milobert, tous autant qu'ils sont, alliés de seconde main, ils ne le seront de première, ils ne le seront vraiment que par un nouvel enfant.

20 mai 1967

TROIS heures. Montée à Paris en prévision de la fête des Mères — qui serait ainsi célébrée à plusieurs niveaux —, Mme Rebusteau tricotait, jetant de méchants coups d'œil à l'horizon de béton. Quel changement depuis le temps où Aline pouvait recevoir ses parents dans la chambre d'amis de sa villa, tandis qu'ils pouvaient, eux, lui offrir un chalet et un parc pour les vacances ! Malgré le chauffage central, les quatre pièces de la Résidence Lothaire, avec moins de quatre-vingts mètres carrés pour cinq personnes, ne valaient même pas le rez-de-chaussée, un peu enfumé par les poêles, qu'occupait désormais la grand-mère au cœur de Chazé. Faute de place, la nuit précédente, elle avait dû coucher avec sa fille : une Aline diminuée, égarée, disant elle-même du haut de l'étroit balcon donnant sur un paysage de gravats :

« Nous occupons maintenant une situation élevée : au cinquième étage. Pour tout le reste, c'est la dégringolade. »

Aucun besoin de cet aveu. Du désordre, du laisser-aller, des disputes des filles bloquées dans la même chambre, de l'égoïsme de Léon retranché dans la sienne comme dans un droit d'aînesse et refusant d'y accepter Guy, de l'air crispé du petit obligé de se contenter d'un coin de table pour faire ses devoirs et d'un divan de secours pour dormir — à l'heure où les autres voulaient bien évacuer la salle —, Mme Rebusteau n'augurait rien de bon. Les grands déjà vivaient pratiquement dehors; Rose faisait le caillou, Guy le hérisson. Tracassée, tracassante, créditant les siens de leur seule dévotion à maman, Aline vivait dans un demi-délire, criaillait, se taisait quand il fallait sévir, sévissait quand il eût été préférable de se taire, lâchait des énormités. On ne soutient pas un enfant contre un autre. Quel besoin de prendre parti pour Agathe, championne de la fenêtre fermée, contre sa sœur, championne de la fenêtre ouverte ? Regrettable, certes, la sortie de Rose :

« Avec toi, Agathe a toujours raison. »

Mais inexcusable la réplique d'Aline :

« Elle, au moins, elle a su choisir. »

*

Quatre heures. Mme Rebusteau se retourna soudain, alarmée : un coup de pied dans la porte envoyait le battant claquer la cloison. Dans la salle — encombrée de choses dont elle aurait dû avoir le courage de se défaire —, Aline faisait irruption, laissait tomber son cabas, déboutonnait rageusement son manteau :

« Toi, tu es encore allée rôder du côté de ta maison, dit Mme Rebusteau. Tu n'aurais pas dû louer si près.

— Les Quatre ont assez perdu pour ne pas perdre encore leurs amis, leur lycée, leurs habitudes, dit

Aline. D'ailleurs tu te trompes : je viens seulement de buter sur l'huissier dans le hall. Deux sommations ! Louis ne fait pas le détail. »

Du papier bleu émergeait du cabas, parmi des têtes de poireaux.

« Il paraît que je me sers encore de son nom. Il paraît qu'il ne voit plus Agathe.

— Vraiment ! » dit Mme Rebusteau, prudente.

Le matin même, devant le café au lait, n'avait-on pas parlé de ce mot de Louis, autorisant Aline à conserver le quatrième dimanche 28 mai, fête des Mères, à condition de rétrocéder le 21, alias la Trinité ? On avait même bougonné : *Il est généreux, votre père ! Il ne donne rien, il troque.* On avait chantonné : *La Trinité se passe... Ne sait si reviendra !* Et on avait bravement signé, quelques minutes après, la fiche d'envoi d'un colis des Trois Suisses encore expédié au nom de Mme Davermelle. Cependant joignant les mains, les desserrant, les resserrant, talonnant le plancher, Aline se lançait dans un furieux monologue :

« Cocasse, non ? Hier, mon avocat me demandait de céder, comme s'il était passé au service de Louis. Aujourd'hui, le bourreau se plaint de sa victime. Pour être aussi carne, il doit en baver chez lui. J'ai toujours pensé qu'il serait puni, cocu à son tour. Avec la fille qu'il a ramassée ça ne fera pas un pli, et je ne regrette qu'une chose, c'est de ne pas m'en être chargée. Tu te rends compte ! Si ça se trouve, il entretiendrait maintenant des bâtards...

— Aline ! » fit Mme Rebusteau.

Mais Aline ne faisait plus aucune attention à elle et continuait, fébrile :

« Bon ! Un avocat qui ne pense qu'à vous retenir et non à vous soutenir, compris ! Je vais le brader. Quant à Louis, s'il la veut, Agathe, il l'aura. La petite sait se défendre. Un robinet de baignoire qu'on laisse couler, une bouteille d'huile qui tombe sur le tapis, quelles belles occasions pour une belle-fille de se faire apprécier de sa belle-mère ! Moi, de mon côté, pour faire plaisir à Monsieur et Madame, je vais mettre le nez dans leurs comptes, je vais m'occuper de leur fric ! J'y cours même tout de suite, sans perdre une seconde... »

Elle reboutonnait son manteau, repartait, jetant sans se retourner :

« Dis aux enfants que je rentrerai tard : je vais chez maître Grainde. »

*

Cinq heures. Les Quatre étaient rentrés, en ordre dispersé, pour aller s'enfermer dans leur chambre. Sauf Guy, bien entendu, qui refoulé de chez les filles où il prétendait pénétrer, chassé des waters par Léon, indigné d'entendre tomber six fois la chasse d'eau, sautillait comme un moineau, sans but précis. Il finit par s'écrouler sur le divan, qui était bien son lit, de nuit, mais devenait de jour un assemblage décoratif de coussins disposés sur une housse qui ne devait pas être froissée. Mé, manquant de courage pour l'en faire relever, chercha un biais :

« Si tu n'as pas de devoirs, fit-elle, pourquoi ne sors-tu pas ?

— Où veux-tu que j'aille ? Maman a mis mon vélo sous clef, dans la cave. »

Parce que sa mère l'avait rencontré, venant du bois de Vincennes, donc sans doute de Nogent. Mé, qui ne l'ignorait pas, se garda bien d'opiner, encore qu'à son avis la mesure fût maladroite et poussât plutôt au raid de protestation : en autobus, ou même à pied. Mais la toute bonne tombait de mal en pis :

« Et tes hamsters, fit-elle, tu ne t'en occupes plus ?

— Maman les a jetés, dit Guy. Elle trouve que ça pue dans un appartement. »

Quelle solution, sinon de se précipiter dans la cuisine pour y mitonner un chocolat sept-bouillons, accompagné de sablés à la crème de récupération, autre spécialité de son cru ? Guy s'empiffra bientôt, non sans protester contre la sortie du plateau :

« Tu ne vas pas en donner au pacha ? »

Il accompagna pourtant sa grand-mère, frappa du dos de l'index les trois coups rituels qu'exigeait le redoublard plongé dans la préparation de son bac, mais ouvrit assez vite pour se donner le plaisir de voir se relever une tête hirsute qui honorait le cahier d'un studieux roupillon.

« Quand je te le disais ! fit Guy. Il travaille.

— Fous le camp ! » hurla Léon.

Sa grand-mère s'avança, mais Léon ne daigna même pas renifler la tasse. L'œil morne, la lippe prononcée, il grogna sur le ton qu'il opposait aux lancinants petits soins de sa mère :

« Du chocolat ! Tu sais pourtant bien que tout ce qui contient du lait, j'en ai horreur. »

*

Mé repartit chez les filles. Lit-banquette à gauche, lit-banquette à droite, deux étroites armoires qui se faisaient face, deux étroits secrétaires dont les occupants se tournaient le dos : c'était plus une nécessité qu'une volonté. L'insolite, c'était la ligne blanche tracée à la craie sur le plancher. Encore heureux que la porte et la fenêtre fussent dans l'axe, séparant ainsi une demi-pièce nue, rigoureuse, d'une demi-pièce frivole, tapissée de photos de stars, de fleurs en papier, d'accessoires de cotillon !

« Chacun chez soi, dit Rose. J'en avais marre du fouillis d'Agathe. »

Les deux sœurs burent leur chocolat, sans rire.

« Mais qu'as-tu fait de tes coquillages ? dit Mé.

— Ben voyons, dit Agathe, elle les a planqués chez papa. »

Rose se retournait déjà vers ses livres. Agathe glissait vers le balcon, jetait un coup d'œil sur la rue et, après avoir agité la main, commençait à enfiler sa gabardine. Un léger sifflotis avertit Léon, qui sortit de son antre, l'œil rallumé, pour demander : *Ils sont là ?* Mé, perplexe, ne sachant pas s'il convenait ou s'il ne convenait pas d'exiger une explication, rangea d'abord le plateau. Quand elle reparut, la porte se refermait. Les cadets lorgnaient le trottoir, du haut du balcon :

« C'est Marc, dit Rose.

— Et Solange, dit Guy. Je te parie qu'ils ne seront pas rentrés avant minuit. »

21 mai 1967

TROIS cents tulipes crèvent le gazon, par bouillées de quinze, au ras de quoi Guy fait des prouesses pour faire virer la tondeuse électrique sans couper le fil qui, par une fenêtre ouverte, s'en va chercher le courant à la prise multiple où se trouve également branchée la télévision. Odile a crié, voici un quart d'heure :

« Arrête un peu, sinon les plombs vont sauter ! »

Ils ont sauté, interrompant la tonte et le grand film. Louis, descendu de son grenier, les a changés avec entrain :

« Tant pis pour les plombs ! Regarde la mine du gosse. »

Ce bon père ! Il a tranquillement — sur l'évier, avec du Paic-Citron — nettoyé son pincelier. Puis il est remonté. Oubliée, sa colère du matin : après le refus d'Agathe tenant tête à la sommation, après la dérobade de Léon — resté dix minutes : juste le temps d'être compté présent — et le serment vengeur d'en venir la prochaine fois à la prise de témoins. Là-haut il y a Rose et, quand Rose y fait sa chatte, Louis ne tarde pas à ronronner.

Le film, amputé de deux ou trois scènes, a repris. Odile, plus à l'aise debout qu'assise et moins portée sur le petit écran que sur le livre, ne se demande pas pourquoi l'héroïne chiale, mais comment le metteur en scène a pu laisser l'actrice s'inonder de larmes aussi factices. Au fond, ce qui l'intéresse, ce n'est pas le secret de la fille, c'est le sien : au nom de quoi elle se repose. La nullité du film l'arrange, comme l'arrange l'absence d'Agathe et de Léon — qui n'ont pas rapetissé, qui ne seront jamais de la taille souhaitable. Elle s'enfoncerait volontiers dans le fauteuil-sac, elle dormirait bien... Mais quoi ?

« Tu prends ? » hurle-t-on du haut de l'escalier.

Le téléphone sonne. Odile se déplie, tortille d'un pied, saisit l'ébonite et, avec une assurance qui n'est plus assez récente pour lui mettre de la bouillie dans la bouche, annonce :

« Ici, madame Davermelle.

— Ici, l'ancienne ! » répond l'écouteur.

Trois secondes de silence... On a beau se trouver sur le mirador, la première fois que la panthère feule en dessous, ça surprend. *Eh bien, je vous fais peur ? Ce n'est pas après vous que j'en ai, ma petite. Bien que... ! Enfin, passez-moi le bonhomme !* précise la voix, assez rêche pour paraître authentique. Odile s'étire un peu le cou. Ce qui passe le moins bien, c'est le *ma petite,* flatteur en un sens, mais dominateur, assuré de trouver en face quelque confusion. La vénérable dame de Fontenay a tort. On ne jouera ni la gêne, ni l'amusement, ni la dignité. On raccroche, sûre d'être rappelée.

On l'est en effet. On laisse longuement carillonner. *Tu prends ?* répète le grenier. Odile crie : *C'est pour toi !* et consent enfin à décrocher. La leçon semble avoir porté : *Ici, la mère des enfants,* reprend la voix toujours acide, mais contenue. *Vous désirez sans doute M. Davermelle, mon mari ?* fait Odile, en soulignant à peine le possessif. *Je vous le passe, madame.*

Lourde pause. Louis arrive, essoufflé :

« Excusez-moi, mais j'ai dû couper, pour impolitesse, le premier appel de cette personne », dit Odile, assez haut pour être entendue du visible comme de l'invisible.

Elle retourne à son fauteuil-sac.

*

A Louis de jouer, dont la pomme d'Adam, elle aussi, voyage un instant dans sa gorge. Aline le cueille à froid :

« Puisqu'il faut vous appeler, monsieur, je n'ai pas besoin de vous dire, monsieur, combien j'apprécie les visites d'huissier. Je suis sûre qu'en échange vous apprécierez, monsieur, la requête que prépare mon nouvel avocat. Connaissant votre générosité... »

Ahuri, Louis ne ressent d'abord que le poids de ces *vous,* parmi quoi ne se faufile plus un seul *tu.* La suite, déjà moins digne de l'exorde, charrie de l'invectif et du saugrenu :

« Au fait, dites à votre pimbêche que je ne suis pas assez riche pour payer par sa faute deux communications... Entre parenthèses, avec sa voix de pruneau, elle est d'où ? D'Agen ? En tout cas, elle me fiche la colique... Bon ! Je disais, vous êtes généreux, vous aimez envoyer des sommations, vous aimerez sûrement m'envoyer de plus fortes sommes... »

Rire aigrelet, chuchotements indistincts. Il se pourrait qu'Emma Valdoux fût dans les parages. Mais il n'est pas exclu qu'Aline ait eu l'inconscience de passer un écouteur à sa fille.

« Bref, qu'est-ce que vous voulez ? dit Louis. S'il s'agit d'une augmentation, j'aime mieux vous dire...

— Ne me dites rien : vos revenus ont presque doublé. Je vous en félicite, mais nous sommes loin désormais d'en avoir notre juste part. »

On songe au malheur d'autrui, on se met la main sur le cœur; mais le portefeuille est dessous, qui n'est pas moins sensible. Sa juste part ! Qu'on indexe une pension, soit ! Mais qu'Aline pour avoir été sa femme, en un temps besogneux, ait le droit d'aligner ses exigences sur ses gains actuels, de devenir au nom du passé la sangsue de son avenir, merde ! Louis l'écoute, la mignonne, qui ne divague plus, qui en vient aux chiffres avec une précision de machine à calculer :

« Vous avez deux mille cinq cents francs de fixe chez Mobiliart. Vous vous faites au moins trois mille francs de commissions... Et parlons un peu de votre exposition : j'y suis allée, j'ai demandé les prix, j'ai compté les ronds rouges collés sur les toiles vendues, j'ai fait l'addition...

— Et les frais ? Et les cinquante pour cent de la galerie ? » dit Louis, le plus bas possible.

Odile a coupé le son, pour ne pas gêner le dialogue; Rose vient de descendre, Guy de rentrer. Ils sont là, muets, discrets, immobiles. Donc ils entendent. C'est commode, vraiment, de discuter d'une augmentation devant des enfants qui, à tout prendre, en seront aussi les bénéficiaires, comme devant une femme qui, elle, est sûre d'en pâtir !

« Je sais, je déduis ! continue Aline. Je n'ignore pas que nombre d'amateurs paient directement leurs portraits. Blousez le percepteur; n'essayez pas de me blouser, moi. Votre situation devient confortable.

Surtout si l'on songe qu'en plus votre femme travaille... »

Le travail d'Odile ! Sautons vite sur cette erreur légale.

« Voyons, soyons sérieux, ma femme ne vous doit rien sur son salaire.

— C'est assez monstrueux, en effet, reprend Aline avec une allègre conviction. Elle a détruit notre ménage, elle devrait être astreinte à réparer, comme vous. Je n'en suis que plus à l'aise pour réclamer mon dû... C'est vrai, mon cher, je dépends entièrement de vous. C'est mon métier, désormais. Il y a deux sortes de femmes entretenues : les unes pour le plaisir, les autres pour son châtiment. Vous cumulez, mon pauvre, car ayant épousé le premier genre en divorçant du second, vous voilà obligé de faire vivre l'une et l'autre. »

Louis cille. Butée, mais pas futée, telle était pour lui la définition d'Aline. S'il n'est pas sûr, malgré le dicton, que l'esprit vienne aux filles avec l'amour, il semble s'aiguiser dans le désamour. On continue :

« Si vous préférez, je suis maintenant la gouvernante de vos enfants. Voyez tarif : il est très au-dessus de ce que vous m'allouez... »

Pour l'avoir longuement pratiquée, Louis n'ignore pas qu'il vaut mieux laisser parler Aline : surtout dans l'affrontement par fil où, s'il se tait, elle ne tardera point à s'enhardir, donc à se trahir. Qui ne sait pas jusqu'où il peut aller, mieux vaut le laisser filer trop loin, pour le tirer en arrière. Aline se lançait, justement :

« Moi, je ne connais que la morale du melon : à chacun sa côte. Les melons en ont généralement huit. J'en prends donc cinq. Je vous en laisse deux, plus la huitième pour les impôts. Et je suis large car, des impôts, j'en paie aussi sur la pension que vous pouvez, vous, décompter de vos revenus... Or, si vous la dépensiez vous-même, vous seriez imposé sur cette somme au même titre que le reste. Moralité : c'est vous qui devriez payer mes impôts.

— Superbe ! dit Louis. C'est Emma qui vous a soufflé ça ? Malheureusement j'ai été amené à potasser la question. Revoyez l'article 214. Tiers maximum. En tenant compte des enfants un tribunal peut faire mieux, mais votre décompte ne serait sûrement pas le sien. Il calculera d'abord sur le net, non sur le brut, car nous travaillons, nous avons des frais, alors que vous n'en avez pas. Ensuite, une part par adulte, une demi-part par enfant, vous valez trois, ma chère, contre deux et demi... »

Etonnant faire-part ! Du coup, Odile s'est retournée, lorgnant Guy, qui n'a rien compris, lorgnant Rose, qui flotte : comme flotte sa mère, au bout de trois kilomètres de fil :

« Deux et demi ?... Ne me dites pas que vous avez été assez bête pour augmenter vos charges !

— L'étions-nous donc pour avoir fait quatre fois la même chose ? »

*

Une phrase qui vous part du cœur et tout se détend. Pour un instant. Quatre fois, c'est vrai, ce fut quatre fois, comme cela sera pour la cinquième, un seul et même père. Mais pas la même mère, qui, là-bas, reste silencieuse, anesthésiée par ce *l'étions-nous ?* comme un patient par une bouffée de kélène. On se dit des choses affreuses et, de la salive même, jaillit un trait qui vous empêche de dire le reste. Qui vous empêche d'ajouter : Agathe semble perdue pour moi, Léon douteux; et les deux autres, encore fidèles, sont sous votre coupe. Etais-je, grâce à vous, assuré d'en garder un seul ? Et de toute façon comment en espérer un qui fût, dans ma maison, bien à moi ? Alors, voilà. Je n'avais aucune raison de le refuser à cette très jeune femme. Au contraire. Faire l'amour jusqu'à l'enfant, c'était pour moi enfoncer le clou jusqu'au bout; et pour elle, au moins en partie, vous reprendre, reloger dans son ventre l'exclusivité maternelle...

« Je me demande ce que vont en penser les Quatre », dit Aline, d'une voix lointaine.

La grâce ne peut durer. Le dépit s'approche, qui lui fait dire :

« Fils ou fille, tu auras l'âge d'être son grand-père. »

Et aussitôt :

« Raison de plus pour que tu fiches la paix à Agathe ! Qu'elle aille te voir quand elle voudra, ce ne serait pas mieux ? Tu cries, tu cries et tu n'as même pas envie de l'y forcer. »

Le pire, c'est que c'est vrai. Louis sait très bien que les insolences, la main croche, les fouilles d'Agathe horripilent Odile, qu'il faut vous surveiller, paroles, porte-monnaie, papiers, quand par hasard elle est là. Il sait qu'Aline est balancée entre le plaisir de lui ôter sa fille et l'ennui d'y perdre un agent de renseignements, comme il l'est lui-même entre sa paix et son orgueil, entre la crainte et l'affection. Il maugrée :

« Sois raisonnable. Si tu t'adresses au tribunal, cette fois c'est toi qui paieras ton avocat et, si tu perds, les dépens... »

A la vérité, c'est lui qui s'épouvante d'une autre procédure, de nouveaux frais :

« Dix pour cent, je ne dis pas non...

— Quinze ! fait aussitôt Aline. La vie a monté d'autant. Si tu es d'accord, je dis à mon conseil de préparer un sous-seing privé. »

Comment ne pas l'être ? Pour contrer la sommation, Aline a eu un trait de génie : le chantage fiscal. Elle a gagné la partie. Elle pourrait même avoir plus et ne doit pas l'ignorer. Mais les absences des aînés la gêneraient beaucoup devant des juges; le procès lui coûterait cher, pour un résultat incertain. Pas folle, la guêpe ! L'aiguillon, elle le tient en réserve. Elle jouera sans cesse de la peur que peut inspirer une enquête serrée sur des moyens èn partie connus, en partie dissimulés.

« Allons-y comme ça ! » dit Louis, s'arrachant un soupir pour donner le change à la dame de Fontenay.

Qui n'est pas dupe. Qui déjà cherche à rabioter :

« Bon ! Je me résume. Visites libres, à leur convenance, pour les deux aînés. Quinze pour cent de mieux sur les pensions... Et puisque tu vas, d'après ce qu'on me dit, changer de voiture, laisse-moi la vieille. »

NOVEMBRE 1967

10 novembre 1967

Ce fut ce vendredi-là, veille de l'Armistice — grand A, l'officiel, pas l'armistice signé avec Louis et si vite devenu lettre morte —, qu'Aline consentit à se présenter au Centre médico-pédagogique.

Comment ne pas hésiter ? La sensiblerie de cette bande de profs postillonnant sur le thème de la frustration paternelle, elle la vomissait. Et puis les mots, quand même, ça vous rebute : la racine *psycho* n'effraie pas dans psychologue; elle inquiète quand on vous parle de pédo-psychiatre. Que Guy fût difficile, soit ! Anormal, sûrement pas. Même atténué — *il y a des moments où je me demande si votre fils n'est pas un peu caractériel* —, le jugement de l'assistante sociale restait offensant; et ce, d'autant plus qu'après un pugilat en pleine classe, suivi de plainte des parents pour un œil poché, Mlle Ravigue lui avait demandé d'avertir le père. Avertir Louis ! Aline aurait eu bonne mine ! Et pourquoi, s'il vous plaît ? Le jugement lui avait confié Guy. Il relevait d'elle seule. Depuis le divorce elle n'avait jamais rien communiqué au père : pas même un carnet de notes. Malgré maître

Lheureux, ce prêcheur, toujours en train de faire remarquer que le droit de garde a pour contrepartie le droit de contrôle. Malgré les protestations de Rose : *Tu répètes tout le temps que papa s'en fiche et, quand il réclame, tu cries que ça ne le regarde pas.* Celle-là, elle en prenait certainement copie, elle s'en gargarisait de ses bonnes notes ! Et dans un sens, si les autres en alignaient de médiocres, elles leur inspiraient au moins un judicieux silence.

Non, vraiment, si Guy, giflé pour une vétille, n'avait pas piqué une véritable crise et jeté à la tête de sa mère tout ce qui lui tombait sous la main, cafetière, beurrier, pot de confiture et friteuse, saccageant du même coup la cuisine éclaboussée de leur contenu, si d'autre part la direction, signataire du bulletin de présence, n'avait proféré de vagues menaces au sujet des allocations, Aline aurait, comme les précédentes, négligé la troisième feuille verte de convocation.

Guy en remorque, pas content, tenu par le bras, elle hésitait encore, place Saint-Michel, à piquer sur la rue Danton. Et même dans le hall, la porte franchie, à ne pas s'en retourner... Quel argument pour Louis s'il apprenait la chose ! Et malgré la serinette : *Tes sottises, si je les racontais à ton père, il s'occuperait de tes fesses !*, comment être sûre que ce gosse impossible n'aille pas s'en vanter ? Non, décidément... Sa convocation en main, Aline cherchait des yeux le bouton électrique.

« Vous nous amenez ce jeune homme ? dit une souriante hôtesse, surgissant à point nommé. Feuille verte... C'est pour le docteur Trainel. Je vous accompagne. »

Il fallut bien, avec elle, grimper au second.

*

Un blanc-bec, pas trente ans, maigrichon, au poil roux, aux yeux verts, aux mains piquetées de son. Sans blouse blanche. Assis devant un méchant bureau métallique, chargé d'une pile de cartolines et d'un dictaphone. Dans un cabinet presque vide où s'alignaient devant lui quatre chaises. Il avait lancé :

« La mère d'abord, s'il vous plaît. Mesdames, vous vous occupez du petit. »

Le confiant donc auxdites dames — 25, 35, 45 ans environ : trois aspects de la femme, au choix, et le gosse s'était aussitôt approché de la plus jeune —, Aline abandonna Guy dans une vaste pièce, claire, égayée de peintures d'enfants, peuplée d'animaux en peluche, de poupées, de meccanos et d'appareils bizarres, indéfinis, faisant des lieux quelque chose d'intermédiaire entre la salle de jeux et la salle d'examen. D'abord assez raide, Aline vint se poser sur la première chaise et, considérant le bout de ses pieds, attendit. Vite tranquillisée. Ce médicaillon, parcourant du regard un dossier réduit à une petite page, ne lui en imposait pas.

« Tout ça n'est pas grave, dit le jeune homme.

— C'est bien mon avis, dit Aline.

— Vous êtes divorcée, n'est-ce pas ? reprit l'autre, négligemment. L'enfant se rend mal compte de vos difficultés. Rien de spécial à nous signaler ? »

Débutant, mais compréhensif, ce docteur Lainel ou Rainel, dont le nom à tout prendre importait peu, devait être chargé des petits cas sans suite.

« Mon Dieu, fit Aline, rien que de très banal. Guy aimait son père. Son père nous a abandonnés pour épouser sa maîtresse. Il conserve le droit de visite, dont il abuse pour monter l'enfant contre moi.

— C'est assez fréquent », dit le psychiatre.

Il ne notait rien. Il avait ce regard commun aux confesseurs et aux policiers, mais voilé d'amicales paupières. Après tout, s'il considérait comme néfaste l'influence du père, son dossier pouvait se révéler utile. Cet homme avait besoin d'être renseigné et il était heureux qu'il le fût par la mère. Une question tombait :

« Les frère et sœurs réagissent-ils de la même façon ?

— Bien sûr que non, dit Aline. Les deux aînés, Léon qui vient de passer son bac et commence sa pharmacie, Agathe qui est en terminale, sont des jeunes gens capables de comprendre. Ils se méfient même si fort qu'ils ne vont pratiquement plus chez leur père... »

La tête rousse oscillait doucement. Aline se laissa glisser. Les cadets, n'est-ce pas, sont toujours plus malléables. Mais ce qui n'étonnait pas de la part de Guy, onze ans, dépourvu de jugeote, devenait moins naturel chez Rose, quinze ans et demi, élève exceptionnelle. Le souci de contrer sa sœur, plus jolie qu'elle et forcément plus libre, devait compter, comme pour Guy celui d'asticoter son frère, par lui surnommé *le pacha* et, depuis qu'il faisait du latin, *ego nominor Léon*. Malin, ce gosse, en effet. Mais exaspérant. Parce qu'exaspéré. D'un côté un appartement étroit, pas d'auto, peu d'argent; de l'autre une maison, une belle voiture, l'aisance. Pas de chambre pour Guy à Fontenay, alors qu'il en avait une à Nogent. De son égoïsme le père tirait trop d'atouts. Comment supporter les comparaisons, faites entre deux trains de vie et non entre deux niveaux de tendresse ?

— Ces mêmes avantages devraient être sensibles

aux aînés, dit soudain le psychiatre. Vous ne croyez pas à une autre fixation, d'ordre affectif ? »

Le visage d'Aline se crispa.

« Pour Rose, souffla-t-elle, je dirais qu'il y a peut-être quelque chose de vaguement sentimental, comme parfois entre père et fille. Pour Guy, c'est affreux, j'ai l'impression...

— Quelle impression ? »

L'œil vert devenait fixe, insistant, précis comme une foreuse.

« Cet été, reprit Aline, j'ai envoyé Guy en colonie, Rose en Angleterre. Ensuite il a bien fallu les livrer à leur père. Depuis qu'ils sont revenus, Rose est un bloc de glace. Quant à Guy, il faut l'entendre parler de sa belle-mère ! Du bébé qu'elle attend ! Comme si c'était moi, docteur, comme si ç'était moi ! J'ai beau lui dire que cet enfant ne sera pas son frère ou sa sœur, pas vraiment, puisqu'il a été fait dans un autre ventre, il ose me répondre : *Ça ne change pas la graine !*

— Et vous avez l'impression que pour Guy la famille — je veux dire une famille complète : un père, une mère, des enfants — se reconstitue à Nogent ? dit le psychiatre.

— Chez cette femme ! Avouez que c'est un comble ! » dit Aline..

Le docteur Trainel se pencha vers le dictaphone :

« Vous avez fini, Raymonde ? Vous pouvez m'amener l'enfant ? »

*

Poussé dans le dos, par une main douce, Guy entra le premier, hilare et ne se rembrunit qu'à trois pas.

« Assieds-toi où tu veux », dit le médecin, détournant la tête.

Guy, tortillant de la hanche, balançant de l'épaule, passa derrière la rangée de chaises, choisit la quatrième, la plus éloignée de sa mère, empoigna le dossier pour la tirer un peu en arrière et s'assit de biais, sur la pointe des fesses, les genoux ramassés, les mains aux rotules. L'assistante échangea un imperceptible clin d'œil avec le patron, puis posa une fiche sur son bureau.

« Nous avons passé quelques petits tests. Bons, ma foi, dit le psychiatre. J'en avais déjà quelques-uns, fournis par le lycée. Le quotient est plus que convenable. On n'est pas bête du tout... Nous allons bavarder cinq minutes. Si vous voulez passer à côté, madame, mon assistante vous tiendra compagnie. »

Aline se soulevait, alarmée. Cet enfant allait dire n'importe quoi. Evidemment il était là pour ça. Mais enfin certaines choses auraient besoin d'être mises au point, expliquées...

« C'est que, docteur, fit-elle, Guy est si timide... »

Autant s'adresser à un bloc de granit, ayant forme d'homme :

« Vous trouvez ? dit la statue. Il n'y paraît pas sur la cour du lycée... »

L'assistante la prenait par le bras : Aline se laissa faire et la tête retournée, le regard traînant derrière elle, remarqua ce tableau noir fixé au mur et pourvu d'une rigole pleine de craies de couleur. Sans plus s'occuper de la mère, le psychiatre disait déjà : *Tu veux me dessiner une maison ? Avec un arbre à côté ? Ce que tu veux, comme tu veux, très vite...* Quand elle referma la porte, à regret, Guy d'un rond rouge figurait un soleil qu'en deux traits verts il faisait embrocher par un if.

*

Aline le récupéra, une demi-heure plus tard : ironique, bravache, mordant à belles dents dans un sandwich au fromage, d'origine inconnue. L'assistante réclama l'adresse du père pour communication éventuelle. Aline, qui s'y attendait, ne refusa pas, mais entremêlant les Davermelle, rendit Louis introuvable en le domiciliant rue Vaneau à Nogent, malgré le sourire goguenard de son fils que l'assistante ne daigna pas remarquer :

« Il sera souhaitable, dit-elle, que Guy revienne nous voir de temps en temps.

— Vous ne lui prescrivez rien ? » dit Aline, étonnée.

Et devant la moue de la dame :

« Je ne sais pas, moi : un calmant...

— Ce n'est pas l'effet, mais la cause qui doit être soignée, reprit l'assistante, évasive. Le docteur Trainel vous fera parvenir ses conclusions. »

Aline s'en alla très vite, fonça vers une pâtisserie où baba, tartelette aux cerises, éclair au chocolat défilèrent à la stupéfaction de Guy, tandis que sa mère, tournant autour de lui, répétait : *Qu'est-ce qu'il t'a demandé ? Qu'est-ce qu'il t'a dit ? Il t'a parlé de ton père ?* Guy avalait, avalait, soudain trop poli pour parler la bouche pleine, ne lâchant entre deux bouchées que des *bof* ennuyés. Un détail devait le tracasser, mais lequel ? Ce fut en sortant de la boutique qu'Aline devina :

« Ils t'avaient déjà demandé l'adresse de Nogent ?

— Ben, oui ! » fit Guy, avec une candeur féroce.

12 novembre 1967
13 heures

En rire ? En pleurer ? Allez donc savoir ! S'il n'y a pas de miracles, il y a des loteries : et à défaut du gros lot, parfois, des lots de consolation. Ginette, toujours prompte à dénigrer son mari, n'imaginait pas qu'une femme pût se passer de lit double, donc de livret. Henri dans le même drap bien encoconné, le prenait pour étendard. Quand l'un et l'autre, un mois plus tôt, se relayant dans la confidence, lui avaient parlé de ce voisin, rescapé de la route, demeuré seul — avec deux jambes broyées — auprès des cadavres de sa femme et de ses filles, Aline ne s'était guère accrochée à cette idée. *Ce pauvre M. Galvey, qui ne vivait que pour sa famille...* A trois cents kilomètres de sa mère, Ginette n'avait pas craint d'ajouter : *D'ailleurs, il est protestant.* Puis de fournir un excitant détail : *Le pauvre ! Tu vois, il habite là-bas, dans la grande maison au toit vert, il se traîne toute la journée de pièce en pièce...*

Trente jours de passés et là-dessus s'épaississaient les bons conseils. Ceux de la présidente, lors d'un passage éclair au club des Agars : *Vous savez, ma chère, si les neuf dixièmes des mères ne se remarient pas, c'est que les hommes s'encombrent mal des mioches d'autrui.* Ceux d'Edmée Grainde, l'avocate du groupe, adoptée en remplacement de maître Lheureux : *Attention ! Une divorcée qui se remarie met en jeu sa pension.* Ceux d'Emma : *Piler ensemble le deuil et la déception, vous parlez d'un onguent !* Ceux d'une pieuse cousine : *Un mari, comme une jambe, ne se remplace pas.* Ceux d'une autre : *Elle est idiote, Edmonde ! Il y a des jambes de bois.* Et ceux d'Agathe, d'Annette, de Gabriel, de quelques autres réagissant par des *Impensable !* ou des *Pourquoi pas ?* sans se soucier d'autre chose que de leurs convictions, comme la mère elle-même alertée par Dieu sait qui au fond de son bocage et terminant une algarade de quatre pages par ces mots vengeurs : *Ton père s'en retournerait dans sa tombe.*

Aline avait à se retourner dans la vie et finalement s'interrogeait : flattée au fond — malgré sa glace — d'être l'objet de cette chronique. Après tout, qui répute recasable une laissée-pour-compte, même en s'indignant du fait, ne la chagrine pas. Entre la curiosité du possible et le scepticisme envers l'improbable il y a le plaisir de s'y frotter. De faire la nique — *Hé, si je voulais !* — à ceux qui ont laissé tomber des femmes sérieuses pour ramasser des filles faciles. On s'était renseignée plus outre. M. Galvey était donc veuf : d'une certaine Simone, personne très convenable dont nul n'avait rien à dire sauf qu'elle tenait ses filles et sa bourse aussi fermement serrées. M. Galvey, ancien adjudant-chef de la coloniale (d'où, pension militaire), nanti d'un emploi réservé à la préfecture de Créteil (d'où, pension pour mise à la retraite anticipée), était infirme (d'où, pension civile), mais valait bien un barbouilleur. Il n'avait pas... Enfin il n'avait plus d'enfants à préférer. Quand un veuf veut se reloger dans une femme, quand cette femme peut se reloger dans sa vie, on sait bien ce qui compte; et reloger le tout dans une bonne maison n'est pas la moindre des choses. Il fallait voir : ne serait-ce que pour impressionner les Quatre dont deux au moins — toujours les mêmes — portaient vraiment trop d'intérêt à la grossesse de la marâtre. Leur mère aussi était une femme, capable de s'offrir un re-mari.

Et c'est pourquoi ce deuxième dimanche de novembre après s'être bichonnée, parfumée, ondulée, coulée dans une robe neuve, après avoir convaincu Agathe de se rendre pour une fois chez son père, Aline avait accepté de déjeuner chez les Fioux, avec Annette et M. Galvey.

*

Quand il arriva au pied du petit immeuble qu'habitait Ginette et qu'entourait un essaim de pavillons de meulière, Aline fut impressionnée. Il allait, une, deux, pendulant militairement sur ses béquilles : on l'eût cru, une, deux, à la tête d'un régiment de mutilés.

« Tu ne vas pas le chercher ? dit Aline à son beau-frère, comme elle penché au balcon.

— Surtout ne le vexe pas en l'aidant d'une façon quelconque », dit Ginette.

L'invité se débrouilla très bien pour prendre l'ascenseur, traverser le couloir, sonner, rester en équilibre sur un seul embout en secouant quatre poignets d'une main ferme. Un petit éventail de rubans de couleur ornait sa boutonnière, comme sa tempe l'était d'une patte-d'oie fripée par un coup d'œil impérieux.

Quand il s'empara d'une chaise pour s'y asseoir à cheval, sa façon de confier une béquille à Ginette, puis l'autre à Aline, fut d'un naturel parfait; et encore plus significative l'aisance avec laquelle, une fois installé, il déboutonna son manteau, écartant les pans d'un air engageant pour s'en faire dépouiller. Du temps qu'il était ingambe, ses filles devaient déjà se disputer l'honneur d'accrocher à la patère ce pardessus brun, découvrant une veste beige à pochette fléchée de trois crayons parallèles.

« Il me semble avoir déjà vu votre belle-sœur », dit-il, une fois installé, en se tournant vers Henri.

Vers Henri, le maître de maison, du moins supposé tel, car lui, tourné vers sa femme, la laissait répondre :

« Oui, vous avez dû l'apercevoir, chez nous, il y a trois ans, avec Mme Galvey, un jour où nous avions réuni quelques amis. »

M. Galvey lui décocha un regard éloquent : on ne répond pas pour son mari. Puis sans vergogne il examina le sujet. Aline ne savait plus où se mettre. Qu'avait-on dit à ce bonhomme ? Où ? Quand ? Comment ? Jusqu'où s'était-on avancé, à son insu ? Elle attendait un cul-de-jatte pourvu d'avantages à troquer contre des soins. Elle trouvait un cavalier, encore assez valide pour venir à la remonte. Mais déjà s'intéressant à ses poches, M. Galvey en retirait une courte pipe à couvercle, la bourrait, l'allumait, soufflait du bleu devant lui, accordait son attention au bar roulant, orgueil des Fioux, que Ginette poussait jusqu'à lui. Sa moue exprima ce qu'il pensait du scotch, du guignolet, du porto, jusqu'à ce qu'une bouteille d'anisette lui rendît le sourire :

« On n'en trouve pas de vraie, ici, observa-t-il. Simone faisait venir la nôtre de Blida. »

Deux verres lui suffirent dans un silence coupé de légers claquements de langue et que l'irruption des fils, Arthur et Armand, si sommairement lorgnés qu'ils en devinrent tout gauches, ne parvint pas à dissiper. Mais Ginette, proposant de passer à table, fut approuvée par une montre-bracelet que son propriétaire dégageait de sa manche, pour consultation :

« Une heure, dit-il. A franchement parler je me sentais creux. Chez moi c'est toujours du midi tapant. »

Faisant preuve d'une technique très poussée, il empoigna le dossier de sa chaise et basculant d'un pied sur l'autre cahota jusqu'à sa place, où il trouva moyen de se retourner.

« A la maison, dit-il, content de l'effet produit, j'ai un fauteuil roulant. J'arrive très bien à m'en passer. »

Pouvait-il aussi se passer d'une femme ? Il semblait mettre un point d'honneur à laisser entendre qu'il était à prendre tel quel. Il prévenait, en somme : attention, je ne suis pas de la race des exploités, mais de celle des exploiteurs. Bouche close, ne se faisant plus aucune illusion, Aline notait le bourgeon du nez, la couperose des pommettes, la brosse des moustaches jaunies d'un côté par le tabac. Une caricature de son père ! M. Galvey ne la regardait même plus. Il observait Annette. Après tout, Annette, ni divorcée ni usagée, point chargée d'enfants, n'était-ce pas pour lui une meilleure recrue ? Il n'insista pas d'ailleurs et se mit à jouer des mandibules avec une vive considération pour le canard aux ananas :

« On ne fait pas mieux au Tonkin », assura-t-il.

Et cette fois, cassant du Viet, caressant de la congaï, il repartit en campagne du fleuve Rouge au Mékong pour s'en aller ensuite promener du galon de l'Ouarsenis à l'Aurès dans un intrépide compte rendu de quinze années de baroud qu'il interrompit tout de même deux fois : pour louer le Savigny, un peu vert, et pour tâter le camembert dont il paria qu'il avait — et il avait en effet — une raie blanche au centre, décelable pourtant quand on y a le doigt fait. Au café, Henri, Ginette, Annette, Aline, les garçons communiaient tous dans le même agacement poli, presque amusé. Mais M. Galvey, appréciant d'être écouté, ne doutant pas d'un prestige qui durant quinze autres années, celles-là bureaucratiques, avait maintenu femme et filles autour de son nombril, évoqua enfin leurs ombres en buvant du cognac :

« Je l'avais déjà constaté à la guerre : ceux qui sont tués sur le coup au moins ne souffrent pas. Ils ignorent même qu'ils sont morts. Les plus à plaindre sont toujours les blessés. »

*

Il eut beau ajouter : *Surtout quand ils le sont deux fois, dans leur chair et dans leur affection,* Aline n'en put supporter davantage.

« Excusez-moi, fit-elle en se levant, j'ai promis aux enfants de rentrer tôt. »

Dans le couloir le chuchotement de Ginette lui fit écho :

« Excuse-moi, je ne l'aurais pas cru si... »

Aline ne se préoccupa pas du qualificatif et fila. Il n'avait été question de rien et, partie la première, elle abandonnait à Ginette le ridicule de l'affaire. En conservant un léger bénéfice : c'est bon le dédain pour les dédaignées. Bien sûr, le bonhomme aurait pu être convenable. Mais convenable ou pas, nul ne ferait l'affaire. On a toujours tort de se soucier de ce qu'on a perdu. Une maison ! Elle avait failli se trahir pour une maison. Faiblesse passagère. Quand on n'a plus ni jeunesse, ni beauté, ni santé, ni fortune, quand on ne peut rien offrir sauf des ennuis, des rancunes et des charges, on reste ce qu'on est : la sacrifiée, implacablement fidèle à l'infidèle avec qui elle aurait dû vivre jusqu'au bout. Absence d'amour, on s'y fait, l'âge aidant. Absence de tendresse... malgré la damnation du soir — et l'idée qu'à celle-ci échappe le responsable — on s'y fera; le cœur aussi, comme le ventre, finit par accepter de ne servir à rien.

12 novembre 1967
après-midi

COMME prévu, son survêtement vert du SCF hâtivement enfoui dans le cuir noir, le casque et les lunettes lui assurant une tête de martien hydrocéphale sur quoi perle une bonne petite pluie d'Ile-de-France, Léon attend stoïquement, le long du trottoir, devant le massif de chrysanthèmes jaunes qui moutonne aux portes du stade. De quiconque il ne supporterait pas ce retard. Pourtant il se contente de lever le bras. Marc arrête son engin, tête-bêche, et l'échange se fait sur le seul mot :

« Monte ! »

Agathe déchoit de BMW 500 en Jawa 350 — la Jawa offerte par père et mère, moitié moitié, à l'enfin bachelier Léon. Agathe aussi sous le ciré est en survêtement : pour l'édification de sa mère (bon prétexte, le club) et pour faire négligée, là où elle va. Elle se penche pour un bouche-à-bouche complémentaire.

« Vous avez eu le temps de vous tamponner, non ? » crie Léon, envoyant les gaz.

Les deux pétarades s'éloignent l'une de l'autre.

*

Tape-cul limité, tortillement de guidon à travers les files d'autos dont les essuie-glaces ont tous l'air de dire non, bonds de vert en rouge, mains gourdes, conversation fruste coupée de reprise en arrêt, dans l'incessant rejet des cheveux qui dégoulinent dès qu'on ne fait plus de vent : Agathe aime assez. Ça la change de la fille à maman, si ridiculement dorlotée. L'ennui, présentement, ce serait plutôt d'aller se mettre au sec. Léon a bien tort d'accélérer dans le bois, malgré le goudron mouillé. Au feu de la place Leclerc, Agathe dit sans remords :

« Ça fait un bail que je n'ai pas mis les pieds chez papa. »

Au feu du pont de Mulhouse elle s'inquiète vaguement :

« Il va me faire la tête. »

Sans plus. C'est sa mère qui lui a demandé d'honorer pour une fois le droit de visite : *Exceptionnellement, chérie ! Je ne serai pas là de la journée. Profite de l'occasion pour aller voir ce qui se passe chez ton père. Il faut tout de même que je sache ce qu'il achète pour juger de ses moyens. Et puis j'aimerais avoir une petite description de sa doudou, transformée en ballon.*

Agathe avait grande envie de refuser. L'expédition de Créteil ne lui sourit pas plus que sa journée d'espionnage à Nogent. Elle a fini par y souscrire, mais à condition d'arriver à son heure, à sa façon, sans prévenir, accompagnée de Léon pour n'être pas toute seule parmi les *papiens*. Tout se passe comme si elle n'avait plus de langue commune avec ces gens-là. Il n'y a rien à faire : dès qu'elle arrive à Nogent, elle a l'impression de franchir une frontière, de se rendre à l'étranger.

*

Il est tard et c'est bien ainsi : Odile va être obligée de rajouter deux couverts, à l'improviste. Sous la sonnette qui fait saillie dans le pilier droit du portail et que Léon titille à petits coups, brille une plaque de cuivre tout récemment posée :

VILLA DUELLE
Monsieur et Madame Davermelle

Léon admire, impassible, en continuant de presser sur le bouton :

« Du latin *dualis*, dit-il.

— S'il vous plaît, fait une voix de micro.

— Tiens, dit Léon. Il y a un interphone maintenant ? »

Agathe le montre du doigt : très proprement encastré, dans le pilier gauche. Bouche, mais aussi oreille !

« Léon ! crie Léon.

— Voilà, voilà ! » répond le bidule.

Suit un déclic libérant un pêne électrique, autre nouveauté, méfiante et cossue.

Léon fait passer la Jawa qui mérite tous les égards, l'accote à un arbre, puis prend le bras de sa sœur, qui sourit. Il y en a qui le croient sec, Léon, replié sur le soin qu'il prend de lui-même, et c'est vrai qu'il est chiche d'attentions. Mais la moindre chez lui a du prix : Agathe serre un peu le coude et saute avec lui en haut du perron.

Dans le vestibule il y a Rose, encore penchée sur le portier électronique et qui annonce : *Odile, les grands sont là. Je remets deux couverts.* N'attendant pas de réponse, elle pique dans la salle, elle va d'autorité y remuer des assiettes. Léon enlève son cuir, posément. Agathe, qui se dégrafe, aperçoit Guy : l'œil méfiant, le pied circonspect, il descend l'escalier en répétant : *Fais gaffe !* et tient la main d'Odile que la perspective fait apparaître sous un jour plaisant : une tête sur un ventre, une pomme sur une courge.

« Nous voilà pour une fois au complet », dit-elle.

Rien d'autre. A Fontenay, on crie, on injurie, on se libère. Ici, la consigne est de se taire, d'accueillir les réfractaires comme si on les avait vus la veille. Et pourtant, les bras ballants, le menton tournant, cherchant à quoi il faut accrocher son manteau, Agathe s'agace déjà d'éprouver chez son père l'impression de troubler l'intimité d'autrui. Odile arrive au pied de l'escalier, si marquée, si déformée que, pleurant de rage pour le motif, on pleurerait de joie devant le résultat. La vigilance de Guy est presque intolérable : voilà des années, c'est une petite fille de six ans, nommée Agathe, qui prenait soin de lui, encore au chaud sous la robe distendue de leur mère; et le responsable qui arrive à son tour, rajeuni par des cheveux teints, par un pull à col roulé, il disait la même chose :

« Tu vois, ça ne va pas tarder.

— Mais tu as la tête trempée, fait Odile. Saute dans la salle de bain. Le séchoir est sur la coiffeuse. Tu le branches sur la prise du rasoir, à gauche de l'armoire de toilette. »

Que ce soit la doudou qui sache, qui soit obligée de dire à la fille où sont les objets usuels, il n'y a que Rose à le trouver naturel. Agathe bondit, de trois marches en trois marches, s'engouffre dans la salle de bain qui a été entièrement refaite. Tandis que le séchoir ronronne, elle considère — avec une amitié qui saccagerait bien tout — les carreaux de faïence enrobant sol et murs, le sanitaire de luxe en contre-ton, les épaisses serviettes assorties aux peignoirs, au tapis de bain, au pouf de coiffeuse et tous ces coûteux accessoires, Terraillon, pont-de-baignoire, appliques, patères, porte-savon, porte-gobelet dont les chromes luisent de tous côtés.

« Y a de la galette ! dit Léon qui a suivi pour se laver les mains.

— Ça devrait même être la nôtre », dit Agathe.

Elle piquerait bien cette chaînette d'or qui traîne sur une tablette : petit remboursement. Mais Léon est là, sourcilleux. Agathe, secouant des cheveux secs, fait un crochet par la chambre qui s'est beaucoup meublée, ouvre un placard, arrache une touffe de poils à une cape de fourrure et redescend.

« On n'attendait plus que toi », dit Odile, qui amène le rôti.

Il sera découpé avec un couteau électrique, livrant de belles tranches uniformes. Et la sauce dont on les arrosera ne figera pas dans les assiettes sorties de la chauffeuse. Et les assiettes après usage seront confiées au fur et à mesure à la machine à laver la vaisselle dont s'est enrichie la cuisine. Décidément ils ont tout. Agathe n'est pas venue pour rien; il aurait même fallu prendre un carnet pour ne rien oublier.

Reste à tuer ce dimanche : la télévision servira d'alibi. Pas question en effet de monter au grenier dans la cabine qui lui est réservée, ce serait accepter le gîte, se reconnaître une adresse secondaire, comme Rose, si à l'aise dans cette baraque que, restée seule un instant avec elle, Agathe ne peut s'empêcher de l'accrocher.

« Ma parole ! Tu es chez toi ici. Tu devrais y rester. »

Et Rose réplique :

« J'y pense, figure-toi ! »

Elle aggrave son cas en ajoutant

« Ça t'arrangerait. Tu aurais notre chambre pour toi toute seule. Mais tu crèverais de jalousie. »

Agathe se renfrogne pour le reste de la soirée. Elle ne faiblira qu'une seconde : quand son père, lorgnant vaguement le petit écran, viendra s'asseoir auprès d'elle et, comme jadis, lui caressera le cou, à la racine des cheveux. Mais ce sera aussi pour elle le signal du départ : sur la moto de Léon, obéissant frère taxi.

*

Puis le soir Agathe tirera son cahier de la mallette, elle prendra son stylo à capuchon d'argent, elle écrira :

Qu'y a-t-il dans le ventre d'Odile ?

Un gosse qui aura un père, une mère, quatre grands-parents, deux familles, tout en double et accordé comme les bras et les jambes.

Bref, ce qui nous était dû.

Si je suis si mal à l'aise chez papa, c'est que je m'y sens infirme. Comme à Fontenay d'ailleurs, de plus en plus. Maman ne fait rien pour nous le faire oublier. Au contraire. Léon, qui se confie si peu, me l'avouait l'autre jour : Au moins, avec Solange, j'efface tout ça. Discret Léon ! En fait de chiffre deux, je crains que pour longtemps, moi, j'aie envie à la fois de m'additionner, sans cesser de pouvoir me soustraire.

JANVIER 1968

16 janvier 1968

Pas plus de deux personnes à la fois, ordonnait la pancarte. Mais quand Louis, retenu par un client trop important pour être négligé, par la paperasserie des bons de commande, par un taxi enlisé dans les embouteillages de la rue Saint-Antoine, atteignit enfin la clinique de Nogent et au bout d'un couloir laqué poussa la porte du 31, ils étaient neuf dans la chambre : les parents, les beaux-parents, Gabriel, deux collègues de bureau d'Odile, l'accouchée et son fils, mélangés aux pots d'azalée empapillonnés de nœuds de satin, aux vases de fortune d'où retombaient un peu partout de la poussière verte d'asparagus et des pétales de rose Baccarat.

« Pourquoi Félix ? » dit aussitôt Gabriel.

Debout, par vingt-cinq degrés, les hommes suaient dans leurs manteaux d'hiver faute de pouvoir s'en débarrasser. Les dames accaparaient les trois chaises, à l'exception de Mme Milobert, mère de la mère, assise par privilège au bord du lit :

« J'avais dit : *Le saint du jour !* fit Odile. Comme pour moi. Mon anniversaire est aussi ma fête. »

Félix tétaillait un objet volumineux, congestionné, strié de violet, pourvu d'une aréole grenue couleur de caoutchouc, très mammaire en un mot et de ce fait sacralisé, non érotique, exposable. Deux doigts en fourchette de chaque côté du sein, pour que ça coule, pour dégager le petit nez, la tête penchée vers la chose, toute à sa galactose, telle enfin que se rabâche la statuaire, à l'oreiller près, qui ne soutient jamais les nourrices de marbre, celle-ci valait bien celles-là; et de la comparer malgré soi à une autre, quatre fois livrée à la fièvre de lait, Louis se gardait mal. Le beau-père venait de sortir un appareil miniature dont le flash illuminait la pièce. Photo pour photo, en découpant le visage, ce serait la même image pour Félix, *un du deux*, que pour Léon, *un du un* : pas plus précise pourtant que celle du souvenir, ce décalcomaniaque. Vingt-six ans pour l'un, quarante-six pour l'autre, qu'était-il ? Un père vieilli par la différence ? Un père rajeuni par ses œuvres ? Un géniteur dispersé, bouc de plusieurs chèvres ? Ou au contraire, par la continuité du nom — dernière loi salique —, le filiateur, la cause à plusieurs effets ? Vieux souci, croissant dans le remariage, soigneusement tu chez tous les hommes, issu de la crainte que nul père ne soit père comme une mère est mère et qui très vite se complique d'un autre : quand vous naît un enfant cessant au premier cri d'être un morceau de sa mère, si sa tendresse aussitôt se divise, la vôtre n'en fera-t-elle pas les frais ? Moins content de lui, soudain, cherchant à balancer les pouvoirs de Mme Milobert, qui, arrivée huit jours plus tôt pour aider sa fille, prenait de l'importance, Louis s'assit de l'autre côté du lit et, pour s'enfuir de l'émotion, se réfugia dans le bavardage :

« Le saint du jour ! Facile à dire. Mais ce moutard

ayant cru bon de débarquer à minuit pile, était-il né le 14 à vingt-quatre heures ou le 15 à zéro heure ? L'état civil a opté pour le 14 et il a bien fait : saint Maur, du 15, souffre d'homonynie funèbre. Le choix demeurait donc entre *Hilaire* et *Félix*, patrons de ce dernier dimanche. Aucune hésitation possible. *Félix*, l'heureux, ça tombait trop bien.

— Hum ! fit M. Davermelle. La lecture du Larousse m'a un peu refroidi. Il s'agit d'un curé campanien martyrisé sous Dèce. Cet heureux-là avait choisi le bonheur éternel. »

Cependant les grand-mères, ayant enfin quelque chose de commun et persuadées que dans un temple de la maternité les propos d'homme sont vains, échangeaient les informations rituelles : *Six livres et demie. Huit jours de retard, ce petit bougre ! Mais pour s'en faire pardonner, une telle précipitation qu'il a débarrassé sa mère en trois heures... Rare, chez une primipare ! Et même un peu rapide... Le teint est clair : Félix ne nous fera pas la jaunisse des bébés... Quand même, j'ai eu peur : Louis venait de partir reconduire ses enfants quand ça s'est déclenché.*

« Ils sont prévenus ? fit Mme Davermelle.

— Je pense », dit Mme Milobert.

L'intérêt porté à ce détail par la grand-mère commune de tous les D semblait moindre chez la grand-mère du seul Félix. Le front de Mme Davermelle se fripa, exprimant une muette inquiétude : très convenable jusqu'ici avec les Quatre, Odile ne serait-elle pas viscéralement tentée d'avantager le nourrisson qui pour elle ne pouvait pas se définir comme un petit cinquième ?

« J'ai téléphoné ce matin à Aline, dit Louis.

— Je la crois très capable de ne pas en avoir soufflé mot, dit M. Davermelle.

— C'est étonnant en effet que Guy ne se soit pas précipité, dit Odile, secouant le bébé qui s'endormait sur le sein.

— En tout cas, reprit Louis, Aline n'est pas tenue de nous envoyer les enfants avant le 28 et elle ne le fera pas. Elle ne me l'a pas caché. Elle est remontée à bloc depuis que Rose a eu l'imprudence de dire à sa sœur qu'elle préférerait vivre chez moi. »

Au tour des Milobert de s'assombrir : devant le « gage d'un nouvel amour », était-ce le moment de s'étendre sur les fâcheuses séquelles de l'ancien ? Pourtant Mme Milobert ne put s'empêcher d'enchaîner :

« Et vous croyez vraiment que Rose...

— Rose et Guy ne demandent que ça, mais Aline ne les lâchera pas », dit Louis pour la rassurer.

D'un tel ton qu'il en avouait le regret et qu'Odile en train d'obtenir un petit rot releva de lourdes paupières.

« Rose et Guy ! » dit M. Milobert.

L'ange des sous-entendus passa, soufflant : vous figurez-vous que ma fille, jusqu'alors avec vous tendrement seulette, pourrait dans la même année hériter de trois mioches, dont deux adoptifs ? Le regard de Louis rencontra celui de son père et dériva sur Félix qui, la joue rayée d'un filet blanc, laissait aller une tête molle, trop pesante pour un cou fripé où l'artère battait à fleur de peau. Il en avait déjà trop dit. Il n'avouerait pas qu'il l'avait sec de ne pas voir les Quatre autour du lit. Il ne parlerait pas d'un certain rapport, de ses conclusions, parvenues à lui malgré une adresse truquée. Ni de la vieille voiture livrée à Madame Ex contre un *Merci tout de même pour la ferraille*, alors que le garagiste en offrait quatre mille francs à valoir sur le prix de la neuve. Le sentiment d'avoir mis Aline en difficulté, de lui devoir quelque chose, elle l'exploitait si fort que d'autres pourraient s'en offusquer. Quatre mille francs ! Si Odile l'avait su... Louis étendit la main vers celle de sa femme. Les grand-mères se resserraient autour du paquet, passé de l'une à l'autre pour échouer sous trois laines dans le parallélépipède blanc du berceau. Ces dames, avec courtoisie, jouaient au jeu des ressemblances. A vous le menton. A moi l'oreille et peut-être aussi l'œil, s'il reste bleu. Il ne resterait sans doute pas bleu, mais au moins Félix n'aurait rien de Rebusteau.

18 janvier 1968

La bourrasque secoue le taxiphone, tandis que Guy se fouille. Il n'a qu'une pièce, une seule, sur les cinq autorisées. Hormis le livret de caisse d'épargne, intouchable, que tantes et grand-mère alimentent de menues sommes — *A intérêts composés, mon petit !*, assure Mé; *A intérêts décomposés par la dévaluation !*, assure papa —, la cagnotte, la vraie, la palpable, reste planquée à la villa Duelle : précaution élémentaire depuis qu'après fouille et confiscation d'un billet de cinquante francs la mère a décrété : *Je te donne cinq francs par semaine. Si tu as plus, ça vient de ton père qui cherche à t'acheter.*

Une pièce, une seule, il ne faut pas rater son coup. D'un bout de crayon Guy commence par retoucher sur la cloison quelques graffiti. *Merde pour celui qui lira* devient ainsi *Merde pour celui qui salira*. Puis il compose le numéro de Mobiliart en se confiant tout haut : *Si papa n'est pas là, je suis feinté*. Mais la téléphoniste à l'accent bordelais qu'il connaît bien chante : *Tu as de la chance : ton père vient de rentrer.*

« Allô, Fidelio ?
— Allô, poussin ? »

Mot de passe. Trouvaille de Rose. Si *Fidelio ou l'amour conjugal* n'a pas toujours été l'opéra le plus conforme à la vie paternelle, il se trouve que mnémotechniquement le vocable s'adapte à merveille au 345 34 40.

« Toujours rien, papa ?

— Comment rien ? rugit l'appareil. Félix est né dimanche soir trois heures après votre départ. J'ai prévenu ta mère lundi matin. »

Volent quelques noms d'oiseau.

« Ne t'énerve pas, dit Guy. Qu'est-ce que tu croyais ? Qu'elle allait nous emmener à la clinique avec un bouquet ? »

Et faraud, du haut de ses onze ans :

« Ne t'en fais pas. Je m'occupe du reste. »

*

Fleurie d'une pastorale améthyste, une main de Mme Ravers, la directrice, s'arrondit dans l'air, et Rose, plantée sur le sablon de la cour déserte où le vent soulève des tourbillons jaunes, regarde s'enfoncer dans la rue les derniers groupes de porteurs de cartable. Mais voici Guy, courant en sens inverse.

« Qui diable vous a parlé des Comités de vigilance ? fait la directrice. Enfin, c'est une idée... Je peux vous donner l'adresse de M. Gordon, le président local. Mais vous oubliez de qui vous la tenez... »

La main baguée retombe sur l'épaule de Rose :

« De toute façon, M. Gordon commencera par vous dire la même chose que moi : réfléchissez, ma petite fille. Votre mère a tout de même été très éprouvée. »

Guy arrive, hirsute, planant sur une pèlerine volante, fendant la rafale de son petit visage en lame de couteau. A cinq mètres il claironne sans se soucier de Mme Ravers :

« C'est la meilleure ! Le petit frère est né depuis trois jours. Et maman le savait...

— Mon Dieu ! » fait la directrice.

*

Agathe, qui a sa clef, est rentrée la première : juste pour décrocher et recevoir dans le tympan les premiers éclats d'une foudre lointaine :

« Mais papa, parvient-elle à placer, ce n'est pas à maman que tu parles. Elle fait ses courses. Ici, Agathe... »

Elle raccroche vivement tandis qu'une nouvelle clef fourgonne dans la serrure. C'est Léon qui file dans sa chambre où sa sœur va le rejoindre et se met à chuchoter.

« Tout de même ! dit Léon. C'est un peu fort.

— Maman a ses raisons. Si tu veux mon avis, ne nous mêlons pas de ça », dit Agathe en lui resserrant son nœud de cravate.

*

Sa mère, dont le coup de clef ne s'entend pas, apparaît soudain sur le pas de la porte, maussade, la joue déformée par un abcès dentaire :

« Les petits ne sont pas là ? » grogne-t-elle.

Elle n'attend même pas la réponse et repart vers la cuisine en pestant :

« Rose s'y met maintenant ! Ce n'est plus une famille, c'est un sac de billes dont chacune rêve d'aller rouler plus loin. Qu'est-ce que je suis là-dedans, je vous le demande, sinon la domestique ? »

Mère servile en effet, elle se met à bousculer de la faïence et de l'aluminium. Sale histoire ! La doudou l'a fait exprès, ce mioche, pour se racheter aux yeux des gens, renfoncer Louis dans le pouponnage, rogner la part des Quatre. Ce n'est pas ici qu'on va pavoiser ni permettre à de petits imbéciles de chanter Noël à leur pire concurrent. Pourtant le silence est peut-être une gaffe. Un réflexe d'autruche. Il est bon que Rose et Guy n'aient pas couru vers l'étoile, qu'ils puissent paraître indifférents. Reste qu'il va falloir s'expliquer, se disculper...

Au cartel électrique l'aiguille bouge par saccades. Aline achève de récupérer, de mouliner, d'étoffer à la mie de pain de petits restes de viande. Elle met les boulettes au four et la sonnette grésille enfin. Une demi-heure de retard, ma fille, attends voir ! La meilleure façon de se défendre est toujours d'attaquer.

« Et alors, où traîniez-vous ? »

Ils entrent tous les deux, le cartable en bouclier, tout gonflés de silence. Bon, c'est clair. Mais s'ils savent, comment savent-ils ? Par quels contacts interdits ? Qui s'est tu ne peut plus que se taire en attendant que l'adversaire se découvre.

« Nous avons été retenus pas la directrice », dit Rose passant tranquillement la vérité au pluriel.

L'absence de toute précision, l'assurance de Guy d'ordinaire un peu tortillé, celle de Rose poussant devant elle une ferme petite poitrine sont insupportables. Aline saisit sa fille par le bras :

« Qu'est-ce que vous me cachez ? dit-elle.

— Ce serait plutôt à nous de te demander ça », dit Rose.

Aline tourne la tête pour voir si les aînés, même décidés à ne point intervenir, ne vont pas de leur seule présence lui être secourables. Mussés chez Léon apparemment ils s'y calfeutrent. La main qui tenait Rose la lâche, se lève, menaçante. Mais dans l'instant Aline s'aperçoit que Rose, qui ne tente même pas d'esquiver, est devenue aussi grande qu'elle. Elle se contente de crier :

« Me parler sur ce ton, à moi ! Je t'interdis...

— Tu m'interdis d'avoir un frère ? »

La gifle part, ratant Rose prompte à sauter de côté et qui couvre Guy. Aline se réfugie dans l'apostrophe :

« Tu as un frère ! Et alors ? Etait-ce à moi, ta mère, trahie par ton père, d'annoncer joyeusement que sa Marie-couche-toi-là le rend responsable d'un Petit-Jésus ? Tu es inconsciente ou quoi ? Tu prends des airs, tu tranches, tu profites de ce que Guy n'a pas un grain de jugeote pour l'embaucher. Mais ce que tu me reproches en réalité, je vais te le dire : c'est de tirer le diable par la queue. Et ce dont tu rêves, pauvre idiote ! c'est d'aller faire ta chouchoute là-bas, de profiter du fric des gogos dont ton père ravale le portrait. Sans réfléchir une seconde qu'il ne vous a pas plaqués pour vous reprendre et que sa bonne femme te bénirait, tu peux m'en croire, de te voir gratter le beurre sur son pain. »

Aline s'est arrêtée pour reprendre son souffle. Pour une fois pas moyen de pleurer. Pas moyen de stopper le tremblement qui la secoue. Pas moyen de se délivrer de ce paradoxe : sa fille, son double, sa photo, elle est exactement comme Louis au plus fort d'une dispute; elle en a le calme exaspérant, le don de réplique, le regard fait comme un butoir; elle ose dire en reculant :

« Ne prête pas tes sentiments aux autres. »

La main sur la poignée, elle rouvre, elle fait sortir Guy et campée dans l'entrebâillement elle ajoute :

« Ce que je te reproche, c'est de vouloir depuis des années nous faire partager ta rancune; c'est de nous considérer comme de mauvais enfants dans la mesure où nous y résistons. Je suis désolée, maman. Nous ne déjeunerons pas, nous allons voir Félix.

— Et on retournera directement en boîte, ensuite, dit Guy, derrière son dos. Odile nous donnera un mot pour le censeur. »

Il a eu peur, Guy, d'être pris pour un suiveur. Il a trouvé d'instinct le trait le plus blessant.

« Essayez ! Je vous jure que c'est le commissaire qui vous ramène.

— Il faudrait d'abord en trouver un qui t'approuve », dit Rose en refermant la porte.

*

Si les boulettes, brûlées, deviennent des boulets, tant pis ! Pour délit de non-assistance, Agathe et Léon boufferont du charbon. Aline torture le cadran, recompose trois fois le numéro de la directrice, l'obtient enfin, se nomme et jette :

« Rose et Guy arriveront sans doute en retard au cours cet après-midi. Je tenais à vous faire savoir que le prétexte invoqué n'a pas mon approbation. »

Mais le monde est mal fait : Aline en sera pour sa courte honte :

« Je le devine, chère madame, dit la directrice. Et je devine aussi que vous aurez comme nous beaucoup d'indulgence. »

AVRIL 1968

6 avril 1968

FÉLIX dans les bras d'Odile, Odile sur les genoux de Sioul, le tout au fond du grand-œuf, d'acquisition récente, ce dimanche des Rameaux après déjeuner. On attendait la visite prévue. On ne se disait rien. On se contentait de chauffer la chaleur de l'autre. On se sentait bien, malgré le problème. On y réfléchissait.

Aline, par exemple, avait, sitôt mariée, cessé de travailler pour devenir une charge. Pour en créer quatre autres à la file sans jamais chercher à en éviter aucune. Avec la complicité active du mari, honte à lui ! Mais sur le chapitre pensez ce que vous voudrez, un fait demeure : si la femme ne prend pas l'initiative du refus, l'époux laisse aller. Aline croyait accoucher de la sécurité : un enfant par pied de lit, pour le rendre stable. Moi, pas question, chéri ! Un enfant à soi, oui. Un enfant, un témoin, assurant le passage du toi-et-moi au je-tu-il. Mais pas une suite. Vive Félix ! et sur ce fermons le ban. N'abîmons pas la machine à faire l'amour en la transformant en moulin à viande. Mais un enfant, un seul, c'est encore un enfant qu'on ne laisse pas comme un petit chat entre une soucoupe de lait et un bac à sciure pour le retrouver le soir ronronnant et propret. Avant Félix, ses géniteurs, tranquilles la nuit, l'étaient encore le jour : tous deux laborieux, assurant par deux paies leur double liberté, leur double contribution à une gentille aisance. Mais après Félix ?

Odile ne s'en cachait pas : le plaisir de finir en popote, de tendre la main à chaque fin de mois au lieu de faire rouler sa propre monnaie, très peu ! Une bouche de plus, une paie de moins, cela n'était pas corollaire. Si elle avait choisi la meilleure part, elle entendait bien conserver l'autre et que la joie de cotiser à la Sécurité sociale ne lui fût point ôtée. Pas question non plus de placer le mioche : tricotons, tripotons, nous ne jouirons qu'une fois de la maternité. Pas question de prendre une bonne : une bonne nourrie, logée, blanchie, payée, inscrite à l'URSSAF, dévorerait — et au-delà — le gain de la patronne. Problème, donc : de ceux que leur banalité n'a jamais rendus plus solubles dans une société qui sanctifie les dames fidèles à leurs éviers. Ménagère et nourrice, Odile refusait de s'y limiter :

« Il dort. Je le remets dans son moïse », dit-elle.

Et une fois relevée :

« Quand je travaillais chez mon père, je m'étais mise à la reliure pour certains clients de la librairie. Le débouché était mince. Ici, c'est à voir. Tu me ferais des maquettes, Sioul, et tu pourrais même ajouter des illustrations.

— C'est une idée », fit Louis.

Heureux, tendre et gêné. Le privilège d'ordinaire a vite fait de croire à son mérite. Quel était donc le sien pour posséder cette fille jeune, belle, active et dévouée ? D'une victime acariâtre l'innocence était-elle à ce point contestable que son bourreau — com-

me elle disait — dût être châtié dans les délices ?
« Ton type ne va pas tarder », dit Odile.

*

L'interphone l'annonça : *Julien Gordon, du Comité de vigilance*. L'arrivant, qui passait la grille, avait tout du prof en retraite : pas serré, bras mollets, pantalon godant aux genoux, lunettes chevauchant l'arête d'un nez guetteur. Mais dès qu'il fut entré, son sourire au moïse recomposa son jeu de rides :

« En voilà un, dit-il, qui n'a pas besoin de nous. »

Et aussitôt, en s'asseyant :

« Vous connaissez sans doute nos comités ?

— Un peu, dit Louis, mais j'avoue que... »

Façon de parler : il n'allait pas avouer que le premier à en avoir parlé à Rose, c'était lui, et que, s'il n'était pour rien dans la suite, c'était tout de même sur cette vague indication que Rose avait fonctionné.

« Vous vous étonnez de ma présence, reprit le visiteur. Vous n'avez pas tort. Nous nous occupons en général de cas beaucoup plus graves. De leur propre aveu vos enfants ne subissent ni sévices ni privations. Ils aiment leur mère qui les aime aussi, mais dont l'affection est comme oblitérée par celle qu'ils osent vous porter. Ils sont venus me voir à plusieurs reprises et j'ai par ailleurs, grâce à d'anciens collègues, recueilli des informations. »

Urbanité, autorité, neutralité. Absence de gestes, voix un peu enrhumée, chef vissé sur le cou. L'œil vivace notait tout, s'attardait sur Odile.

« Sans dramatiser, continuait M. Gordon, il faut reconnaître que le pédo-psychiatre qui s'occupe de Guy, s'il jargonne en parlant d'*image maternelle dévalori-*

sée, d'*appel au père pour identification,* donne du poids à l'évidence. J'avoue être également impressionné par ce partage en *papiens et mamiens* qu'ont inventé vos enfants...

— Quoi ? fit Louis.

— Vous ne saviez pas ? » dit M. Gordon.

Décence, résistance aux mots, une certaine connivence dans le ça-va-comme-ça, c'est le coton des familles : un étranger arrive et défait ce pansement, montre que ça saigne en dessous. Louis en restait la bouche ouverte, ravi, effaré. Ses *papiens* ! Encore une fois, pourquoi l'aimaient-ils donc au point de ne pouvoir guérir que par celui qui les avait blessés ?

« Ne croyez pas que je les encourage, reprit M. Gordon. J'ai commencé par leur demander d'éviter les incidents, de fournir la preuve qu'ils n'en sont pas la source. Je leur ai imposé trois mois de réflexion. Mais je vois bien qu'ils se fatiguent. Rose elle-même me l'a avoué l'autre jour : *J'espère tenir jusqu'aux vacances. Après je ne réponds plus de rien.* »

Louis regardait Odile qui regardait son bébé, sans souffler mot. M. Gordon baissa la voix :

« Cette affaire, je le répète, n'est pas vraiment de mon ressort. Ni de celle de l'Action sanitaire et sociale. Elle relève de la justice et vous seul pouvez intenter une action en changement de garde. Encore vaudrait-il mieux attendre un peu : un tribunal n'aime pas transférer des enfants en cours d'année scolaire. De toute façon ce ne sera pas facile et la décision vous appartient...

— Elle concerne aussi ma femme, dit Louis.

— En effet, dit M. Gordon. Mme Davermelle n'a d'obligations qu'envers son bébé : ce serait tout à fait son droit de ne pas vouloir en assumer d'autres et il n'est même pas souhaitable qu'elle s'y force. Elle pourrait déchanter et, dans ce domaine, on ne fait pas d'essais. »

Massif, Louis ne cillait même plus. Ce qu'il devait à Rose, à Guy pour les avoir privés d'un père, Odile le leur devait-elle également pour en avoir été complice ? Il tendit l'oreille, étonné :

« Rose et Guy, disait Odile, me font beaucoup d'honneur.

— Je ne voudrais pas me faire l'avocat du diable, dit M. Gordon, mais l'orgueil non plus ne serait pas suffisant. »

Odile cette fois se leva, glissa derrière son époux pour rester debout, les mains sur ses épaules :

« Que voudriez-vous ? fit-elle. Que je saute de joie ? Non, je ne saute pas de joie à l'idée de faire la vaisselle pour cinq. Mais les enfants de Louis ne m'effraient plus comme au début de notre mariage. Du moins, les cadets. Car je le dis franchement, je ferais piteuse mine s'il fallait accueillir les aînés. »

Elle riait maintenant, les dix doigts plantés dans les cheveux de Louis :

« Ceci dit, si ça se fait, tant mieux ! Si ça ne se fait pas, tant mieux encore ! Je ne suis pas une belle âme, monsieur Gordon. Je n'ai pas honte d'avouer qu'après avoir contribué à casser une famille, je songe à mon petit bonheur. Louis ne dit rien, mais il y pense autant que moi. Seulement voilà, son petit bonheur à lui est, je crois, gourmand de moi sans cesser de l'être de ses enfants. Et comme, pour assurer le mien, j'ai de l'appétit pour le sien, il faut bien que j'inscrive tout le monde au menu... Je vous sers un café ? »

26 avril 1968

Ce bout de papier déchiré en huit livré par la corbeille de Rose, reconstitué au Scotch et livrant cette énigme *Vig. Les Fleurs, Ap. 18,* signifiait bien quelque chose. Voilà qu'enfin, au lieu de filer à la maison, les enfants venaient de sauter dans l'autobus. Il n'y avait plus qu'à suivre.

Cette guimbarde, affichant 104 567 kilomètres, souillée par le derrière qui durant trois ans en avait recreusé le siège, par ce parfum qui restait imprégné dans les housses malgré le déodorant, elle avait au moins un mérite : être d'un gris passe-partout. Les enfants n'avaient aucune raison de faire attention à cette voiture plutôt qu'à une autre ni de reconnaître à distance une mère affublée d'une fanchon, de lunettes teintées, d'un vieux manteau de Ginette. Quand vous tenez ce genre d'hôtel-restaurant qui s'appelle une famille, le client vous laisse peu de répit, mais vos absences sembleront ménagères; et quand, faute d'argent pour vous offrir un garage, vous laissez votre auto dans la rue, à cent mètres de chez vous, vous pouvez partir en expédition et, sans que nul ne s'en doute, assurer la filature... Tâche ingrate, certes. Nécessité désolante. Mais droit de garde et garde sont associés comme la bouilloire et l'eau, qui s'évapore. Lorsque quatre enfants, qui grandissent, vont porter aux horizons le jeu des quatre coins, il faut tout de même savoir où ils sont.

Pour Léon au moins c'était simple. Cinq ans d'étude, cinq ans de répit. Une petite amie bien identifiée, fille d'un receveur des postes, étudiante en pharmacie et membre du SCF, elle aussi. Une voisine au surplus fixant Léon dans le coin : invitable, s'il n'eût été dangereux de désenchanter une fille mieux logée (et Léon, amateur de mystère).

Mais d'Agathe, que penser ? La moto de Marc était un engin diabolique aux reprises foudroyantes, aux évolutions savantes triomphant de toutes les files; et le nombre de ses concurrents accompagnés par Agathe en Alpine, sur Honda, voire à pied, ne permettait aucune déduction. Deux bouche-à-bouche constatés — dont l'un au bois, avec un athlète blond, l'autre à la terrasse d'un café avec un brun studieux — en faisaient plutôt une petite chercheuse en train d'aborder l'amour comme les diverses matières de son bac, sur quoi elle manquait d'insistance. Aucune intervention possible, en tout cas. Sa grand-mère en avait de bonnes, écrivant de Chazé : *ce que je sais des grands m'inquiète, ne leur laisse pas faire n'importe quoi.* Et à l'inverse Emma exagérait, disant : *Ce qu'on appelait jadis la vertu d'une fille se perd plus vite que son affection.* Un amant vous vole très bien, non seulement cette partie de la fille, mais la fille tout entière; et on se prend à croire que l'essentiel, c'est de ne pas laisser une enfant s'engager sérieusement. Qu'elle s'amusât, cette petite Agathe, où était le danger, pourvu qu'elle méditât bien l'exemple maison, si net, montrant à l'envi que la pire aventure, souvent, c'est celle de la bague et qu'il faut aux grand-mères une sacrée dose de prévention, de conjugalisation pour écrire encore : *Je t'entends trop médire du mariage : si le tien a raté, ce n'est pas une raison pour en détourner tes filles ?*

*

L'autobus, de section en section, dégorgeant du lycéen et de la dactylo, atteignait les confins de Neuilly-Plaisance. Rose, Guy, autre problème ! Depuis la visite interdite au petit frère, il avait bien fallu les tenir en lisière, les contrôler strictement. Mais allez raisonner des enfants que tous les quinze jours peut remonter le père ! Ils faisaient définitivement bande à part, Rose affectant de servir de petite mère à Guy, lui-même d'y souscrire, de lui obéir, de lui réciter ses leçons, et tous deux de vivre dans une sorte d'exil, en attendant mieux. Corrects et même anormalement polis, s'appliquant à jouer les fantômes, ils n'étaient vraiment insoumis qu'en cas de lèse-légalité. Inutile de faire disparaître le carnet de notes de Rose : elle le faisait auparavant photocopier sur l'appareil public de la gare. Inutile de retarder la pendule pour faire poireauter Louis à la porte les jours de visite : les aiguilles sautaient miraculeusement de moins cinq à plus cinq ou bien RTL, bruyamment, donnait l'heure exacte au transistor. Envoyé au catéchisme — pour embêter ces païens de Davermelle — Guy avait déclaré au vicaire qu'en cas de divorce un enfant doit être maintenu dans la pratique ou la non-pratique antérieure; que son père n'était pas d'accord. Inscrit quand même, il s'était alors fait expulser en récitant à l'envers le symbole de Nicée : *Je ne crois pas en Dieu, le père tout-puissant ni en Jésus-Christ, son fils unique...* Le souffleur, Aline en savait l'adresse. Elle avait fait, ce jour-là, un esclandre : pour être aussitôt contrée par un coup de fil de Louis et blâmée par maître Grainde qui répétait : *Méfiez-vous, ne donnez pas prise.* Aline se méfiait. A certains signes — airs farauds, retards fréquents, conjuration de regards et même affichage de gentillesse apitoyée — elle était persuadée qu'il se tramait quelque chose.

*

L'autobus venait de s'arrêter une nouvelle fois. Il en descendit un curé ancien style, avec soutane et chapeau à bords relevés, puis Rose et Guy, visiblement habitués de l'endroit car ils n'hésitèrent pas une seconde et, traversant la rue, pénétrèrent en courant dans un grand ensemble aux immeubles disposés en quinconce sur des tapis verts agrémentés de gros rochers ronds réunis par places comme des œufs dans un pondoir. Plusieurs voies privées s'y entrecroisaient et, le temps de se retrouver dans ce dédale, de garer la voiture, les enfants avaient disparu. Les plaques l'avouaient : il s'agissait bien de la *Cité des fleurs, square Lamartine.* Aline finit par découvrir une conciergerie où nul n'avait entendu parler d'un M. Vig, surtout pas dans l'appartement 18 souscrit par une demoiselle Piervain. Ap. 18 devait donc signifier *après dix-huit heures.* Aline erra de bâtiment en bâtiment parmi des nuées d'enfants, guetta vainement les siens et ne les vit pas ressortir. Quand, à la nuit, elle décida de battre en retraite, ce fut pour retrouver un de ses pneus crevé. Elle ne rentra qu'à neuf heures, éreintée, se promettant une scène éclatante, une explication décisive. Mais Rose achevait de mettre le couvert : à gestes mesurés, feutrés, qui ne faisaient pas tinter une assiette. Pas d'Agathe, pas de Léon, pas d'alliés. Rose passa devant sa mère, dit : *Pardon, maman,* puis aussitôt : *Tout est prêt. Tu veux un œuf ou deux ?* Aline se sentit fondre devant ce robot qui, parmi ses tâches, l'embrassait convenablement et malgré son retard insolite ne lui posait pas de questions. Se disant qu'il valait peut-être mieux ne pas se découvrir, elle ne lui en posa pas non plus.

JUIN 1968

16 juin 1968

Le seringat et les pivoines n'ont pas daigné attendre et s'effeuillent sur un gazon un peu rôti par une canicule précoce. Mais les hirondelles raient du bleu sur commande. Par la grille grande ouverte chacun peut entrer ou sortir à son gré, s'installer où il veut, s'attarder devant le buffet campagnard où trône un tonnelet de beaujolais qui goutte sur la nappe. Fiesta composite, dans ses intentions comme dans ses invités. Rendre d'un bloc un certain nombre de politesses, planter tardivement la crémaillère, célébrer en l'honneur de Félix une sorte de baptême laïc et en même temps la Fête des Pères, faire plaisir aux clients, aux patrons de l'Atelier Mobiliart, rameuter les amis, tout a compté; et peut-être aussi le souci de sortir de cette absence — par certains transformée en ghetto — où marine toujours quelque temps un couple d'abord illégitime, puis légalisé aux dépens d'une précédente union et qui doit toujours laisser passer du temps pour habituer les gens à son existence.

Odile reçoit à l'intérieur, mère hissant un fils à trois dents, doux porte-respect, que la présence de sa grand-mère Davermelle intronise tout à fait parmi les dames. Louis se prodigue dehors, aussi correctement débraillé qu'il faut pour mettre à l'aise un mélange de voisins, de cousins, de relations — plus ou moins relatives —, d'artistes supposés tels, les uns cravatés, les autres non, les uns embouchés de *vous*, les autres de *tu* familiers ou familiaux. De ce cocktail Louis peut se féliciter : il fait nombre. Ce dimanche étant en effet le troisième du mois, les cartons envoyés à Fontenay ont dû passer par le vide-ordures : il ne faut pas espérer d'enfants. Quant aux amis, ils ne sont pas plus de trois ou quatre à pilonner sur la pelouse. Il y a bien sûr Gabriel. L'indéfectible Gabriel. Qui lui-même se trouve un peu seulet, qui vient l'avouer à Louis :

« Le copain se fait rare ! »

Et qui se met comme d'habitude à philosopher :

« Que veux-tu, c'est la loi ! Quand tu te maries tu perds déjà tous ceux de tes amis qui ne ratifient pas ton choix. Quand tu divorces, tu perds la moitié du reste parce que leurs femmes ont peur de l'exemple. Plus la moitié du dernier quart si tu te remaries... »

Il s'arrête, étonné :

« Tiens, tu as vu ? Aline est de bonne composition, aujourd'hui : voilà tes enfants. »

*

- Non, pas les cadets, mais les aînés, invisibles depuis des mois et qui font une drôle de tête : ils ne parlent à personne, ils quadrillent littéralement le jardin en dévisageant les gens comme s'ils cherchaient quelqu'un. Leur père, sans doute. Louis lève un bras pour signaler sa présence, Agathe et Léon se contentent d'en faire autant et disparaissent dans la maison.

« A propos, dit Gabriel, j'ai reçu une curieuse lettre de Rose. Ça n'a pas l'air d'aller du tout. »

Mais Louis, intrigué, abandonne la place, se faufile à son tour dans le vestibule, puis dans l'escalier. Agathe et Léon sont dans les étages, passant de pièce en pièce : grincements de gonds, claquements de porte se succèdent. Les voilà bientôt qui redescendent :

« Si vous cherchez votre frère, il est dans la salle avec Odile, dit Louis, sommairement embrassé au passage.

— Guy ? fait Agathe. Je ne l'y ai pas vu.

— Je parle de Félix. »

Agathe hausse carrément les épaules :

« Il est bien question de lui ! lâche-t-elle. Maman est aux cent coups : Rose et Guy ont disparu depuis ce matin. »

Son air soupçonneux serait risible s'il n'était outrageant, comme le sont cette fouille délibérée et le parti pris qu'elle suppose. Une visite domiciliaire, voilà ce dont il s'agit. Même Léon, le prudent Léon, s'est laissé embaucher et chez son père la colère passe d'abord l'inquiétude :

« Et c'est maintenant que vous me prévenez ! Si je comprends bien vous jouez les chasseurs de prime, vous perquisitionnez.

— C'était dans ton propre intérêt : maman veut porter plainte », balbutie Léon.

Les enquêteurs dégringolent déjà. Poussant à la fenêtre de sa chambre, dont les placards n'ont pas été refermés, Louis peut voir Agathe et Léon retraverser la cohue, passer la grille en courant et rejoindre la vieille Citroën, rangée cinquante mètres plus loin, en double file, dans la rue remplie de voitures d'invités. Aline, elle-même, pointant le nez à la portière, attend le commando.

*

Premier réflexe : l'attendrissement. Deuxième réflexe : la contrariété. Ils — et *ils*, c'est à quatre-vingt-cinq pour cent Rose, à quinze pour cent Guy — ont tout pris sous leur bonnet sans avertir quiconque, sans se soucier des conséquences et des cinquante personnes qui se gobergent en dessous. Enfin l'anxiété prend le dessus : où sont-ils ? Si d'aventure pour ne pas mettre directement leur père en cause, ils se sont réfugiés chez leurs grands-parents Davermelle, ils ont trouvé porte close; et s'ils attendent chez le concierge, leur mère peut très bien faire le même raisonnement, foncer rue Vaneau, les récupérer. Belle occasion pour exécuter une menace récemment proférée : *Si vous continuez à faire les imbéciles, je vous fourre en pension.*

Un instant le père faiblit devant le jeune marié : la pension préserverait ses jours de visite comme sa tranquillité. Mais le goût de l'événement, la revanche à y trouver, l'excitation l'emportent. Enfoncée, Madame Ex ! Jugée, lâchée, punie par où elle a péché. Le temps n'est plus aux compromis, le droit de garde est dépassé. Rose et Guy ne comprendraient pas, ne pardonneraient pas une reculade.

Et voilà que deux minutes après, à la place même abandonnée par l'ID, stoppe une 4 CV constellée de marguerites autocollantes dont on pourrait s'attendre à voir sortir un minet de banlieue plutôt que le digne M. Gordon. Le vigilant ! Tout s'éclaire. La chance veut que Grancat soit parmi les invités (la chance, sans doute : il pouvait ne pas venir. Mais Rose devait bien y compter). Le temps de le crocheter dans la foule, d'avertir Odile et les grands-parents, effarés, et c'est un vrai conseil de guerre qui se réunit dans la cuisine autour de M. Gordon, qui raconte :

« Rose et Guy ont déjeuné chez moi. Ils sont arrivés à midi. Auparavant ils avaient passé deux heures au café de la Gare à écrire des lettres : à leur mère, à leurs grands-parents, au juge des enfants, au procureur de la République, à la directrice du lycée, à certains professeurs. Toutes disant en substance : nous partons, vous voulons vivre chez notre père. Depuis quelque temps, Rose en avait expédié beaucoup d'autres, laissant entendre que la crise était proche. Elle a très bien compris que, si elle ne pouvait pas comparaître elle-même, ses lettres seraient produites à l'audience. C'est une petite personne très organisée.

— Qui nous met quand même dans une fichue situation, dit maître Grancat. Sa mère peut nous traîner, pour rapt, en correctionnelle.

— Aline était déjà dans la rue tout à l'heure, dit Louis.

— Je m'en méfiais, reprit M. Gordon. C'est pourquoi je n'ai pas amené les enfants. La plainte pour rapt, Mme Rebusteau la déposera peut-être, mais à mon avis elle ne tient pas. M. Davermelle n'est pas responsable d'une fugue qu'il n'a ni provoquée ni connue, mais qui lui fournit un argument de poids. Vous savez comme les juges sont lents à revenir sur la chose jugée. Il faut les comprendre : les ragots, les rapports, ils en sont sevrés. Ce qu'il faut pour les décider, c'est un incident et j'ai malheureusement assez d'expérience pour savoir qu'ils l'attendent quelquefois jusqu'à la tentative de suicide ou jusqu'à l'entrée à l'hôpital d'un enfant roué de coups. Nous ne sommes pas, Dieu merci, au niveau du drame, mais l'incident, nous le tenons. Maintenant, maître, à vous de jouer.

— Ne soyons pas trop optimistes, dit Grancat. Ça peut mal tourner.
— De toute façon le vin est tiré, dit Louis.
— Il doit y avoir un moyen de te couvrir, dit M. Davermelle.
— Bien sûr », fit M. Gordon.
Il tirait une enveloppe de sa poche, la tendait à l'avocat qui la prit d'une main molle. Les professionnels sont toujours agacés par les amateurs, les soldats par les scouts, les corporations par les associations philanthropiques dont l'efficace est bien la moindre excuse.
« Mon rôle est terminé, reprenait M. Gordon, à moins que vous ne jugiez nécessaire, maître, de me citer comme témoin. De toute façon je suis passé tout à l'heure au commissariat de mon quartier pour y déposer une déclaration. Celle que je vous donne en est le double. A mon avis M. Davermelle n'a pas un instant à perdre. Il faut qu'il saute, lui aussi, au commissariat local pour y déclarer que, mis en face du fait accompli, il tient les enfants à la disposition du Parquet.
— Parfait ! dit Grancat, rendant enfin les armes pour mieux prendre les choses en main. Mais il serait bon que Rose et Guy accompagnent leur père pour corroborer ses dires. »
La malice brille derrière les lunettes du vigilant, qui enchaîne aussitôt, d'une voix modeste :
« Ils vous attendent dans la salle de garde. Je les ai confiés, avant de venir ici, au brigadier de service.
— Je vous accompagne, propose le grand-père.
— Non, dit Grancat, ça ferait pièce montée. Mais dès demain, je vais faire le nécessaire pour assigner Aline en référé : ça peut demander cinq ou six jours et d'ici là j'aimerais que les enfant restent invisibles

en demandant asile à des tiers. Arrangez-vous. Je ne veux pas savoir qui.

— D'accord ! dit Louis, en même temps que son père.

— Va vite ! fait Odile. Je m'occuperai des invités. »

Elle a le dos un peu rond : accepter une charge et la sentir soudain peser sur vos épaules, c'est aussi différent dans le privé des familles qu'en haltérophilie.

*

Le commissariat est à moins de trois cents mètres et, compte tenu du sens interdit, il serait plus simple d'y aller à pied. Mais Grancat s'y est opposé : *Aline peut rôder dans le coin. Si elle te devance, si elle découvre les enfants, le brigadier serait obligé de les lui remettre : elle n'a qu'à faire valoir son droit de garde. Ta seule chance, c'est de ne lui fournir aucune indication jusqu'au référé. C'est une course contre la montre... dans une joyeuse illégalité !* Joyeux, il ne le paraît guère, ni surtout rassuré; il a pris sa Taunus, à son avis moins repérée que la DS de Louis; il suit Gordon, il conduit, tête rentrée dans le col, l'œil au ras de la vitre, inspectant le trottoir, comme si le bâtonnier allait s'y dresser, vengeur, pour le citer à comparaître devant le conseil de l'Ordre. Il bougonne :

« Ces gens des Comités sont souvent imprudents. Le secourisme, bravo ! Mais au Palais il faut respecter les formes. Pour nous, remarque, leur intervention est une chance : elle impressionne toujours. L'attestation du père Gordon, je te prie de croire que je vais m'en servir ! »

Il freine déjà devant le drapeau, le père Gordon, et en habitué entre dans la cour, s'y gare sans façon entre deux cars de police, salue le factionnaire d'un petit signe amical et pointe tranquillement le doigt vers une place libre, aussi réservée que l'autre, en expliquant :

« Le patron n'est sûrement pas là, un dimanche. »

Pour ajouter plus bas :

« J'aime autant. Il est souvent pointilleux. Le secrétaire de permanence ne songera qu'à gratter son pensum au plus vite. »

*

Scénario correctement prévu. Rose et Guy sont apparus soignant leur sourire, mais tout de même un peu paumés, étourdis par le va-et-vient des uniformes, l'odeur de drap, de cuir et de tabac dans laquelle ils ont mariné en attendant ce père aux bras de qui, enfin bien accrochés, ils se sentent en sécurité.

« Figure-toi, disait Rose, qu'à huit heures nous n'avions encore rien décidé. C'est maman qui a tout déclenché en mettant un cadenas sur le téléphone...

— Tu raconteras ça plus tard, a dit Grancat. Allez ! Je vous attends dans la voiture. »

Le cousin peut servir de convoyeur, mais l'avocat ne peut être ni témoin ni acteur. M. Gordon qui n'est pas, lui, tenu de fonctionner dans les règles, prend la tête des opérations.

« Laissez-moi faire, murmure-t-il. Mieux vaut que vous ayez l'air ahuri.»

Vingt-deux marches. Trois portes sur le palier. La bonne est au centre, mais de l'autre côté ce n'est pas au premier bureau qu'il convient de s'adresser, c'est au second : occupé par un géant gras qui aussitôt tend une main potelée et s'exclame :

« Ça fait bien trois mois qu'on ne vous avait vu !

— J'aimerais bien ne jamais avoir à vous déranger », dit M. Gordon.

Il débite déjà sa petite affaire, explique le cas, présente le père, présente les enfants, souligne leur bonne volonté de citoyens respectueux de la loi qui viennent s'en remettre à la justice, propose de se retirer pour laisser la parole aux déclarants, pense comme le préposé que ce n'est pas nécessaire, qu'il faut aider ces gens forcément un peu noués par l'émotion. Il laisse le bonhomme s'emparer de son registre et s'interroger la plume en l'air :

« Voyons, comment rédigeons-nous ça ?

— Comme d'habitude », dit M. Gordon.

L'habitude n'est-elle pas la meilleure référence ? M. Gordon n'aurait pas le front de dicter quoi que ce soit, il se souvient seulement d'une affaire analogue dont son petit carnet affirme qu'elle a été enregistrée le 4 janvier, sous le *numéro 107*. Il en a même noté les termes qui lui ont semblé un exemple de concision, de précision. Il en rappelle une phrase, puis une autre, aisément adaptables. Les suivantes, à quelques variantes près, seront également utiles. Mais peut-être, dans le cas présent, pourrait-on ajouter — *Approchez, les enfants, n'ayez pas peur* — quelque chose au sujet de ceux-ci. Par exemple : *Et Rose Davermelle, seize ans et demi, ainsi que son frère Guy, douze ans, par nous interrogés, confirment qu'ils ont spontanément, à l'insu de leur père, quitté le domicile de la mère gardienne...*

« Et refusent absolument d'y retourner, s'écrie Rose, à point nommé.

— Ça non ! fait Guy, en écho.

— Sous peine d'incident grave ! » dit Louis.

Et ceci à cela rajouté fournit bonne finale. *Et refusant d'y retourner par crainte d'incident grave*, murmure le scripteur en hochant la tête, *font respectueusement confiance au tribunal appelé à statuer sur leur sort...*

*

Relecture. Virgule ici, point là. *Davermelle, c'est bien avec deux l ? Vous avez une pièce d'identité ?* Enfin, toutes vérifications faites, le registre s'offre aux signatures. M. Gordon a noté soigneusement la référence pour la communiquer à l'avocat : *main courante du 16 juin 68, numéro 287.* La pesanteur semble avoir diminué : c'est d'un pied plus léger que se redescend l'escalier. Mais déjà le soulagement se trouble : *Je suis navrée pour maman*, souffle Rose. *Si elle avait voulu...* Son père comprend si bien qu'il complète : *Oui, la pauvre ! Elle aurait pu éviter ça.* Le soupir qui le vide avoue le reste : la hargne est contagieuse et chacun ne s'en défend qu'en aggravant la maladie qu'il croit tenir de l'autre. Dans la cour M. Gordon se penche à la portière de la voiture où attend maître Grancat, se relève presque aussitôt, coupe court aux remerciements et prend congé :

« Il est rare, dit-il, qu'on nous tienne au courant de la suite donnée à une affaire. Un coup de fil, tout de même, me ferait plaisir. »

La Taunus va suivre sur deux rues la 4 CV aux marguerites, mais bientôt elle bifurque pour livrer Rose et Guy devant la villa Duelle à la Peugeot de leur grand-père. Louis repasse la grille, sinue à travers des groupes d'invités tout occupés d'eux-mêmes et qui n'ont rien remarqué. Bon alibi. Mais a-t-il besoin d'un alibi ? Ce petit gala maintenant lui paraît dérisoire : pour lui, c'était bien aujourd'hui, entre toutes réussie, la fête des Pères.

18 juin 1968

POINT de cesse, point de sommeil, plus d'appétit, plus de ressort. Une migraine insensible à tous ces cachets sortis de leurs petits cylindres d'alu dont trois, déjà, gisaient vides sur la table de nuit. Elle avait beau crier son indignation aux aînés, aux sœurs, à l'avocat, aux flics, à la concierge, aux voisins, aux derniers amis, à sa mère, aux Agars, aux profs du lycée, elle avait beau les entreprendre par fil, par lettre, de vive voix, à tout moment, à tout propos, l'invraisemblable restait vrai : deux enfants peuvent quitter leur mère un dimanche matin et s'évaporer dans la nature, sans que les Institutions, les Pouvoirs, les gens chargés de faire respecter l'ordre, l'équité, l'amour filial, s'émeuvent outre mesure. Vous ne le croiriez pas ? Eh bien, si ! Un commissaire ou son adjoint ou ce qui en tient lieu, bref le fonctionnaire qu'on trouve devant soi derrière sa barrière de bois, qu'on alerte, qu'on supplie, qu'on requiert au nom d'un droit proclamé par un jugement dont vous produisez l'extrait, qui est tenu — c'est écrit dessus — *d'y prêter main-forte*, peut vous répondre :

« Nous sommes au courant, madame, nous sommes au courant... »

Il ne bondit pas, il n'expédie pas ses agents aux trousses des fuyards. Il regrette poliment, il parle d'une lettre où les enfants expliquent leur fugue, comme s'il pouvait y avoir à cela une explication, une excuse. Il laisse entendre qu'un délégué d'on ne sait quel comité se targuant d'on ne sait quel titre a donné son avis à ce sujet. Il affirme qu'il n'en sait pas plus, qu'il attend comme vous — quoi ? on se le demande ! —, qu'il vous tiendra *au courant du suivi* et que, pour l'instant, tout ce qu'il peut faire, en attendant des ordres, c'est prendre votre déposition, enregistrer votre plainte :

« Si vous y tenez, madame, car enfin contre qui ? Vous m'avez bien dit, n'est-ce pas, que vos aînés sont allés eux-mêmes chez leur père et n'y ont pas trouvé leurs cadets ? »

Contre qui ? Se figurait-il, celui-là, que Louis allait avouer : *Mais oui, monsieur le commissaire, j'ai manœuvré dans l'ombre, j'ai tout indiqué aux enfants : les termes de leur lettre, la date, l'heure... Et puis coucou ! Je les ai fait disparaître*. Le commissaire était comme le concierge : impressionné par cette fameuse lettre évidemment dictée de bout en bout. Il l'avait examinée, il en avait comparé l'écriture à celle de l'autre lettre, reçue par lui et bien entendu identique. Il l'avait lue, puis relue à haute voix, l'œil à chaque fin de phrase relevé sur la mère :

Ma chère maman, nous quittons la maison pour aller demander aux juges notre transfert chez papa. Tu ne t'étonneras pas : il y a assez longtemps que nous le réclamons. Nous t'aimons bien, nous regrettons de te faire de la peine, nous souhaitons te voir ensuite régulièrement. Mais nous ne voulons plus vivre avec toi et tu sais pourquoi...

Savoir pourquoi ! Ils avaient tous le même gros œil rond, ils voulaient tous savoir pourquoi, étonnés de s'entendre répondre :

« Et moi, la première ! »

Les gens aujourd'hui sont extraordinaires : des naïfs dont la méfiance travaille à l'envers et se montre d'une perfidie incroyable dans le décri de vos meilleures intentions. Un enfant a toujours raison. Qu'un père s'emploie à lui monter le bourrichon, que la chose crève les yeux, vous n'en convaincrez personne. Mais que vous l'ayez vous-même mis en garde contre cette forme d'abus de confiance, contre ce travail de sape, on ne vous le pardonnera pas. De toute façon quand la voix de l'innocence a parlé, vous n'avez plus qu'à vous taire. Car tout ce que vous direz risque de se retourner contre vous. N'était-il pas singulier, par exemple, que toutes les lettres fussent de la main de Rose et d'elle seule, avec un tout petit *Guy* griffonné sous la signature de sa sœur ? Aline l'avait fait remarquer, ajoutant que c'était toujours comme ça, que Rose menant la cabale embauchait, mécanisait le gosse abrité derrière elle dans les discussions... Et tilt ! Le dernier mot, seul, avait intéressé :

« Fréquentes, ces discussions ? A quel sujet ? »

La question a de quoi vous surprendre. Vous balbutiez : *Je ne sais pas, moi... Au sujet d'un rien, au sujet d'un peu tout, c'est sans importance.* Nouveau tilt ! *Tout* est un mot malheureux qui vient de vous enferrer davantage. Et pourtant vous en connaissez, vous, des familles où il n'y ait jamais de discussions ? Où la mère, chaque jour, ne doive pas faire son devoir qui n'est pas de céder à toute fantaisie ? Où son rôle — son terrible rôle de femme abandonnée — soit de dire *amen* ? Mais ne plaidez pas, voyons ! Nul ne s'étonnera que sur quatre enfants ce soient les plus âgés, les plus réfléchis qui vous approuvent, tandis que ce sont les plus jeunes, les plus tête-en-l'air, les plus malléables, qui se révoltent. On vous demandera au contraire :

« Vous n'avantageriez pas un peu les aînés ? »

Et vous demandant d'y réfléchir, on vous déconseillera finalement de porter plainte, du moins dans l'immédiat, car la preuve du rapt n'est pas faite :

« Et puis, madame, serait-elle faite, il reste que vous vivez uniquement de ce que gagne M. Davermelle. Est-il souhaitable pour vous, pour vos enfants, qu'une condamnation, un casier judiciaire puissent éventuellement lui faire perdre sa place et ses moyens ? Une demande de recherches, pour l'instant, paraît suffisante... »

*

Et voilà comment arrivée requérante, sûre d'obtenir aide et réparation, elle était ressortie démontée, humiliée, faisant figure de mère abusée, sinon abusive. Pour aller quand même faire ses courses — Agathe et Léon ayant encore faim, eux — et se faire servir par des commerçants aux yeux fuyants, fraîchement informés par la chronique de la Résidence Lothaire. Pour rentrer chez elle, lorgnée par ces gens d'en dessus, d'en dessous ou d'à côté, tapeurs de cloisons, tapeurs de plafond lors des sauteries tardives, des chamailles ou des semonces, pas plus bruyantes que les leurs, mais dont le commentaire devait devenir maintenant : *Je me disais aussi : qu'est-ce qu'il se passe là-dedans ?* Encore et toujours la même chose : haro sur la victime ! Si on n'abandonne pas une femme sans raisons, on abandonne encore moins une mère sans raisons et ces raisons-là n'ont pas besoin d'être définies, l'effet suffisant à vous faire soupçonner d'en être la cause. Au blâme sévère mérité par Rose la famille elle-même se croyait obligée d'associer des considérations aigres-douces :

« Ce cadenas sur le cadran, quelle idée aussi ! disait Ginette. Tu as le génie de ces petites vexations. »

Et ça avait été un tollé quand Agathe, qui aurait mieux fait de tenir sa langue, avait raconté le coup du nautilus, le dernier coquillage de Rose resté à Fontenay, attrapé au vol en fin de dispute, jeté à terre, écrasé sous le talon. Geste inconsidéré, d'accord ! Mais allez vous en empêcher quand vous crevez de jalousie, de tendresse trahie, quand vous êtes à bout d'arguments comme à bout de nerfs ! Qui vraiment pouvait soutenir que Rose et Guy, leur mère ne les aimait pas, qu'elle n'eût pas préféré les accoucher vingt fois que de subir cet autre déchirement par quoi des êtres échappés de son ventre cherchaient maintenant à s'échapper de sa vie ?

Nouvelle amputation : le pire était là, sans cesse aiguisé par l'angoisse de ne rien savoir des disparus, de ne rencontrer personne qui s'en affolât autant qu'elle. Molles, en effet, les sœurs, répétant :

« Tu penses ! Ils ne sont pas loin. »

Molle, la directrice du lycée :

« Non, nous ne les avons pas revus. Mais franchement, madame, nous nous attendions à quelque chose de ce genre. »

Mous, Agathe et Léon, vaguement conscients de la gravité de la scission et du fait que la suppression de deux pensions réduirait encore les moyens du clan (souci plus grave, hélas ! pour la nourricière), mais pas fâchés de s'étaler un peu, surtout Agathe, doublant sa part de mètres carrés. Il n'y avait qu'Emma pour montrer de la vigueur, jointe toutefois à une insupportable patience :

« Louis est fou ! Cette fois il est allé trop loin. »

C'était aussi l'avis de maître Grainde que l'attitude évasive de maître Grancat, aussitôt contracté, persuadait d'une action imminente :

« Faisons le chat. L'adversaire va se découvrir et nous sauterons dessus. »

En attendant Rose et Guy traînaient Dieu sait où, peut-être en danger. Car enfin s'ils n'étaient pas chez leur père, il fallait bien qu'ils fussent quelque part avec sa complicité. Une complicité presque souhaitable ! Hypocritement sous-entendue, puisque personne ne semblait torturé à l'idée que les enfants aient pu échouer, notamment Rose, une adolescente, entre des mains plus redoutables. Rien le dimanche. Rien le lundi. Rien le mardi suivant. Par une carte, pas un coup de fil, même à des tiers. Le seul signe rassurant, c'était le silence du père, pourtant prévenu et qui ne réclamait pas de nouvelles.

20 juin 1968

A DIX heures moins deux, laissant dans le couloir M. Davermelle et Guy — judicieusement étiré, donc vieilli par un pantalon long —, maître Grancat poussa Rose devant lui et franchit la porte capitonnée. Il n'eut pas le temps de la refermer ni même de placer un mot :

« Sans vous, maître, sans vous ! » fit une voix de basse se répétant sur deux tons, le premier aimable, le second définitif.

L'avocat ressortit, le cou sur le col, chaque main enfilée dans la manche de l'autre, benoît comme un curé qui vient d'affronter son évêque :

« Le président Latour me l'avait dit, murmura-t-il. *Je veux en avoir le cœur net. Donc pas de parents, pas de conseil. Je verrai chaque enfant seul, le garçon après la fille.* Vous avez entendu ? Il ne m'a même pas laissé lui présenter la petite.

— On peut faire confiance à Rose : elle a de l'aplomb », dit M. Davermelle, renvoyant d'un doigt, derrière son oreille, le fil de son sonotone.

Guy était trop près de lui pour qu'il pût s'exprimer

librement. Réclamer contre une mère, situation bien gênante pour Rose. Devoir l'y encourager, situation bien gênante pour lui. Ni fier, ni rassuré, le grand-père, bien qu'il y eût peu de toges à flotter alentour, se tenait devant le petit-fils pour faire écran et, le poil en bataille, inspectait le fond de la galerie.

« Ne vous inquiétez pas, dit le cousin. Même si par hasard le nouvel avocat d'Aline, maître Grainde, passait par ici, elle ne reconnaîtrait pas les enfants : elle ne les a jamais vus. Au surplus elle ignore que j'ai obtenu pour eux cette audience, qui devrait être la norme et qui reste l'exception. Si elle savait, elle serait moins virulente. »

Il regarda sa montre et, soucieux de ne point se taire pour occuper le client, reprit aussitôt :

« L'assignation est arrivée avant-hier et maître Grainde m'a appelé ce matin en le prenant de très haut. A l'entendre tout le quartier est en train de signer une pétition en faveur d'Aline, qui ferait du porte-à-porte et que les dames seules du club des Agars soutiendraient jusqu'à malemort du ravisseur. Nous ferions mieux d'après elle de renvoyer les enfants; et peut-être nous ferait-on grâce en retirant la plainte qui, par ses soins, vient d'être adressée au procureur.

— Hé ! Pas de blagues ! Si papa nous rend, ça va être notre fête, dit Guy.

— Excellent à dire de l'autre côté de la porte ! fit Grancat. Ne t'inquiète pas, bonhomme : on nous bluffe. Avec le président Latour, pour qui compte ton choix, c'est presque toi qui juges ! »

Par-dessus le gosse, deux regards se heurtèrent : celui de Grancat soucieux de gagner, avouant d'un clignement de paupières : il faut bien le regonfler; celui du grand-père, réservé, faisant la part plus large au respect filial. *Bof ! Bof !* faisait l'intéressé, pas tellement crédule. Mais la porte capitonnée, dont un large crevé lâchait de la bourre, rendait Rose, poussée dans le dos par une main bienveillante qui se releva et fit dans l'air à l'intention de Guy deux ou trois petits crochets. Les cheveux en crête, le maigrichon partit sur ses ergots.

*

Cependant la bouille fripée, la respiration rétrécie, Rose éludait les questions :

« Bonne impression ?

— Oui !

— Qu'est-ce qu'il t'a demandé ?

— Ma foi, grand-père, tu ne me croiras pas : il m'a d'abord demandé si j'aimais les caramels. J'ai même eu tort d'en prendre car, pour répondre ensuite, j'avais les dents collées. »

Et Rose de s'intéresser à son bas en train de filer. Ses dents ne décolleraient sûrement pas tout de suite : l'entretien avec le président, c'était une affaire entre elle et lui. La connaissant bien, M. Davermelle n'insista pas. Grancat, jetant un œil sur sa robe, s'étonna qu'elle en eût une nouvelle :

« Ils sont partis sans un slip de rechange, dit M. Davermelle. Leur grand-mère a dû tout leur racheter, pendant que je trottais de mon côté pour garnir votre dossier. Heureusement que je suis à la retraite ! Louis travaille et n'aurait pas pu s'en occuper.

— C'est parfait, dit Grancat. Moins on le voit, en ce moment, mieux ça vaut. Qu'il reste le bon père bousculé par les siens !

— C'est exactement ça, dit Rose, candide.

— Bien sûr ! » fit Grancat qui n'en avait pas l'air autrement convaincu.

Il souriait. Apparence ou réalité, il les défendrait avec la même éloquence. Cette dangereuse affaire semblait devoir bien tourner. Guy réapparaissait, poussant de l'épaule un battant de porte deux fois plus haut que lui et moins discret que sa sœur levait très haut le pouce.

21 juin 1968

REVOILÀ donc la Grande Salle aux deux voûtes pesant sur leurs piliers carrés : immense, froide, ombreuse, ecclésiale, pleine de fourmis noires charriant leurs dossiers comme d'autres traînent leurs œufs, dans l'incessant entrecroisement de rendez-vous, d'attentes, de parlotes, de galops vers les chambres, de sorties triomphantes ou dépitées. Aline retrouve ce monde rigide de marbre, de bronze et de chêne où, partout sculptée, la loi se déshabille, tétonnière et fessue, sans doute pour laisser croire qu'elle est, en plus austère, sœur de la Vérité. Mais cette fois, Aline n'arrive plus seule, timide, effarouchée, incertaine de ses pas. Elle pique droit sur le banc du fond, jouxtant le feu maître Berryer, à la tête d'une cohorte entièrement féminine : sa mère accourue de Chazé, Annette et Ginette, Agathe, Emma et sa fille Flore maintenant grandelette, toutes pour la circonstance en rupture de bureau, d'école ou de lycée. Six inconditionnelles, six témoins éventuels dont les déclarations manuscrites et détaillées bourrent le cartable de Guy — utilisé à cette fin inattendue contre lui-même — parmi dix-sept autres hâtivement collectées et toutes ronéotées par Annette sur un modèle standard :

Je soussigné (e) certifie bien connaître Mme Aline Rebusteau. Je trouve indigne la conduite de son ancien mari, M. Louis Davermelle, qui après l'avoir abandonnée avec quatre enfants, essaie de lui en arracher deux, sournoisement excités contre elle. J'estime scandaleux d'accabler ainsi une mère dont la tendresse, le courage, le dévouement aux siens devraient être cités en exemple.

Satisfaite de sa prose — qu'ont notamment paraphée Mme Tremblay, professeur d'espagnol, elle-même divorcée, M. et Mme Gaulon, quincailliers, Mme Saintonge, l'adjointe au maire, et la présidente Goubleau —, forte de ses alliés, sûre de leur offrir le spectacle de la déconfiture de Louis, Aline, que deux pilules d'euphorisant aident à tenir la forme, atteint le monument, murmure à son escorte qui accessoirement fait un peu de tourisme : *C'est leur patron !*, et s'assied à côté de sa mère, tout habillée de noir, dont la tête pivote avec une craintive dignité. Mais elle se relève aussitôt; elle pousse une reconnaissance jusqu'à la porte du tribunal des référés où son affaire ne doit passer qu'à cinq heures; elle aperçoit une rangée de dos dominés par une lointaine estrade où font face deux ou trois têtes braquées vers la source invisible d'où flue un filet de voix. Elle dérive, pousse jusqu'au porche du tribunal civil, pointe le nez sur un communiqué de l'Union fédérale des magistrats et revient dans la foule. Louis ne doit pas être loin et sans doute a-t-il ramené les enfants, sans doute les tient-il cachés quelque part dans ce labyrinthe pour le cas où le tribunal le menacerait d'arrestation. Qu'il en profite une dernière fois, car désormais, en fait de droit de visite, une heure par mois, en présence de la mère, c'est tout ce qu'Aline se propose de lui consentir.

Un coup d'œil vers le banc... Courons ! La suite est égaillée un peu partout, curieuse, et c'est maître Grainde qui attend. Sa toge l'enfouit, annulant la femme au ras du cou : mise en plis, fond de teint, rouge à lèvres donnent l'impresion que la tête est rapportée. Elle saute sur ses pieds et tout de suite c'est la douche froide :

« J'avais hâte de vous voir. Comme d'usage maître Grancat m'a communiqué son dossier. Je vous dois la vérité : la partie n'est pas jouée ! »

Mme Rebusteau se rapproche, inquiète. *Ma mère !* dit Aline, que rassure le contenu du cartable, mais qu'indispose déjà la soudaine mollesse de maître Grainde, l'avant-veille prête à bouffer du lion.

« Je vous amène du renfort », dit-elle.

Le cartable change de mains, tandis que les robes bleues d'Emma et de Flore, le tailleurs gris de Ginette, l'ensemble vert d'Annette, le jean délavé d'Agathe s'agglutinent autour d'elle.

« Que de monde ! dit maître Grainde. Me suis-je mal expliquée ? Ce n'est qu'un référé, ça va durer quelques minutes; il n'y sera question que de mesures provisoires; il n'y sera rendu qu'une ordonnance valable jusqu'au jugement sur le fond. La présence même des parties n'est pas obligatoire. Vous n'aurez rien à dire. »

Raideur, silence local, au sein du grand murmure et du grand piétinement. Maître Grainde a ouvert le cartable. Elle feuillette la paperasse qu'Aline s'est donné tant de mal pour réunir :

« La famille, des voisins, des commerçants, évidemment ! murmure-t-elle avec une légère moue. La présidente, bien sûr. Ah ! le professeur d'espagnol !

Bon, ça, si Rose est son élève. Malheureusement... »

Le cercle se resserre, les regards des sept femmes convergent sur cette huitième à qui son épitoge donne deux fois barre sur elles :

« Malheureusement, reprend-elle, en face ils ont quinze lettres de Rose ou de Guy, datées par leurs enveloppes et qui, écrites dans les dix derniers mois, réclament toutes un changement de garde. Ils ont sept attestations de professeurs allant dans le même sens. Plus un très embêtant témoignage du président d'un Comité de vigilance qui a reçu les enfants depuis janvier. Plus un compte rendu d'une assistante sociale rappelant qu'elle a été amenée à faire examiner Guy au Centre médico-pédagogique, où le psychiatre de service, dont les conclusions vous gênaient, Aline, n'a pas apprécié le fait que, pour éviter leur transmission au père, vous ayez fourni une fausse adresse...

Les regards maintenant convergent sur Aline.

« Ça, dit Annette, c'est bien toi ! Tu gâches tout par tes gaffes.

— Je ne vous cache pas mon embarras, reprend maître Grainde. Le seul bon argument qu'on puisse tirer de tout ça, c'est que rien ne semble avoir été improvisé. Vous les ignoriez en partie, mais il reste que vous ne m'avez pas fourni tous les éléments d'appréciation. Maintenant que je les ai, quitte à vous décevoir, je dois vous conseiller de faire la part du feu. C'est le président Latour qui sera sur le siège et il paraît difficile de soutenir qu'une jeune fille de seize ans et demi ne sait pas ce qu'elle veut. Mais Guy, lui, a douze ans et peut avoir été circonvenu. A mon avis, il faut disjoindre les deux cas. Abandonner Rose, qui me semble avoir une personnalité très forte et vous causera toujours des ennuis, c'est votre seule chance de récupérer Guy. Nous avons cinq minutes pour amener l'adversaire à cette transaction.

— Mais je ne peux pas faire une différence ! » balbutie Aline.

Mater dolorosa ! *Ne fais donc pas cette statue-là,* lui a un jour lancé Louis, et ce n'est pas faux qu'elle en ait joué. Cette fois, sans le moindre chiqué, Aline est au supplice. Perdre la face devant ses fidèles rassemblés pour assister au châtiment de l'affreux, c'est déjà dur. Mais perdre un des Quatre pour ne pas en perdre un autre, autant choisir de s'amputer le bras gauche pour conserver le bras droit. Toutes ces dames retiennent leur souffle, atterrées :

« Je vous comprends bien, Aline, reprend maître Grainde. Mais un magistrat n'est pas radiologue, il ne pénètre pas dans le cœur des gens. Il juge sur des faits ou du moins sur leurs apparences.

— Etes vous seulement sûre d'être écoutée ? dit Emma voyant que personne ne se décide.

— Absolument pas, dit maître Grainde. Je peux tâter le terrain, quitte à me faire désavouer. M. Davermelle est sous le coup d'une plainte et si je lui offre, en cas d'accord, de la retirer, il peut être tenté d'éviter le risque, si mince soit-il.

— Mince ! s'exclama Annette. Mais il y a rapt !

— Si nous perdons le référé, la plainte, devenue sans objet, sera classée. Je vais voir... »

Maître Grainde attend une seconde et, comme nul n'ose ni dire oui ni dire non, elle se retourne, traverse la salle, disparaît dans la Galerie marchande, silhouette sévère trottinant sur de menus escarpins.

« Elle sait où ils sont, dit Ginette.

— Je n'aime pas ces marchandages, dit Mme Rebusteau.

— Et moi qui l'avais prise en la croyant plus combative que maître Lheureux ! » gémit Aline.

*

Les consoles à palmettes célèbrent leur époque, comme le plafond à moulures dorées dans les vides duquel la pauvreté républicaine n'a su accrocher que des ampoules nues. Trois hautes fenêtres à gauche, sur cour. Marianne en plâtre sur la droite, et un peu plus loin une horloge en avance de deux minutes sur la montre d'Aline pourtant réglée de la veille sur l'horloge de la Chaîne I. Il ne reste pas plus de cinq ou six curieux le long de la balustrade de bois qui sépare l'assistance debout de l'assistance assise logée, comme chanoines en stalles, sur un vieux chêne dur aux fesses. Clients et robins de la dernière affaire ont fini de refluer et le clan Rebusteau, côté lumière, garnit deux bancs. Côté ombre, personne : Louis n'a même pas daigné paraître et seul, maître Grancat, papelard, fait la cour au président qui feuillette, tandis que le greffier marmonne presque pour lui tout seul. Pourtant quand maître Grainde est revenue au galop, suivie de son confrère, elle a fait état de sa rencontre, elle a été formelle :

« M. Davermelle ne veut rien entendre. Il m'a dit : *Guy m'a fait confiance : je ne vais pas le trahir. Quant à votre plainte, laissez-moi rire : ça fait plus de deux ans qu'Agathe est en perpétuelle non-représentation. Aline a même un sacré culot : j'aurais pu vingt fois la traîner en correctionnelle.* »

Tout va vite. Maître Grainde, dont l'aisance se veut moins souple des reins, échange des propos assez vifs, mais peu compréhensibles, avec maître Grancat planté sous le président et dont le nez affleure à ce que l'argot du cru appelle le comptoir.

Compétence, oui ? Compétence, non ? Pourquoi maître Grainde est-elle contre ? Quand va-t-on rentrer dans le sujet ? Cette impression d'être la hors-venue, étrangère au patois, aux usages du pays, sentant se noyer le réel dans l'encre et la salive, s'étonnant de dépendre d'un débat dont elle se trouve exclue, étreint Aline.

Mais le président d'un revers de main coupe court, donne la parole au demandeur, et maître Grancat, sans notes, sans effets, sans même regagner son box, y va de son petit exposé, sur le ton de la conversation. Quoi de plus simple, monsieur le président ! Un couple divorce et ses enfants, sans avoir été consultés, sont confiés à leur mère, honorable personne, certes, mais qui va aussitôt s'acharner à détruire le père. Les deux aînés, qu'elle avantage, qui vont bientôt malgré réclamations et sommations n'être plus représentés, nous ne les jugerons pas. Mais les cadets, plus sensibles, s'indignent d'entendre à tout moment vilipender cet homme qui, visites ou pension — cette dernière spontanément relevée —, remplit tous ses devoirs. Mal vus, tancés pour leur fidélité, ils souffrent, ils se renferment, ils en viennent à n'être détendus qu'en visite, à souhaiter qu'elles se prolongent, à réclamer finalement leur transfert. De ce désir, sept professeurs, un psychiatre, un président de Comité de vigilance constatent le bien-fondé. Qu'ajouter de plus ? Le père est remarié, bien établi, pourvu de moyens croissants. La volonté des enfants est formelle, naturelle, exempte de toute pression. Vous l'avez constaté vous-même, monsieur le président...

Grancat s'incline, va s'asseoir, un demi-sourire aux lèvres. Le président s'est penché vers le greffier et lui confie : *Oui, je les ai reçus à mon cabinet !* Maître Grainde qui, elle, s'était retirée dans son box, se retourne, roule des yeux effarés. L'audience accordée aux enfants n'a rien de secret; mais ne donnant lieu à l'établissement d'aucune pièce, elle ne pouvait figurer dans le dossier. Aucun doute : l'as d'atout vient de tomber. Tout baratin sur le gosse empaumé ne saurait être que de pure forme : le président lui-même est témoin du contraire ! Il ne reste qu'une solution : mettre le père en pièces, plaider l'indignité. Une de ses filles est là, c'est ennuyeux, sa mère n'aurait pas dû l'amener, il n'y a plus de moyen de la refouler. Maître Grainde se lève, place sa voix assez haut, à peine en dessous du ton de la diatribe :

« La volonté de deux enfants qui osent traîner ici leur pauvre mère, accablée par la vie, nous savons ce qu'elle vaut, monsieur le président; et nous savons ce qu'elle doit à une autre, patiemment infusée. Mais je veux poser la question essentielle : en retirant ces ingrats à cette mère irréprochable — dont mon confrère lui-même, et pour cause, n'a pas voulu médire —, à qui, je vous le demande, à qui oserait-on les confier ? A M. Davermelle ? A ce coureur invétéré qui, après avoir trompé cinquante ou cent fois sa femme, en a divorcé à ses torts exclusifs, pour épouser sa maîtresse qui, si vous suiviez l'inconséquence de Rose, serait choisie, plutôt que la mère, pour transmettre son expérience à une jeune fille ? Quand on songe quelle vie de bohème, en son milieu d'artiste, ce père sans principes est susceptible d'offrir... »

*

C'est le moment qu'a choisi pour entrer, encensant poliment de la tête et marchant sur la pointe de souliers qui couinent, le père sans principes. L'homélie continue, trop longue, trop violente. Le président écoute, les doigts pianotant sur le dossier, la tête de biais, le regard baladeur, notant tout; les mimiques indignées qu'exagère à son intention maître Grancat, l'énorme sourire de Louis, la gêne d'Agathe, les bouches entrouvertes de Mme Rebusteau mère et de Mme Rebusteau fille qui boivent du lait. Enfin maître Grainde, *persuadée que le tribunal ne saurait faire un tort considérable aux jeunes Davermelle en les faisant passer de leur mère à leur marâtre, du bon exemple à l'opposé, d'une honnête exigence à la facilité,* réclame le maintien du *statu quo* et soulève une nouvelle fois l'incompétence. Elle se rassied tandis que l'assistance se dégourdit un peu dans un mélange de murmures et de petits bruits; le bois craque, des sacs à main se ferment, des semelles râpent le plancher. Maître Grancat, qui, théoriquement n'a plus la parole, feint de s'adresser à sa consœur d'une voix si puissante qu'elle remplit tout le prétoire :

« Je regrette, ma chère amie, que faute d'arguments sur le fond, vous ayez cru nécessaire de diffamer un père en présence de sa fille et de vous faire l'écho de calomnies que Rose et Guy, précisément, ne veulent plus entendre...

— Je proteste ! » crie maître Grainde dont les jambes ont fait ressort.

Trois légers coups de poing sur le comptoir.

« Je vous en prie, maître ! » tranche sévèrement le président, sans préciser à qui des deux avocats il s'adresse.

On froisse du papier. Le président donne un coup de plume, puis un autre, sur un texte qui paraît avoir été préparé à l'avance ou comparé avec un semblable. Il n'y a plus personne derrière, sauf un menu vieillard qui bâille. Par les soixante vitres d'où tombe un jour oblique, l'heure se fatigue, comme à la porte, où veille un factionnaire, s'apaise la rumeur du palais. Maître Grancat chuchote avec le demandeur; maître Grainde avec les défendeurs, les uns séparés des autres durant trois minutes par la même confiance crispée :

« *Nous, président, ouï maître Grancat, avocat de Louis Davermelle et maître Grainde avocat de dame Aline Rebusteau...* »

Sans autre avis la lecture de l'ordonnance a commencé. Garde-à-vous général. Le président, très vite, devient à peu près inaudible. Il s'arrête par instants pour corriger son texte, se reprend un ton plus bas, accélère le débit. Ce n'est plus qu'un bourdonnement, où les *attendu que* font saillie, où chacun essaie de raccrocher la victoire à l'argument favorable, qui s'enlise dans le fading. Puis tombe une phrase, fortement prononcée pour que nul n'en ignore : *SUR LA COMPETENCE : attendu que si au principal le tribunal de grande instance est seul compétent, l'urgence nous permet de statuer...* Premier échec à maître Grainde ! Et aussitôt après : *SUR LA GARDE DES ENFANTS : attendu que la personnalité réfléchie de Rose est suffisamment affirmée; attendu que Guy ne paraît pas pouvoir être séparé de sa sœur, dont il partage les sentiments; qu'il convient donc de les confier au père, non en raison d'un démérite de la dame Rebusteau, mais de sa maladresse éducative...*

Maître Grancat donne un gentil coup de coude à son client. Le clan Rebusteau ressemble à celui des derniers fidèles après la descente de croix. Maître Grainde, l'air pincé, rassemble des documents, les enfourne dans sa serviette. Il n'y a plus que le greffier qui grattouille. La fin de l'ordonnance tombe dans les formes : *PAR CES MOTIFS, nous déclarons compétent; confions dès à présent la garde de Rose et Guy à Louis Davermelle, leur père; disons que la dame Rebusteau exercera son droit de visite et d'hébergement les deuxième et quatrième dimanches de chaque mois...*

Echange ! Ce qui appartenait à Louis passe à Aline et vice versa. On apprend encore que *la présente ordonnance deviendra de nul effet à défaut par Louis Davermelle de saisir la juridiction compétente pour statuer au fond dans un délai de un mois de ce jour*. Et la fin s'enfonce dans le pathos local : *Ce qui sera exécutoire par provision nonobstant appel sur minute et même avant enregistrement vu l'urgence...*

*

Le côté fenêtres a perdu : le côté horloge a gagné. Les toges tournent le dos et refluent par la petite porte située derrière le siège. *C'est une honte ! Combien ont-ils payé ?* vocifère Aline que maître Grainde entraîne en murmurant :

« Ce n'est qu'une ordonnance provisoire dont nous allons faire appel. »

Le vainqueur, assassiné de regards, passe à un mètre du groupe des vaincus. Il hésite.

« Viens donc ! dit Grancat en le tirant par la manche. Tout ce que tu pourrais dire en ce moment jetterait de l'huile sur le feu. »

Cinq pas et il ajoute :

« A propos n'oublie pas mon chèque. »

Trente pas et il se frappe le front :

« Mais j'y pense ! Le quatrième dimanche, c'est

après-demain, 23 juin. Ça ne va pas être drôle pour les enfants, mais il faut absolument qu'ils aillent en visite chez leur mère. Tiens-y la main. En appel de référé comme au jugement sur le fond, un constat d'absence arrangerait bien les affaires d'Aline.

— Ça n'en finira donc jamais ! » dit Louis.

22 juin 1968

Se retrouver nue sur le bord d'un lit en face d'un homme nu, à forte broussaille d'adulte, à menton piqueté, aux yeux gris fer, ce n'était pas ce qui la gênait : après l'amour, il y a comme une grâce d'état qui renvoie soudain le corps à la statuaire, qui rend la nudité pudique, bien plus décente en tout cas que le fiévreux tâtonnement du déshabillage. L'appartement lui-même, dont la moquette, les doubles rideaux, les cloisons insonores feutrent l'élégance un peu sèche, lui paraît plus innocent que la chambre d'hôtel où Marc, naguère, s'efforçait de ne remplir qu'une fiche; et surtout il ne lui fait pas regretter ces petits abus de confiance commis à la va-vite, ces renversements brefs et craintifs sur le divan de la salle — le divan de Guy —, quand d'aventure il n'y avait personne à la maison. L'effrayant, c'est qu'il soit, Edmond, ce qu'il vient d'avouer. Qu'il le soit *en ce moment :*

« Si ma mère l'apprend, dit Agathe, elle en deviendra folle ! »

Oui, l'effrayant, c'est d'être devenue, en somme, une autre Odile. Avec un enthousiasme qui gomme sans effort une première expérience. Aucune comparaison possible, en effet : jusqu'ici pour résister aux histoires des parents, pour s'isoler de leurs cris, pour avoir un bout de vie à soi, Léon avait son stade, Rose ses livres, Agathe les garçons. Ce qui arrive est bien plus grave.

« Allons, dit Edmond, ta mère comprendra d'autant mieux qu'elle est passée par là.

— Elle admettra d'autant moins, dit Agathe. Elle a depuis des années des tas d'ennuis de ce genre. Et c'est moi qui maintenant risque d'en rajouter. »

La large main d'Edmond, où luit une chevalière à chaton carré, reprend Agathe à l'épaule, la tire en arrière et quatre-vingts kilos en écrasent cinquante. Mais ce velu, qui connaît son pouvoir, n'exploite que son poids pour écouter de plus près :

« Dire que je défends ma mère, murmure Agathe, et qu'en même temps, papa, je commence à le comprendre ! »

Edmond se soulève un peu, les coudes en ailes, les mains sur ces petits seins dont chacun lui remplit exactement la paume :

« Tout peut s'arranger », dit-il.

Mais ces yeux étranges qui ne sont ni bleus ni mauves se foncent et cette bouche, entrouverte sur de petites dents voraces, se récrie vivement :

« N'arrange rien surtout ! Nous sommes très bien comme ça. »

Aux yeux gris de noircir. Dire à un homme qu'on ne veut pas l'épouser — quand bien même il ne le voudrait pas, quand bien même il ne le pourrait pas — l'inquiétera toujours. Agathe d'un coup de reins se dégage, étend un long bras blanc qui va cueillir son soutien-gorge et, l'agrafant, chuchote :

« Je ne dis pas que je n'ai pas envie de vivre avec toi. Mais timbré sur papier, l'amour, j'ai vu ce que ça donne. »

23 juin 1968

Rose et Guy attendaient, pas tellement rassurés. Leur père, avant de sortir pour aller voter, avait bien insisté : *Soyez gentils avec votre mère : il faut désormais nous comporter avec elle comme elle aurait dû le faire avec nous.* Mais Rose, rapatriée de la veille à Nogent, n'avait pu s'empêcher de répondre : *Décidément, c'est comme au ping-pong : quand on change de côté, le jeu continue et c'est toujours nous qui faisons la balle.* Toute harnachée elle regardait la grande trotteuse du cartel électrique avancer vers le IX, en comptant tout haut :

« ... Sept, six, cinq, quatre, trois, deux, un, zéro !

— Pile ! » cria Guy, enfonçant le bouton de l'interphone entre les deux coups de sonnette.

Une sorte de gloussement aigre — celui qui avait valu son surnom à leur mère — retentit dans le micro, suivi d'une phrase sèche adressée au bon entendeur, quel qu'il fût :

« Vous avez deux minutes pour m'envoyer les enfants.

— Trottez, les mômes ! lança d'en haut la voix

d'Odile. Il y a une autre voiture avec un type dedans. Si ça se trouve, c'est un huissier. »

*

Huissier ou voisin complaisant, embauché comme témoin, il fila sans demander son reste. Mais le contact se fit dans la glace et, qui pis est, dans la glace fondante. Rose et Guy de l'autre côté de la grille furent embrassés comme des orphelins au cimetière : sans un mot, dans les larmes, par leur mère et leur grand-mère. Ils se retrouvèrent au fond de la voiture sous la surveillance du rétroviseur, et ce fut seulement après s'être arrêtée devant le distributeur de son garagiste habituel, pour reprendre vingt litres, qu'Aline murmura en remontant sa vitre de portière :

« Vous voyez, il faut quand même me revoir. Un mari peut abandonner sa femme. Un enfant ne peut pas abandonner sa mère.

— Aline ! fit Mme Rebusteau. C'est si peu de leur faute. »

La voiture longea l'école devant quoi fleurissaient les panneaux électoraux des législatives, puis stoppa de nouveau à la hauteur de la quincaillerie où Aline pénétra pour acheter de la paille de fer. Elle en ressortit avec Mme Gaulon qui, du pas de la porte, considéra le contenu de la voiture, tandis que sa cliente ricochait chez la charcutière, très occupée, mais qui, haussant le cou, se rapprocha quand même de la devanture. Enfin dans l'immeuble même un passage dans la loge acheva de convaincre Rose que sa mère confiait à quatre ou cinq personnes, n'ayant qu'une vague notion du droit de visite, le soin de propager la rumeur : *Qu'est-ce qu'on disait, madame ? On les lui a rendus, ses enfants. Je les ai vus ce matin, avec elle.*

« Vous revoilà donc là, mademoiselle Rose ! dit la concierge.

— Deux fois par mois, dit Rose, c'est ce que papa avait auparavant. »

Aline repartit précipitamment vers l'ascenseur en se contraignant à ne pas éclater. Rose appréciait ses gestes secs comme elle avait apprécié ses larmes. Sa mère continuait, dans la fureur, à aimer son père engagé dans d'autres liens : elle n'en doutait pas. Sa mère continuait à aimer une fille qui ne pouvait lui accorder la préférence : elle n'en doutait pas non plus. Quand les parents divorcent, est-ce la faute des enfants s'ils sont obligés d'en faire autant ? Pris entre deux affections, ne devront-ils pas désoler l'une pour sauver l'autre ? Agathe l'avait fait. Coupable de toute façon, mieux valait l'être selon son choix, en espérant n'être jamais plus tard responsable du même dilemme. En arrivant au palier, tout de même, le cœur lui manqua : Rose se jeta au cou de sa mère qui se remit à sangloter.

*

Et aussitôt à calculer, à manœuvrer.

La partie n'était pas perdue. Sur quoi reposait cette scandaleuse, mais provisoire ordonnance ? Sur la prétendue volonté des enfants exprimée devant un juge misogyne, qui serait en appel remplacé par un autre, moins partial, statuant sur dossier. Une seule preuve, infirmant le prétendu choix, remettrait tout en question : un petit texte, par exemple, où les enfants déclareraient aimer beaucoup maman, aimer beaucoup papa et n'avoir pas su lui refuser de recopier des lettres de son invention. Modèle contre modèle, après tout, n'était-ce pas de bonne guerre ? Restait le problème des chambres. Desservie par les aînés, alliés égoïstes, Aline n'avait qu'à se sacrifier, à se contenter du divan de la salle, pour transformer sa propre chambre qui grâce à ses deux fenêtres pouvait se prêter à une division en cabines contiguës. Mais ceci même risquait de ne pas suffire : il fallait allécher Guy, fixer Rose. On a toujours tendance à parer au plus pressé, à ménager les aînés dont la présence devient vite nominative, alors que ce sont les plus jeunes dont le souci délicieux, la quotidienne dépendance vous sont assurés pour longtemps. Les regagner, les retenir... Mais comment ? Mais comment ? Quand la place vous manque. Quand l'argent vous manque. Quand la loi vous manque. Quand le sang-froid vous manque. Quand la chance vous manque et notamment la plus ordinaire, la plus nécessaire : le pouvoir du sein, si rarement battu par celui du rein.

Agathe n'était pas là : recalée à son bac — autre déception ! — elle s'en consolait en fêtant le premier succès universitaire de Léon : chez Solange, elle aussi reçue au même examen. Certes, ils auraient pu le fêter chez leur mère, si contente de voir Léon s'engager dans cette carrière de pharmacien qu'avait refusée son père et qui devait, pour lui, représenter une sorte de camouflet. Leur absence laissait le champ libre aux cadets. Du moins elle aurait dû. Car Rose et Guy n'en semblaient pas plus à l'aise. Ils rôdaient dans l'appartement, vraiment en visite, déjà coupés de leurs habitudes, ne cherchant pas à les reprendre. La robe de l'une, le costume de l'autre les enveloppaient d'étoffe étrangère. Rose entra une seconde dans son ancienne chambre, vit que ses livres, ses bibelots, ses affaires — moins ce qu'Agathe s'était attribué — avaient été enfournés en vrac dans un grand carton; elle revint dans la pièce commune sans protester.

« Mignote-les, amuse-les, ne les laisse pas comme

ça ! Je m'occuperai du reste », glissa Mme Rebusteau, désemparée, dans l'oreille de sa fille.

Mais Rose et Guy s'isolèrent sur un coin de table pour jouer au Lexicon. Aline les rejoignit et, tolérée, se mit de la partie, cherchant à glisser quelque phrase d'approche. *Ben, voyons, RETOUR ! Tu ne vois pas ?* disait Guy. *Je vois,* disait Aline, *et si tu m'as trouvé ce mot-là plutôt qu'un autre, je vois aussi que tu y penses.* L'allusion se mit à fleurir, entremêlée de petits mots doux, d'attentions : *Et maintenant, mes chéris, qu'est-ce qu'on mange ? Que diriez-vous d'un far aux pruneaux ?* Et parce que Guy aimait les œufs de lump, Rose le boudin, ce menu bizarre fut adopté, commandé à la grand-mère redescendue tout exprès, sur ses jambes variqueuses. Rose et Guy commençaient à mollir, à se regarder, contrits, quand sitôt après le café le grand lamento commença : *Franchement, mes chéris, est-on si mal que ça chez maman ? Avez-vous mesuré la peine que vous me faites ? Voulez-vous vraiment m'abandonner, moi qui n'ai plus que vous, pour aller encombrer votre père dans son nouveau ménage ? Vous ai-je si longtemps soignés pour vous perdre ?* Et soudain tout défila : l'accouchement aux fers de Rose, les biberons de Guy qui ne supportait que le Guigoz, son interminable coqueluche, les veilles, les opérations de maman exténuée par ses Quatre, *avec joie, vous savez, du moment que je vous ai,* tandis que papa, *je ne juge pas, enfin, vous le savez bien,* se donnait ailleurs du bon temps. Et la belle famille dispersée. Et la belle maison perdue. Et la bonne vie terminée, *ce n'est que trop vrai, mais peut-on me le reprocher à moi ?* Et cette fugue irréfléchie, jetant maman durant cinq jours dans les transes. Et ce procès monstrueux, *ce procès fait, en votre nom, à vous, qui le regrettez déjà...*

Ils regrettaient, oui : pas leur départ, mais ses conséquences, ce chagrin, ce ruissellement qui reprenait de plus belle, qui gagnait la grand-mère, qui commençait à les noyer eux-mêmes. Un jour Rose avait entendu son père jeter à Odile qui lui recommandait une discussion franche : *Avec Aline ? Je ne peux pas. Tu ne sais pas le pouvoir de la dacryorrhée !* Rose, cherchant le mot dans le dictionnaire, l'avait trouvé féroce. Qui pleure facilement souffre facilement. Mais *souffre*. Et sur le coup, pour tarir ce flot, pour ne plus se détester d'en être la source, vous vous sentez fondre, prêt à consoler, à concéder, à faire n'importe quoi.

« Si je l'avais devant moi, votre père, il comprendrait qu'il me tue. »

Hoquetant, Aline, la tête dans ses mains, regardait Rose et Guy à travers ses doigts :

« Mais il n'y a que vous qui puissiez le convaincre... »

Le convaincre de quoi ? Dans l'interstice d'un index et d'un médius Rose venait d'apercevoir un œil brillant, posé sur elle. Aline, l'estimant effondrée, trouva le moment propice :

« Mieux vaut d'ailleurs écrire un petit mot... J'y ai beaucoup pensé. »

Sur le guéridon traînait encore le crayon-feutre, le cahier de classe à reliure spirale qui avaient servi à marquer les points du Lexicon. Malgré ses paupières rouges Aline traça quelques lignes, tendit le cahier à Rose :

« Voilà ce que je propose... Vous me recopiez ça, vous signez tous les deux. »

Guy lut par-dessus l'épaule de sa sœur. Son œil tourna. Pas celui de Rose qui s'absorba, coudes sur la table, comme si elle potassait et dont le visage devint indifférent. Ce visage, Aline, affolée d'espoir, ne le reconnaissait donc pas ? Mme Rebusteau, elle, regardait sa fille, regardait sa petite-fille, ne cachait pas son effroi.

« Tu me donnes cinq minutes, dit Rose, posément. Je vais voir avec Guy. »

Elle ne se précipita pas vers son ancienne chambre; elle y alla d'un pas calme, en emportant le cahier, le crayon-feutre; elle fit entrer Guy, sans commentaires; elle referma. Aline, stupéfaite qu'elle n'eût pas refusé, d'emblée, n'osa pas la suivre.

*

Mais de l'autre côté de la porte, Rose se recueillait, farouche :

« Tu ne vas pas signer ça ! souffla Guy.

— Penses-tu ! » souffla Rose, avec un étrange sourire, navré, mais décidé.

Il n'y avait pas deux solutions : la plus radicale serait la plus vilaine; mais ne pas s'y résoudre, c'était renouveler, à chaque visite, les larmes, les pièges, les pressions. Quand on n'a pas une famille normale, il faut bien se durcir, faire ce qu'on ne ferait pas si père et mère n'étaient pas le plus grand commun diviseur. Rose détacha la feuille, la plia en quatre, en huit, la glissa par l'échancrure de sa robe dans le bonnet droit de son soutien-gorge. Puis elle détacha une autre feuille, blanche celle-là, en fit un cornet et, s'emparant du briquet d'Agathe, petite fumeuse d'occasion, y mit le feu.

Et c'est cette torche qu'Aline, incapable d'attendre plus longtemps, vit tomber en ouvrant brusquement. Quelques débris charbonneux s'envolèrent. Rose secoua la main :

« Non, dit-elle, nous ne pouvions pas signer ça. Nous parlerons à papa. Sois logique : tu l'accuses de nous dicter des choses et c'est toi qui commences par le faire. »

MAI 1969

9 mai 1969

LORSQUE Gabriel passa — vers l'heure du dîner pour être sûr de le voir —, Louis n'était pas rentré. Odile, qui servait sa belle-fille, qui servait son beau-fils, qui entonnait de la bouillie dans la bouche dégoulinante de Félix, qui se relevait pour tourner l'omelette, qui trouvait parfois moyen d'avaler un morceau, ne put quitter sa cuisine pour le recevoir et lui expliqua que Louis, pris deux jours sur trois par des séances de pose à la sortie de l'Atelier Mobiliart, revenait souvent à neuf ou dix heures.

« Il court le cachet, si je comprends bien, dit Gabriel.

— Comment faire autrement ? » fit Odile.

Elle avait les traits tirés, l'œil cerné, le visage empreint de cette résignation laborieuse qui refuse de s'avouer proche de la surcharge :

« Comment faire autrement ? répéta-t-elle. Nous sommes cinq, il n'est plus question que je travaille. Mme Rebusteau nous force à plaider sans arrêt depuis un an. Quatre procès ! Nous y avons laissé le triple de ce que nous dépensions pour les vacances. Avec les pensions, les annuités de la maison et le reste, nous n'arrivons plus à boucler et je me demande comment Aline elle-même peut continuer le cirque.

— Elle a liquidé le petit capital qui lui revenait du partage et dont le revenu l'aidait à payer son loyer, dit Gabriel. Mais elle est au bout de son rouleau, la pauvre.

— Je la plaindrai quand j'aurai le temps, dit Odile. Excusez-moi, je vais coucher le petit. »

*

Cette grosse boule de laine à quatre pseudopodes, ça grouille, ça s'embrouille, ça réagit déjà mollement à la chatouille en roulant de la tête pour faire un trou dans l'oreiller. *Mon chat, mon chou, ma chose, ma petite bête,* murmure Odile, prodigue de ces chuintantes qui sucent l'air comme les baisers sucent la peau. Ses doigts savent depuis quinze mois que toucher de l'enfant ou toucher de l'homme, ceci avant cela, ceci après cela, c'est dans l'agrément deux choses qui se tiennent, mais ne se remplacent pas. Voilà bien la meilleure heure, où la remise au berceau, au sommeil, simule la remise au ventre. Odile s'attarde. *Tu vois, si les mouflets d'Aline avaient ton âge, je la comprendrais mieux. Mais qu'est-ce qu'elle a donc à nous disputer si fort ses grands empotés ?*

Félix n'a plus d'yeux. Seulement des paupières dont les cils, si longs, si longs, frémissent encore sur la joue ballon. Comme tous les soirs en guise de berceuse on se lâche, on se défoule, on se confie au petit dormeur. *Tu as entendu ? Elle est au bout de son rouleau, la dame ! Tu vas me dire que tu t'en fiches, qu'elle ne t'est rien. Erreur, mon chéri. Si papa venait à mourir, cette dame qui ne t'est rien, te réclamerait une part de pension sur ton héritage. C'est pas beau, ça ? Il n'a pas fini de nous mettre à plat, son rouleau.*

Il dort, ce léger souffleur dont le nez s'enfonce dans la peluche d'un agneau à fermeture Eclair qui fut un porte-biberon et qui est devenu un fétiche. Odile s'attarde plus que d'habitude. Elle a tout éteint sauf la fleur-veilleuse qui s'épanouit sur une prise haute. Elle se tait. Elle n'en pense pas moins. Si Gabriel est venu faire le bilan, il sera bon de l'y aider un peu. Elle récapitule. C'est assez effrayant.

Référé : on gagne. Enfin Mme Davermelle, numéro deux, y gagne deux lits, deux lavages, deux raccommodages, deux couverts de plus. Deux enfants sans papiers, sans carnets de santé, sans cartes d'identité, sans vêtements, sans livres, Mme Rebusteau refusant de rendre quoi que ce soit, faisant même les pires difficultés pour retarder le transfert des Allocations familiales. Et faisant appel, bien sûr, tandis que Monsieur saisit le juge du fond. Et un, puis deux nouveaux chèques pour Grancat !

Félix vient de se retourner : Odile le recouvre. Que ça traîne surtout, que ça traîne ! Y a du monde pour vivre des longueurs ! Mme Rebusteau a droit à son mois de juillet. Elle se méfie de Rose, elle l'envoie en Angleterre chez de braves gens qui l'ont déjà accueillie et dont la fille est restée sa correspondante. Papa paie. Mme Rebusteau se concentre sur Guy, l'isole, l'emmène à Pornic, ne lui laisse ni recevoir ni envoyer une lettre, l'accable de prévenances, de bonbons, de parties de pédalo, mobilise pour l'encadrer la grand-mère, les tantes, Agathe, Léon et même leurs amis (ies). Frénétique assaut dont l'affreux moutard, pas fou, profite pour récolter un vélo neuf, un canot gonflable, un appareil de photo — qu'il sera d'ailleurs obligé, au retour, de laisser à Fontenay.

Le tout contre du vent. Ou presque : trois malheureuses cartes, écrites dans un moment d'euphorie sur modèle standard, à deux professeurs (bon, ça, le prof, en justice) et à la petite Flore Valdoux : *Je suis bien content d'être à Pornic avec maman qui est très gentille avec moi.* Trois cartes qui se retrouveront au dossier, naturellement. Avec, il est vrai, dans le dossier adverse, une autre carte théoriquement expédiée en douce, donc taxée faute de timbre : *On me tarabuste. Si je flanche, hein ! Tu ne m'en voudras pas* (habile ! Appris par cœur, sur le conseil de papa, pour le cas où...).

L'heure tourne. Il faudrait peut-être redescendre auprès de Gabriel. Il est bien, Gabriel. Il n'a voulu témoigner pour personne. Il a vainement essayé d'empêcher Louis de produire la page de cahier ramenée par Rose de Fontenay et qui, entièrement écrite de la main d'Aline, constitue une preuve flagrante de pression. Il criait : *Tu vas brouiller définitivement la mère et la fille !* Avec raison. Mais comment arrêter une mécanique dont les engrenages ont happé tout le monde ? Les dates ont tourné. Le 8 août, Louis a récupéré ses enfants, les a emmenés à Combloux. Plus malin que Mme Rebusteau, il les a soigneusement fait écrire à leur mère, prenant photocopie de chaque lettre (au surplus recommandée) afin d'empêcher la destinataire de prétendre qu'elle n'a rien reçu. Le 15, Rose écrit à sa petite amie anglaise, s'étonne qu'elle ne soit pas venue, comme promis, la rejoindre à la montagne pour trois semaines. Huit jours plus tard elle reçoit une courte réponse : *Excusez-moi, je ne pourrai pas venir. Je vous avais écrit à Fontenay pour vous demander de me préciser vos dates. Mais votre mère s'est adressée directement à mon père pour lui déconseiller de m'envoyer « dans un milieu où elle regrette de voir vivre sa propre fille ».*

Et une pièce de plus dans le dossier ! Où vont être

versées au retour de Combloux deux expertises de pédo-psychiatres, payantes celles-là, bien concluantes. Mme Rebusteau, qui s'affole, cherche à reprendre maître Lheureux (renseignement parvenu par Guy). Il refuse. Elle garde maître Grainde, mais lui adjoint un ténor du barreau : maître Flaucosté. Il ne l'empêchera pas de perdre l'appel de référé, le 11 septembre; mais il cherchera à s'en excuser en lui mettant sous les yeux sa propre prose. Rugissements de Mme Rebusteau : *Je ne veux plus voir Rose !* Mais rugissements verbaux : refoulant Rose, dès la première visite, elle s'empresse d'aller au commissariat en déclarer l'absence. Réaction d'ailleurs attendue (qui vous vaut vous devine). On renvoie Rose, accompagnée d'un huissier qui s'embosse dans l'escalier et constate tout à son aise que la mère, avec un flot d'invectives, qu'elle espérait privées, a pour la seconde fois repoussé sa fille en gardant le gamin.

Et une pièce de plus versée au nouveau dossier que Grancat enrichit des deux précédents pour le jugement sur le fond ! Rejugement, pourquoi ? C'est comme ça. Deux décisions provisoires, l'une confirmant l'autre, ne répondent pas plus de la définitive que le bourgeon de la feuille ou l'amour de la fidélité. Maître Flaucosté biaise, annexe au principal une demande d'augmentation de pension, réclame enquête sur les moyens, examen des comptes, fait bloquer ce qu'il peut. Quatre mois passent au long desquels Guy fait la navette, chouchouté, mais sondé par sa mère sur les intentions de Nogent, sondé par son père sur les intentions de Fontenay. Maître Grancat a répliqué à l'adversaire par une bonne plainte en non-représentation des aînés devenus tout à fait invisibles et, tandis qu'elle suit son cours, l'affaire vient enfin devant la Deuxième Chambre, le 14 mars. Superbe empoignade ! Défilé grotesque de témoins jurant une vérité que les autres témoins déclarent aussitôt mensonge. Numéro de maître Flaucosté, peut-être moins efficace devant la petite robe que devant la simarre. *Ce qu'il y a de bien chez Aline, c'est qu'elle n'arrive pas à douter de l'éloquence !* estime Grancat à la sortie de l'audience. Du jugement, mis en délibéré, il ne sera pourtant la semaine suivante pas totalement satisfait : Aline perd toujours la garde des cadets, mais elle a obtenu quinze pour cent d'augmentation et dans la foulée fait appel...

Et ça continue, ça continue. Grancat maintenant *éclaire* pour faire glisser le dossier sous la pile. Plus longtemps ça durera, moins la cour sera tentée de revenir sur la décision prise, de bousculer des enfants installés dans une nouvelle maison, un nouveau lycée. Mais Aline, qui a gratté ce qu'elle pouvait gratter, qui plaide sans espoir, s'entête toujours, hurlant à Guy pour qu'il le rapporte : *Alors ta bonne d'enfants, làbas, elle s'y fait ? Ça lui plaît, le métier ?* Ou au contraire : *Dis-leur bien : j'irai jusqu'au bout. Je la leur ferai bouffer, leur baraque.*

*

Une folie. Une absurdité. Certifiée telle par tous les Milobert. *Mon gendre est insoucieux de la paix de son ménage. On ne greffe pas l'avenir sur le passé (dixit pater).* La librairie n'avait point tort. Est-ce qu'il se figurait, Louis, que ses charmants enfants étaient toujours faciles ? S'apercevait-il seulement qu'ayant pris l'habitude de s'opposer à leur mère, ils n'étaient pas devenus des anges de douceur et que la belle-mère, à l'occasion, en faisait les frais ? L'œil plein de peinture, la bouche pleine de bonnes paroles, s'apercevrait-il des changements difficiles, des différences mal supportées, des frictions, des agacements quotidiens : telles ces simples moues devant une bonne viande rouge condamnée par l'usage Rebusteau fidèle à l'archicuit. Rien ne se fait vraiment dans une maison comme dans l'autre : on peut en prendre son parti. Mais parce que la mère seule à Fontenay détenait l'autorité, était-il souhaitable que par voie de comparaison le père seul la détînt à Nogent ? C'est bicéphale, un ménage : pourquoi se laisserait-on, chez soi, guillotiner ? Sans cesse en référer, sans cesse se couvrir pour se faire obéir, zut ! Odile connaissait une irrégulière capable de se répéter en ses désagréments qu'elle contribuait ainsi à réparer une famille disloquée par sa faute. Mais elle en connaissait une autre proche de se regretter, de dire ce qu'elle pensait du rebaguage d'un père, des joies de la chicane avec la précédente, du charme des duos noyés dans la marmaille d'autrui; qui même se surprenait à rêver d'une époque où on serait de nouveau trois. Si Louis se bouchait les yeux, il ne serait peut-être pas mauvais d'ouvrir ceux de Gabriel.

Odile se pencha, huma l'odeur de lait suri, d'eau de Cologne, de crème baby, puis se releva doucement pour disparaître dans l'ombre du couloir. Du palier elle discerna deux voix d'homme. Louis était rentré sans qu'elle s'en aperçût et discutait devant Rose, trop attentive, devant Guy qui n'avait sans doute pas achevé sa rédaction. Nul n'a le droit de s'habituer au pire au point de n'y plus voir d'offense pour certaines oreilles. Quand Odile, glissant sur ses chaussons de nurse, apparut dans l'encadrement de la porte, Louis reposait un verre de bière encore annelé de mousse :

« C'est fini, dit-il, comme s'il s'agissait d'une partie de billard. Aline abandonne. »

La poitrine au large dans le chandail, il semblait satisfait. Sans plus. Comment douter qu'Aline, en fait de résignation, n'en macérerait que mieux dans le vinaigre ?

« Agathe et Léon vous ont beaucoup aidé, dit Gabriel. Ils en avaient assez d'être réduits aux nouilles au nom des frais et honoraires. Ce sont eux qui ont fait céder leur mère. A certaines conditions, évidemment...

— Quelles conditions ? dit Odile. Mme Rebusteau ne me paraît pas en état d'en poser.

— C'est aussi mon avis, dit Louis. Aline est sûre d'être déboutée en appel. Elle fait partie de ces gens qui ont besoin de prendre un bon coup sur le museau pour apprendre enfin à se tenir tranquille. »

Odile, qui ne s'était pas assise, se pencha sur Rose :

« Bonsoir ! dit-elle, en l'embrassant. Et toi aussi, Guy, tu grimpes, tu as sûrement du travail là-haut. »

Le reproche implicite ne parut pas déplaire à Gabriel, qui inclina la tête, mais reprit très vivement dès que les enfants eurent disparu :

« Tu songes aux dépenses ? A qui les paiera ? Toi, en fin de compte, par le biais des pensions. Et tu veux vraiment exaspérer Aline ? Quand il vous tient, le virus du plaideur ne vous quitte plus. Appel, cassation, tu n'as pas fini de tirer ton chéquier. Et pourquoi, je te le demande, quand Aline elle-même consent à traiter, pourvu qu'on lui sauve la face ?

— C'est-à-dire ? » fit Odile.

Louis lui jeta un coup d'œil dépourvu d'amitié. Etait-ce donc son affaire ?

« Tu retires ta plainte, reprit Gabriel. Aline se désiste de son appel et tout le processus est désamorcé. Vous émancipez ensuite vos aînés pour qu'ils ne soient plus astreints à visite, donc perpétuellement fautifs.

— Rose le sera, dit Louis.

— Signez un accord prévoyant que tous vos enfants seront émancipés à dix-huit ans et qu'en attendant Aline délie Rose de toute obligation. Sauf pour Guy, vraiment trop jeune, toute visite devient spontanée. Tu as l'occasion de supprimer les principaux sujets d'accrochage : saute dessus. Je ne dis pas que désormais vous vous épargnerez les épingles. Mais au moins rangez les couteaux.

— J'aimerais savoir ce qu'en pensent les avocats », dit Louis.

Odile, toujours debout, s'était rapprochée de Gabriel et l'écoutait avec une sympathie évidente :

« Décide d'abord ! disait l'ami. Je connais des médecins qui sont contre l'avortement par peur de manquer d'accouchements. Je connais des avocats qui excitent le client. Ce n'est pas le cas de Grancat, remarque, ni même celui de maître Grainde : l'un est d'accord par raison, l'autre par nécessité. Quant à maître Flaucosté, je l'ai refroidi en lui laissant entendre qu'Aline n'avait plus un sou.

— Tu les as contactés ? fit Louis. Sans m'en parler ?

— Oui, j'ai pris ça sous mon bonnet, quitte à me faire désavouer. Il y a des moments où il faut savoir mécontenter ses amis pour leur rendre service. »

Un ange passa. Puis Louis releva les yeux, franchement agacé. Odile murmurait :

« Excusez-moi de vous avoir méjugé, Gabriel. »

Mais déjà d'une pirouette elle se retournait vers l'époux sourcilleux :

« Et toi, excuse-moi de me mêler de ce que tu penses être tes affaires, parce qu'elles concernent ton premier ménage. L'ennuyeux, c'est qu'elles empoisonnent le second et qu'après m'être longtemps tue, je dois te dire franchement que j'en ai par-dessus la tête. A un moment je t'ai approuvé à cent pour cent. Tu avais plaqué ta femme, tu la ménageais pour essayer d'avoir au moins après coup le beau rôle. A force de t'asticoter Aline a réussi à t'entraîner, d'attaque en contre-attaque, à un véritable challenge pour le titre du plus moche des deux. L'argent que tu fiches en l'air, ce n'est pas le plus grave. L'atmosphère devient irrespirable et, sans compter les tiens, je n'ai pas envie d'y voir étouffer mon gamin, dès qu'il comprendra. Tu arrêtes, Sioul, tu arrêtes. »

L'ange repassa. Odile allongeait le bras pour saisir la poêle.

« Eh bien, dit Louis, qui en restait béant.

— Je dois vous retourner ce que vous m'avez dit tout à l'heure, Odile ! » murmura Gabriel.

Odile, qui recassait deux œufs pour nourrir l'attardé, restait plantée face au fourneau à gaz. Louis la vit furtivement glisser une main sur ses yeux.

« Ma femme a réglé la question », fit-il, d'une voix pincée.

17 mai 1969

Si vous vous occupez trop des uns, ce sont les autres qui filent; mais ne courez pas après ceux-ci, ceux-là risquent d'en profiter. Est-ce donc un privilège maternel de ne rien voir, de ne rien comprendre à temps ? Aline, ce samedi soir, en eut soudain, au tournant de la rue, la révélation. Dans la lumière crue des rampes au néon découpant une zone orange au milieu de la nuit, Agathe était plantée devant la devanture d'un marchand de meubles et pointait le doigt vers un convertible, associé à une série d'éléments télescopiques savamment disposés dans les airs. Elle pointait le doigt, donc elle montrait. A un monsieur. Nuance importante : à un monsieur, pas à un garçon. Depuis Marc, qu'on voyait moins — et même à la réflexion plus du tout —, Aline, en fait de garçons, en avait bien vu défiler une dizaine sur le parquet collé de la salle commune. Leur nombre restait rassurant et surtout leur désinvolture de jeunes bêtes joyeuses, qui frottent, puis qui trottent : ramenant l'inévitable à ce qu'en tolère aujourd'hui une mère soucieuse de ne pas pousser les siens à tenter trop loin l'aventure.

Mais là, cette colonne d'un mètre quatre-vingts, ce torse contenu par un veston honoré d'une cravate bien rivée au col, cette large assurance du pantalon à pli tombant sur des souliers cirés, ces joues à peau bleuie de barbe, tendue sur le menton carré, cette main où courait le poil et qui s'aplatissait sur le dos de la fille, tout ça, c'était de l'homme. Vingt-huit, trente ans. Pour la première fois Aline voyait Agathe d'un autre œil : telle qu'elle était ou plutôt telle qu'elle n'était plus. Le cheveu moins fou, le cou moins gracile, la poitrine en corbeille de fruits, les hanches enrichies et ce je ne sais quoi dans le jeu de jambes avouant que leur charnière a pris de l'importance, tout signalait une Agathe trop longtemps passée inaperçue. Mais quel était ce type ? Un jeune professeur du lycée rencontrant son élève ? Un galantin venant d'accoster ? Un frère aîné de quelque copain ? Dans tous les cas pourquoi ce commun lèche-vitrine ? On a beau se dire : *En pleine rue, voyons, ça n'a pas de sens,* quelque chose vous contre. Une femme abandonnée, une mère abandonnée, toujours menacée, toujours perdante, à quoi voulez-vous qu'elle pense ? Se jeter en avant, minauder : *Tiens ! Tu es là ?*, et d'un autre coin de bouche : *A qui ai-je l'honneur ?*, il n'y fallait pas songer : Agathe s'offenserait. Du reste l'inconnu récupérait sa main, se retournait, faisait face à la petite dans l'attitude de qui va s'en aller.

Mais il s'en allait de la pire façon. Aline se sentit frémir de la tête aux pieds. Ce baiser-là, elle ne le connaissait que trop. Rien à voir avec celui des jeunets qui enlacent, enserrent, font des nœuds de jambes et de bras, modèle cinéma, en choisissant de préférence le coin de porche, l'ombreux renfoncement où la main profitera aussi de l'occasion. Ça, c'était le baiser le plus grave, l'effleurement bref, le rappel discret des profondeurs acquises; c'était le touche-en-bouche de l'à-bientôt-chérie, ce coup de timbre humide par quoi, vrai ou faux, l'amour entend redater un visage quotidien. Aline s'entendit siffler : *Si j'avais su, je ne serais pas sortie.* Elle n'eut pas le temps de se demander en quoi ceci avait un rapport avec cela. Agathe, se retournant deux fois pour agiter la main, revenait de son côté. Mais à l'instant où, quittant la clairière de néon, elle allait entrer dans l'ombre, quelque chose se mit à briller sous sa jupe : de superbes bottes. Ces bottes dernier cri vainement lorgnées, vainement réclamées et dont le cuir neuf se mit à gémir, quand elle passa près de sa mère vivement renfoncée dans un couloir d'immeuble.

*

Ce fut pourtant Aline qui rentra la première pour remettre le nez sur le double du protocole, paraphé dans l'après-midi chez Grancat : *Entre les soussignés, M. Louis Davermelle, demeurant à Nogent, d'une part, et Mme Aline Rebusteau, demeurant à Fontenay, d'autre part, rappelant d'abord aux présentes que...* Ci, vingt lignes pour résumer l'histoire d'une mère généreuse qui de procès en procès se convainc, paraît-il, de l'intérêt des siens. *Ceci exposé, les parties se sont rapprochées et sont convenues de ce qui suit...* Convenues ! Aline soudain se sent devenir grossière : admirable adjectif commençant comme il faut ! Désistement de plainte contre le désistement d'appel, ça se défend. Mais l'abandon définitif des cadets contre l'émancipation des aînés — à réaliser sous quinzaine —, elle le regrette déjà, elle n'aurait jamais dû y consentir. Léon aura vingt et un ans dans six semaines. Agathe, laissez-nous rire, du haut, du bas et du milieu on ne voit pas bien ce qui reste encore chez elle à émanciper.

Une clef tournait dans la serrure. Elle arrivait, la fille, sur les talons de ses bottes.

« Hé ! fit Aline, admirative.

— C'est pas chouette, ça ? » dit Agathe, tournant et retournant la patte.

Elle consentit même à expliquer :

« Je me les suis payées avec mon dixième. »

Une certaine brume, une douce déraison par moments ne font pas de mal, arrangent bien les choses. Qu'il fût de loterie, ce dixième, Aline voulait bien y croire, Agathe n'en étant tout de même pas à compter ses petits amis sur ses doigts. Bécotante, Agathe s'était assise contre maman et de joue en joue s'occupait d'elle, l'amollissait, l'enfouissait dans son parfum : un parfum plus vite identifiable que celui du donateur :

« L'*Air du temps !* dit Aline, en reniflant. Ça vient du dixième, aussi ? Ou du monsieur qui t'embrassait tout à l'heure dans la rue ? Excuse-moi, je passais dans le coin. »

Vingt-cinq ans plus tôt, si Mme Rebusteau était passée dans le coin où Mlle Rebusteau échangeait du rouge, elle se serait fort peu excusée ! Les temps changent. Les mères aussi. Les filles aussi. De celle-là que pouvait-on attendre ? Qu'elle rougît ? Ce n'est plus de mode. Toujours emmêlée à sa mère, elle sourit et ses yeux couleur de lavande devinrent seulement très, très attentifs.

« Tu m'as vue avec Edmond ?

— Je l'ai même trouvé bien sérieux », dit Aline.

Et ce fut elle qui rougit. L'adjectif — l'adjectif jadis si prisé des familles — avait-il donc changé de sens ?

« Ce n'est sûrement plus un gosse, lui ! dit Agathe d'une voix singulière.

— C'est bien ce qui m'effraie », dit Aline.

Mais Agathe éclatait de rire, et *merci, Seigneur, merci, même si ça vous choque !*, épargnait à sa mère d'avoir à prononcer elle-même le mot honorable, le mot détestable, en disant nerveusement :

« De quoi as-tu peur ? Que je me marie ? Alors ça, pour ce qu'il t'a réussi, le mariage, très peu ! Aucune envie ! L'amour, je ne dis pas, je suis faite comme une autre, mais je veux rester libre. »

Agathe venait de se relever, abandonnant sa mère à une sorte de ravissement indigné. Que, depuis sa jeunesse, une telle sortie pût passer de malédiction en bénédiction, s'en réjouir ne dispensait pas de s'en inquiéter : *Suis-je capable, pour garder ma fille, de lui souhaiter un amant plutôt qu'un mari ?* Agathe murmurait :

« A propos d'Edmond, il faudra que je te dise... »

Elle hésita, regardant sa mère qui ne fit rien pour l'encourager. Certaines situations ne s'avouent d'un côté, ne s'approuvent de l'autre que par le silence.

Mais quand Agathe, s'arrêtant trois fois pour jeter par-dessus son épaule un regard qui trois fois buta sur la nuque de sa mère, fut enfin entrée dans sa chambre, Aline de nouveau se mit à frissonner. L'intuition peut avoir du retard. Ce qu'elle voulait dire, Agathe, était-ce autre chose ? Il y a des amants qui sont d'amusement. Il y a des amants qui sont de sentiment et parmi ceux-là les concubins valent les épouseurs en fait d'enlèvement. Car enfin ce convertible — canapé de jour, lit de nuit — où donc pourrait-il être déplié, sinon ailleurs que chez maman ?

20 mai 1969
16 heures

Il n'y a pas de petites revanches et il était évident qu'elle serait en retard, Aline, ravie d'obliger Louis à s'excuser auprès d'un patron plutôt chiche sur l'octroi de permissions. Aussi avait-il décalé le rendez-vous de vingt minutes : ce qui lui permit de ne plus en avoir que dix à se morfondre sur une chaise bancale dans la fumée conjuguée d'un greffier en chef rouleur de gris et de son adjoint suceur de pipe, retranchés derrière quatre pupitres accolés, dont deux inoccupés, véritable rempart dressé entre ceux qui disent les choses et ceux qui les mettent en forme. A ceci près, du reste, et malgré l'inévitable Marianne faisant face à un général de Gaulle démissionnaire, mais pas encore remplacé et dont l'auguste face n'écartait pas les mouches, la pièce ressemblait si fort à une étude de province, avec ses cartons vomisseurs de dossiers, sa porte à blount et à bourrelets, que trois personnes déjà avaient cru nécessaire de s'enquérir avec déférence de la destination des lieux avant de déballer leur affaire et la paperasse explicative. Un tribunal d'instance n'est souvent en banlieue que l'annexe d'un commissariat.

Enfin Mme Rebusteau parut, flanquée de Mme Valdoux : l'une et l'autre saluèrent d'un simple tour de cou et, prenant la fille en position quatrième, entamèrent une longue messe basse au sujet de Dieu sait quoi.

A l'occasion d'une déclaration commune, c'était tout de même un peu fort. Aline ne demandait même pas : *Comment vont les enfants ?* Mais Aline pensait peut-être la même chose : Louis non plus n'avait pas eu le courage de l'aborder, de lui demander des nouvelles des *deux autres.* Timidité, respect humain, crainte de paraître le moins sûr de son droit, présence d'un tiers affligeant, routine de l'hostilité... Il y avait de tout cela dans cette paralysie. Louis fit un effort et se rapprocha, tendant l'oreille. Ces dames ne parlaient pas de lui, mais d'élection présidentielle : l'une tenait pour Poher, l'autre pour Pompidou.

« Monsieur et madame Davermelle ! » appela le suceur de pipe.

Redevenus père et mère, ni Louis ni Aline, malgré des visages de terre cuite, ne reprirent ce greffier simplificateur, qui déjà débitait ce texte passe-partout, imprimé en série, dont il suffit de remplir les blancs avant d'y apposer un tampon violet représentant une justice en péplum, assise sur cathèdre et la tête glorifiée d'une étoile à sept branches. *L'an mil neuf cent soixante-neuf et le vingt mai, devant nous, Claude Trichier, juge des tutelles...* Il n'était pas là, le juge, mais dans la pièce à côté; il avait d'autres chats à fouetter; il contresignerait, en vrac, ce papier perdu parmi cent autres. *En notre cabinet, au siège du tribunal d'instance ont comparu...*

« Excusez-moi, dit l'adjoint, s'apercevant de sa bévue. Je me suis trompé tout à l'heure.

— Aucune importance », dit Louis.

La lecture reprit. Etat civil. Domicile. *Et lesdits requérants nous ont exposé...* Aline et Louis, assotés, communièrent enfin dans la complicité d'un soupir. Entendaient-ils enfin pour la dernière fois marmonner un greffier ? De leurs requêtes, citations, assignations, constitutions, conclusions, jugements, significations, dépositions, sommations, plaintes, expertises, ordonnances, sous-seings et autres actions, en moins de cinq ans et bien qu'ils fussent là justement pour faire l'économie d'un arrêt et probablement d'un pourvoi, la collection devait avoir l'épaisseur d'un lexique. Du jargon des greffes ils pouvaient estimer le coût et se féliciter de lui avoir substitué le protocole qui les mettait en somme à l'abri l'un de l'autre. N'étaient-ils pas là au titre de couple anciennement conjugal, mais resté parental et manifestant pour la première fois dans l'établissement d'une ultime paperasse un semblant d'accord ?

Le greffier ânonnait toujours : *Vu les déclarations et réquisitions qui précèdent, vu les dispositions de l'article 477 du Code civil...* Soudain, jetant un bref regard sur la file d'attente, il s'interrompit :

« Bon, je vous fais grâce du reste. »

Mais sautant à la dernière ligne, il ne put s'empêcher de la réciter en présentant la plume :

« *De tout quoi nous avons dressé le présent procès-verbal qu'après lecture nous avons signé...* Là, madame, s'il vous plaît. Là, monsieur. »

*

Emma, qui s'était finalement retirée sur la chaise bancale et d'un pied sur l'autre lui faisait toquer le plancher à rainures disjointes et gorgées de poussière, vit sans plaisir les signataires, dégagés de la file, échanger quelques phrases et même se toucher la main. Il lui parut pourtant que leurs derniers mots devenaient plus vifs. Aline lâcha son gloussement habituel, eut un rire ambigu et s'évada aussitôt de la pièce sans même faire signe à son amie de la suivre. Elle ne se laissa rattraper qu'à vingt mètres, pour s'écrier devant un cageot de calvilles à la devanture d'un épicier :

« Je suis décidément plus pomme que celles-là ! »

Point de rage, mais plutôt une aigreur amusée par la constance du destin :

« Je demande l'émancipation des grands pour les délivrer tout de suite de l'obligation de visite. Et les en voilà délivrés en effet, puisque émancipés... »

Plantée sur l'asphalte, elle leva le bras pour arrêter un taxi, qui passa outre, et continua :

« Mais puisqu'ils le sont, ils gèrent maintenant leurs petites affaires. Louis n'a plus à me verser leur pension. C'est à eux, directement, qu'il est tenu de la remettre et, bien entendu, comme c'est son droit, il leur demande de venir chercher leur chèque, une fois par mois, chez lui.

— Mais enfin, dit Emma, ça peut se discuter !

— Où ? fit Aline. Au Palais ? Merci bien, j'en sors, ce n'est pas demain la veille que j'y retourne. D'ailleurs, vous connaissez un juge qui donnerait raison à un fils ou une fille annonçant la couleur : le fric de papa, j'en veux bien, mais je ne veux pas de lui... ? Il n'y a rien à faire, je serai toujours flouée. »

20 mai 1969
17 heures 30

QUAND vous êtes sûre d'avoir en face de vous une spécialiste de la scène longue, déchirante, insupportable, quand vous savez qu'elle jettera dans le débat, avec une force accrue, les arguments mêmes que depuis des semaines vous vous opposez, quelle autre solution que de vous abstenir ? Agathe, séchant ses cours, profitant de ce que ni Léon ni la mère ne seront là avant six heures, a commencé par prendre un bain : pour se sentir nette, candide, pour se dissoudre dans la tiédeur : les glaces ne reflètent rien de ce qui vous agite, n'ont d'opinion que sur votre corps et c'est déjà quelque chose d'en être satisfaite.

Attentive à la température mesurée par le thermomètre flottant, à la bonne dose de sels, au fonctionnement du mélangeur, elle a toujours aimé, la mère, assister au déshabillage, au trempage, saisir le gant de crin, la brosse à dos, la grande serviette-éponge. Et je te frotte et je t'essuie et je t'admire : *Ma petite merveille, mon Tanagra, voilà ce que j'ai fait de mieux !* Aucune hésitation, même au-delà de seize ans, aux endroits délicats :

est-ce qu'un sculpteur s'en embarrasse en achevant une statue ? Mais peut-on justement rester une statue ? Etrange comparaison ! Edmond aussi, lorsque chez lui les robinets se mettent à chanter, se précipite pour tripoter l'ondine, pour l'enlever, ruisselante, la sécher dans les draps ou sauter dans la mousse pour faire, comme il dit, l'amour en canard. Comme le font, c'est vrai, les cols-verts du lac de la porte Jaune, qui foncent tantôt sur la mie de pain, tantôt sur les canes grises. Dont certaines petites filles, déjà au fait de la question, lorgnaient les plongeons. Dont certains pères, qui leur tenaient la main, avaient l'air éclaboussés...

Agathe est sortie de la baignoire dont la bonde n'en finit pas de glouglouter. Elle a vidé sa mallette, sorti le cahier dont la dernière page porte la mention : *19 mai 1969. Il faut bien vivre et ce n'est pas dans les cris, les larmes et les regrets que nous pourrons le faire. De toute façon, même sans ce qui m'arrive, il fallait que je m'en aille.* Agathe a déchiré le cahier, c'est-à-dire sa jeunesse, dont la chute en menus morceaux a fait un long froissement de papier dans le tuyau de descente du vide-ordures. Puis elle est allée chercher une des trois grandes valises des vacances. Elle y plie hâtivement ce qu'elle garde; elle jette le reste à terre en se baissant de temps en temps pour ramasser un chemisier, un pantalon dont l'absence lui ferait deuil. S'il a le même regard, Edmond, s'il est dans la même situation, tant pis ! Qui donc, ces jours-ci, lui parlait de Marc ? Emma. Oui. Emma sans doute inspirée de très près et susurrant : *Tu ne le regrettes pas ? C'est pourtant un joli garçon !* Joli, gentil, en effet, sautant sur une fille comme sur sa moto. On peut regretter Marc. Plus exactement : on peut regretter d'avoir eu Marc. Mais c'est peut-être mieux ainsi. Jeunette, ça vous impressionne d'entendre dire : *Ton père a été le premier, le seul.* Et puis on apprend une chose : le numéro compte, certes; il ne s'agit pas de jouer au loto; mais le bon finalement, c'est celui qui transforme le reste en zéro.

Un genou sur la valise pleine, Agathe s'efforce maintenant d'accrocher le couvercle. Après avoir tant soutenu sa mère, comment pourrait-elle trouver des mots pour s'excuser de ce qu'elle va faire ? Aucune explication vraiment n'est possible; pas même avec Léon qui ne sera pas le moins touché, qui sans en avoir l'air est une sorte de gros chat fidèle à la maison, à ceux dont la présence fait partie de ses aises. Mieux vaut partir à la sauvette, en laissant seulement ce petit mot déjà épinglé au dessus-de-lit : *Ne t'inquiète pas. Je pars pour quelque temps dans le Midi avec Edmond. Je t'écrirai.* On croit toujours à ce qu'on préfère croire : à la petite fugue, au retour prochain. La fugue s'allonge, on se fait une raison; on s'habitue, on devient capable d'apprendre le reste, de ne pas juger de la situation à travers la sienne.

Agathe soulève la valise, la traîne jusqu'à la porte. Il est cinq heures et demie. Sa mère ne va pas tarder de rentrer.

*

Et l'ascenseur fait son office. Il n'y a pas moyen de faire autrement, mais pour être moche, c'est moche; les lamentations qu'Agathe a toujours connues vont redoubler et cette fois par sa faute. *Si tu me rejoins, je saurai que tu m'aimes vraiment*, disait Edmond. *Si elle est partie, c'est qu'elle ne m'aimait pas*, gémira l'absente en rentrant. Quelqu'un vous aime toujours contre quelqu'un : c'est une leçon qu'Agathe connaît bien. Sans savoir pourtant qui aurait triomphé, de la mère ou d'Edmond, si le hasard n'était venu les départager : un hasard qui, lui, ne peut attendre.

Voici le rez-de-chaussée. Agathe, charriant ses trente kilos de bagages, traverse le hall, met un pied dehors et recule vivement. Sa mère — revenant de signer cette émancipation qui va l'empêcher de faire rechercher sa fille, désormais libre —, sa mère sort d'un taxi rangé juste en face et c'est miracle qu'en train de payer elle n'ait pu l'apercevoir. Dix secondes pour disparaître ou c'est fichu : fille rejointe, chapitrée, suppliée, fille rembarquée pour le cinquième ! Il n'y a pas le choix ! Agathe manie le bec-de-cane qui par chance n'est pas bloqué et se réfugie dans la loge. La concierge, qui pique à la machine, tourne la tête et dit seulement :

« Vous aussi, Agathe ! »

Croit-elle qu'à son tour l'aînée va rejoindre sa sœur ? En tout cas, elle n'aura pas un cri pour avertir la mère qui passe sans pointer le nez de son côté. Agathe s'est enfouie la tête dans ses mains et lâche une sorte de gémissement sourd :

« Vous pouvez encore remonter », dit la concierge.

Mais le roulement des vantaux, suivi d'un graisseux glissement de câbles, vaut un avertissement : trouver le mot, entrer en transes, redescendre, cela n'exige pas cinq minutes. Agathe se précipite et saute dans le taxi même qui vient d'amener sa mère et dont le chauffeur se roulait une cigarette avant de repartir.

FÉVRIER 1970

6 février 1970

En salopette noire tous les deux, en chandail rouge tous les deux, afin d'être semblables tous les deux et aussi pour marquer le lit, pour être un peu différents de leurs commensaux, ils s'agitaient dans l'atelier : le fils, réduction de la mère, parfaitement inutile, mais sûr du contraire et posant son petit doigt au croisement des ficelles. Enfin tirant le dernier nœud, Odile se releva. Elle en avait fini d'emballer les trente toiles : dix déjà vendues, collectées chez des amateurs (doublement propriétaires en général : de la toile comme de la tête), neuf de la famille dont Rose, les deux barbus et Félix, enfin onze divers dont deux ministres, députés-maires de banlieue Est accessibles au pinceau d'un électeur, mais qui n'étaient pas les plus réussis. *Pourquoi un peintre d'histoire est-il communément un mauvais portraitiste ?* disait déjà Diderot. Sans doute parce qu'à son époque comme à la nôtre les modèles ont toujours manqué de temps. De toute façon ces binettes célèbres étaient là pour la retape.

« *Chtéchine*, dit Félix encore trop porté sur les chuintantes pour être aisément compréhensible.

— Mais oui, mon biquet », fit Odile machinalement.

Elle calculait. Compte tenu des panneaux de carton cellulaire pour le calfeutrage, quatre caisses seraient nécessaires; trois sur la galerie, avec les skis, mais forcément une dans la voiture. Donc pour éviter des histoires de bonne ou moins bonne place entre Rose et Guy, leur sainte belle-mère devrait se réserver la mauvaise, avec l'engin à pattes lui grouillant sur les genoux. Elle arriverait fourbue à Genève pour l'accrochage, puis rompue à Combloux pour une nuit écourtée par l'obligation de ricocher le lendemain vers le vernissage. Comment s'en plaindre ? C'était elle qui avait eu l'idée d'associer cette expo aux vacances de neige — un peu étendues — du mardi gras.

« Tu ne prends pas ton portrait ? dit Léon. C'est pourtant le meilleur. »

*

Odile commença par calmer l'ardeur de Félix qui « dessinait » sur le mur avec un crayon gras, puis se retourna. Elle l'avait oublié, Léon : comme d'habitude silencieux, habitant son costume avec la discrétion d'un cintre, respirant peu d'air, ne tenant aucune place; aussi invisible qu'imprévisible dans la régularité mensuelle qui le ramenait à la villa Duelle, pour deux ou trois heures et par exception pour l'après-midi : en général dans la semaine suivant l'échéance du chèque, jamais réclamé, poliment attendu, honoré d'un geste vers sa poche, d'un convenable merci comme d'ailleurs d'un travail modéré, qui lui faisait passer ses examens aux alentours de la moyenne et mériter cette prolongation de pension de fils majeur continuant ses études, donc tenu de réussir pour ne pas la remettre en cause. D'un goût froid, mais précis, il avait sûrement raison au sujet du portrait; il fallait même qu'il en fût extrêmement convaincu pour opiner.

« C'est un des bons, dit Odile. Mais je me le réserve. Je ne veux ni qu'on le vende ni même qu'on le voie.

— Tu avais mon âge à ce moment-là ? » feignit de demander Léon.

Le jugement bref, déguisé, très sûr, c'était une spécialité de Léon, même pas hostile, plutôt aiguisé par la sûreté de vue des indifférents. Cinq illégales et cinq légales, ça faisait en effet dix années de présence. Elle avait trente ans, Odile, et moins d'amitié déjà pour la comparaison avec elle-même. Qu'il demeurât dans l'atelier, ce portrait, pour témoigner de sa dot, de son pouvoir de fille à demi remplacé par un pouvoir dc femme dont témoignait, lui, le menu acrobate en train de tenter l'escalade interdite du chevalet !

« Féli ! » cria Odile, prononçant le nom de son fils comme il le prononçait lui-même, amputé d'un x trop rugueux.

Le patatras de Félix, Léon, plus proche du gamin, aurait pu l'éviter. Mais Léon avait le geste aussi rare que le mot et contrairement à Guy, fou du moutard, on pouvait subodorer que l'aînesse le lui faisait considérer comme une bêtifiante petite chose, un surplus polygamique né d'une favorite légitimée, donc très au-dessous de lui dans l'ordre hiérarchique. Sans le dorloter, Odile ramassa Félix, assez fière qu'il ne pleurât pas comme un douillet produit d'Aline.

« La cote de papa semble monter », dit Léon.

Autre jugement : la cote n'est pas le renom. Enquête indirecte, faute de pouvoir placer la question délicate : *Combien maintenant vend-il du point ?*

« Il avait besoin de se sentir soutenu », dit Odile.

Elle n'allait pas approuver : exact, jeune homme ! Ton père n'est pas un maître, mais un bon décorateur, doublé d'un bon spécialiste de la ressemblance, telle que la souhaitent et la paient des gens ayant assez d'argent pour snober la photo d'art, mais pas assez pour s'offrir un caïd — dont ils craignent d'ailleurs qu'ils sacrifient leur binette au bénéfice de la palette. Elle n'allait pas soutenir non plus que, loin du souci d'éterniser les glaces, Louis avait assez de patte pour se dégager de la vanité commanditaire et sublimer le modèle. La vérité était entre les deux.

« Des nouvelles d'Agathe ? » fit-elle assez bas.

Le nez de Léon s'évasa. Odile n'insista pas :

« Et ta mère, ça va ?

— Pas fort », dit Léon.

Il eut soudain de la présence, de la chaleur pour enfiler quelques phrases :

« Depuis un an, tu sais, elle est comme une ombre. On ne la voit plus, on l'entend à peine. Quand je pars le matin, elle est encore couchée; et souvent, quand je rentre un peu tard le soir, elle l'est déjà. Dans la journée, elle est rarement là. Elle qui n'y allait jamais, elle est tout le temps fourrée à l'église. Ou à son club. Elle le dit elle-même : la maison est vide, je ne m'y supporte plus. »

Pour ne pas perdre de temps, Odile triait de *la dentelle :* ces coupures de presse judicieusement choisies qui font toujours bien dans une vitrine.

« Ta mère en a trop vu ! » dit-elle.

Une lueur de considération anima le regard de Léon qui soudain se lâcha :

« Et les filles exagèrent ! Agathe écrit une fois par mois. On ne peut lui répondre qu'en poste restante, à Paris 38. Quant à Rose, elle n'a même pas daigné passer pour le Jour de l'An.

— Ta mère l'avait chassée : elle attend d'être rappelée, dit Odile. Vous êtes tous commodes dans la famille !

— A propos, dit Léon, regardant en l'air. Maman n'est pas d'accord pour céder les demi-vacances de Guy. Elle le mettra lundi soir au train. »

Léon commissionnaire : c'était la nouvelle technique de Mme Rebusteau, passant la main, donnant du poids au dernier fidèle qui, probablement venu tout exprès, attendait depuis une heure pour enrober la nouvelle.

« Tant pis pour Guy ! » fit Odile.

Inconvénient : la dépense inutile d'un billet. Avantage : on aurait plus de place dans la voiture. Quant au reste, si Mme Rebusteau, plutôt que d'échanger le mardi gras contre la Pentecôte, préférait subir la tête de bois d'un Guy dépité, c'était son affaire. On pouvait avoir pitié d'elle. Mais comment ne pas se demander si, revenue de l'agressivité pour tomber dans l'accablement, elle parviendrait un jour à guérir de la maladresse ? Une chose ne cédait pas : sa manie de refuser toute confiance, de cacher ce qu'elle croyait nuisible à son prestige. Sans Guy, étonné de ne plus voir sa sœur aînée lors de ses passages à Fontenay, nul ne se serait douté de l'absence d'Agathe. Qu'elle se rongeât, Aline, c'était l'évidence; mais elle avait aussitôt prétendu que c'était au sujet de sa propre mère *si souffrante qu'Agathe était partie la soigner*. Un mois plus tard, la pauvre enfant, victime de sa sollicitude, fut *mise en pension dans une boîte à bachot* afin de se rattraper à la session d'octobre. Enfin bachelière, elle partit aussitôt *pour aller faire un stage dans une maison de commerce anglaise* et par la bouche de sa mère déclara que, gagnant sa vie, elle se désintéressait de sa pension. Il fallut attendre six mois pour qu'Aline, sans revenir sur une seule de ces assertions, se mît en devoir *d'avertir le père que son exemple ayant, hélas ! porté ses fruits, Agathe s'était mise en ménage avec un inconnu.* Il n'était pas inutile de noter que, durant toute cette période, de mois en mois, de chèque en chèque, Léon n'avait pas une seule fois jeté le doute sur ces fables.

« Tu attends ton père ? fit Odile qui vérifiait maintenant des listes d'invitations.

— S'il ne rentre pas trop tard... », dit Léon.

Il n'avait pas mangé le morceau, Léon, pour ne pas désobliger sa mère. Mais fils des deux côtés et assez pensionné pour ne pas désobliger son père, il avait pris soin de faire des confidences à son parrain. Pour qu'il les transmette. Mais à condition expresse que, citant ses sources, Gabriel fît préalablement jurer à papa, croix de bois, croix de fer, qu'il n'en serait jamais fait mention devant quiconque, fût-ce devant lui-même. De telle sorte que, durant un bon bout de temps, assuré qu'on feindrait d'ignorer qu'il pût savoir ce qu'on savait grâce à lui, il avait fait jouer à la maisonnée un jeu cocasse où l'informé, informant l'informateur, s'amusait à lui glisser dans l'oreille : *J'ai de nouveaux tuyaux; il paraît qu'il s'agit d'un homme marié.* Mais Léon — bon Gémeaux, au signe exalté par l'ambiguïté de certains enfants du divorce — ne s'était pas découvert une seconde et, pour se remettre à l'aise, avait fini par expédier Gabriel à sa mère avec mission de lui dire : *Je crois que Louis se doute de quelque chose. Préviens-le avant qu'il puisse te reprocher ton silence.*

Soudain Odile arracha du sol un Félix fort occupé à y presser un tube de terre de Sienne, à en extraire des tortillons analogues à ceux des lombrics dégorgeant de la glaise au petit matin :

« Je pourrais te donner ton chèque, dit-elle pour faire l'économie d'un tête-à-tête étouffant.

— Si tu l'as... », dit Léon, pas fâché de rejoindre plus tôt ses copains au stade.

7 février 1970

Les voilà bien, comme prévu, assis à la terrasse vitrée du café de la Poste. Agathe arbore ses éternels jeans délavés, Léon un costume gris à cravate grise. Tous deux attendent derrière un verre, mais le gin-fizz est pour la sœur et l'orange pressée pour le frère. Rose en tailleur brun, à jupe sage, les rejoint sur ses souliers plats.

« Salut ! » dit Léon.

La convocation, par fil, est venue de lui. Mais l'initiative lui appartient-elle ? Connaissait-il depuis longtemps l'adresse d'Agathe ? Questions inutiles. L'habitude des situations fausses a au moins un avantage : elle vous permet de ne vous étonner de rien, de savoir rester boutonnée.

« Tu voulais me voir ? dit Rose.

— Ce serait plutôt moi, dit Agathe. Pour trois raisons. Il est bien entendu que tout ceci reste entre nous.

— Ça va de soi », dit Rose, réservée et pourtant satisfaite.

Réservée parce que l'aventure d'Agathe ne cesse de

la diviser : comment reprocher à sa sœur ce qu'elle pardonne à son père ? Satisfaite, parce qu'au moins cette confiance flatte son goût du silence, en ressuscitant une certaine complicité fraternelle.

« D'abord, dit Agathe, je vais te donner un numéro de téléphone où on peut me joindre en cas d'urgence. Léon l'a. Mais il va partir en stage après-demain, pour deux mois, et de toute façon, s'il arrivait quelque chose, je veux être couverte du côté de papa comme du côté de maman. »

Glisse sur la table un petit bout de papier plié en quatre que Rose, sans même le lire, empoche. Agathe continue :

« Ensuite, je voudrais t'expliquer pourquoi je suis partie si brusquement...

— Je dois avouer, dit Rose, que je n'y comprends rien. Tu étais la plus attachée à maman. Elle ne jurait que par toi, toi par elle. Et puis d'un seul coup tu pars, tu disparais, tu la laisses en plan...

— Comme toi, dit Léon.

— Ça n'a pas été facile, dit Agathe. Mais tu me vois, à Fontenay, avec un enfant ?

— Quoi ? dit Rose, hésitant à comprendre.

— Maman aurait hurlé, achève Agathe, très vite. Mais elle m'aurait forcée de le garder. Un môme, tu penses ! J'étais coincée. Je ne vois pas pourquoi il serait nécessaire de se marier quand on ne veut pas d'enfant. Donc je ne veux pas d'enfant qui puisse m'y obliger. Comme ç'a été le cas pour maman. »

Léon baisse le nez. Rose baisse le nez, stupéfaite de ne pas s'indigner, de découvrir en elle, sous une forme plus innocente, le même refus de renouveler sa jeunesse.

« Nous n'allons tout de même pas, dit-elle, vivre avec cette éternelle référence aux parents et ne rien faire de ce qu'ils ont fait de peur de le rater à notre tour.

— D'ailleurs tu pouvais revenir, *après* ! dit Léon, évitant de préciser davantage.

— La séparation nous change vite, dit Agathe. Quand on a été aimée dans la joie, on n'a plus envie de l'être dans la tristesse. Quand on a respiré librement, on n'a plus envie de retrouver la chamaille, la gêne, l'embauche continuelle, l'affreux petit match entre papa et maman... Six mois en dehors de la famille et ça vous paraît complètement idiot. J'ai toujours grand-pitié de maman, mais j'ai aussi pitié de moi. Si c'est de l'égoïsme, tant pis ! on nous l'a beaucoup appris. Avec maman, dans ma situation, je n'avais qu'une seule solution : couper. Sinon, matin et soir, je l'aurais trouvée à ma porte : Edmond ne l'aurait pas longtemps supporté. Je tiens à lui, figurez-vous... »

Rose regarde sa sœur comme si elle ne l'avait pas vue depuis vingt ans. Faudra-t-il changer ainsi, du tout au tout, le jour où l'usage, jusqu'ici mérité, la déguisera en blanc ? Un léger dégoût lui monte aux lèvres, lié à ce vague espoir : rester soi, pour soi. Puis le sentiment d'une sorte d'injustice l'envahit : deux pour le père, deux pour la mère, le partage lui paraissait équitable; et soudain ne le paraît plus.

« Troisième raison ? » fait-elle.

C'est Léon qui prend le relais :

« Agathe s'ennuie quand même de nous, dit-il, d'une voix légèrement tremblée. Elle voudrait revoir les parents, en renouant d'abord avec le Syndicat.

— Un minimum d'entente, aujourd'hui c'est le SMIG ! » dit Agathe, ne disposant pour rire que d'un étroit fond de gorge.

Les trois regards enfin s'entrecroisent. Dix ans plus

tôt, le Syndicat, c'était l'union des Quatre; et le SMIG, c'était l'argent de poche; et Léon, secrétaire général, s'avançait solennel : *Dis, papa, le Syndicat vote pour les Sables-d'Olonne et il demande le relèvement du SMIG à vingt francs.*

« Nous avons eu grand tort, moi la première, dit Agathe, de nous diviser au sujet des parents. Nous ne leur avons même pas rendu service. La famille, ce n'est pas seulement eux, c'est nous. Si nous avions fait bloc...

— Nous étions trop jeunes, à l'époque, dit Léon.

— Et qu'est-ce qu'on peut faire, maintenant ? » dit Rose.

Le soupçon renaît en elle, lié à ce qui est, hélas ! une vieille habitude. Faire bloc, oui. Mais quel sens, au départ, l'alliance aurait-elle eu ? Quel sens peut-elle encore avoir ? Une réflexion de Solange, la petite amie de Léon, témoin furtif d'une dispute, lui revient en mémoire : *Moi, vous savez, ces histoires, je ne veux pas m'en mêler.* Il y avait dans sa bouche comme une sorte d'effroi devant une maladie honteuse, propre aux Davermelle. Peut-être faudra-t-il compter avec Edmond, l'inconnu, soufflant dans la coulisse : *Renouer avec les tiens, chérie, c'est bien normal. Mais alors avec tous et au diable les chicanes !*

« On pourrait, dit Agathe, se réunir une fois par mois, en terrain neutre : un restaurant par exemple. Ensuite on inviterait les parents, d'abord séparément, puis ensemble.

— Voudront-ils ? fait Rose.

— Rien ne coûte d'essayer, dit Léon. En tout cas c'est à nous maintenant de prendre l'initiative pour limiter les dégâts. »

9 février 1970

PARFOIS ça tourne au spectacle, parfois à la réunion publique. Ce soir, le quarteron d'humoristes, décidées à se moquer de tout, par hygiène, ne se manifeste guère. Trois nouvelles sœurs aux cas désespérants — dont l'une, Armande, plaquée avec cinq enfants, sans travail, sans pension à espérer d'un chômeur volontaire et de surcroît ivrogne — ont fait larmoyer les émotives, aussitôt relayées par les positives qui se divisent en deux factions; les rageuses et les courageuses, celles qui ne rêvent que de procès et celles qui ne comptent que sur elles-mêmes. Amicale et même potinière, la réunion en ce cas se transforme en débat, sous la houlette des chefs de file, Agnès et Edmée, que leurs professions sensibilisent différemment, mais qui savent discerner le moment à partir duquel une discussion divise au lieu de rassembler.

Chacune plaide pour son saint. Chacune s'en réfère à sa propre expérience, y va de son grain de sel dans la soupe : mélange de pain noir quotidien et d'un bouillon d'idées disparates. Imprécations, divagations, analyses, à voix haute, à voix basse, c'est le déballage, le rabâchage dont la règle, pour certaines, est de ressortir aphones, mais provisoirement apaisées. On a entendu crier Amélie, l'étudiante, depuis peu remise en ménage (saluons ! les recasées, souvent, disparaissent) :

« La meilleure manière de guérir d'un homme, c'est d'en prendre un autre.

— Tiens, pardi ! Tu as vingt ans, toi ! » a protesté Marie, l'épicière.

Réplique qu'Irma, le professeur d'anglais, a répétée sous une autre forme, réservée aux intellectuelles :

« L'amour, c'est la lance d'Achille ! »

Peu de rires, presque personne n'ayant compris. Mais sur la demande d'augmentation d'Herveline le choc est immédiat :

« Elle a droit au tiers !

— Sûrement pas ! Lui, il est remarié, il a un enfant : ça m'étonnerait qu'elle obtienne le quart.

— Alors, il n'a qu'à en faire huit et elle crève ! »

La présidente intervient. Elle regrette que *nos sœurs soient si acharnées sur la question*. Elle comprend bien, mais elle aimerait les voir plus soucieuses de leur indépendance. Maître Grainde fait aussitôt les plus expresses réserves :

« Il faut pouvoir. Trop d'âge, trop d'enfants, pas de métier, c'est hélas ! le cas général. Une pension, après tout, c'est un salaire : le salaire que devrait toucher toute femme d'intérieur pour un travail scandaleusement gratuit dont peut à la rigueur bénéficier un mari, mais qu'un Ex est tenu de rétribuer. Comme devrait le faire l'Etat lui-même, si l'Ex est impécunieux. »

Applaudissements. Voilà le problème numéro un, qui fait toujours recette.

« Même si je n'ai plus besoin de lui, je veux qu'il reste à l'amende, lance Béatrice.

— Putasserie ! C'est estimer tes fesses après coup ! » rétorque Gabrielle, une caillette, souvent rappelée à l'ordre pour la verdeur de son langage.

Mais les tenantes de la pension-punition l'emportent de loin sur celles du travail-mépris. Cinq minutes plus tard, excitées par l'exemple de Tahar qui, gardant sa fille, vient de rétrocéder son fils, elles se transforment en éleveuses : rejointes cette fois par les deux tiers des minoritaires, malgré un brelan de subversives demandant pourquoi les femmes se sacrifieraient toujours aux gosses, pourquoi on ne tenterait pas d'enliser dans la crotte leurs cavaleurs de pères en leur attribuant les bébés.

« Pendant que vous y êtes, greffez-leur du téton pour qu'ils aient du lait ! » s'exclame la doyenne.

La discussion dégénère. *De vache en vache, ils trouveront tout ce qu'il faut dans les prés !* reprend Gabrielle. Le défoulement lui paraissant suffisant, pour couper court au déchaînement des libertaires comme à la Sainte-Vehme des légalistes, Agnès grimpe sur une chaise, passe à l'ordre du jour, fait le bilan de ses récentes activités, se penche sur les finances de l'association, maigrelettes, mais suffisantes pour mettre aux voix un secours d'urgence au bénéfice d'Armande. Vote à main levée. Unanimité, ressoudant l'unité. Que dispersent très vite les commentaires d'Olga sur la teneur d'un article de *Famille 70,* prônant la libéralisation du divorce. La salive se remet à bouillir. On ne sera d'accord, un instant, que pour condamner une procédure inepte, ruineuse, interminable et souhaiter le renvoi des couples devant une *Chambre familiale.* Mais les pieuses refusent la séparation par consentement mutuel; les rancunières veulent conserver le principe de la définition du coupable.

« Vous tenez surtout à votre bonne conscience ! dit Irma.

— Quand on a tout perdu, ça aide ! dit Aline, étonnée de s'entendre.

— De toute façon ce n'est pas aux échaudées qu'on demande un jugement froid ! » dit la présidente.

Et la voilà qui rameute des dames sur un projet de *Fonds national,* peut-être rattaché à la Sécurité sociale, peut-être financé par un pourcentage à prendre — au détriment des débiteurs — sur les pensions versées par les solvables et assurant ainsi celles des insolvables. Le fric, de nouveau. Voilà qui sauverait de la famine cinq ou six des présentes. Maître Grainde voudrait y voir adjoindre une assurance-divorce, obligatoire, souscrite à la mairie qui remettrait la police en même temps que le livret. Le chorus se reforme. On vote une adresse de soutien. Aline n'est pas la dernière à lever la main.

*

Tout ceci pour elle n'a évidemment qu'un intérêt rétrospectif. Le divorce, elle l'a subi, tel qu'il était : rien n'y peut rien changer. L'avoir gagné, en principe, ne l'a pas empêchée d'y perdre l'essentiel, puis de se retrouver, dans l'affrontement qui a suivi, dépouillée du reste. Du mariage on romance le début et c'est ce qui suit l'important. Du divorce on discute la forme et c'est ce qui suit l'important. Depuis qu'elle s'occupe un peu du club, Aline, en a-t-elle vu défiler de celles qui croient résumer leur droit à l'amour dans le *divorcée à son profit* des petites annonces matrimoniales, qui vite s'aperçoivent qu'on devrait dire *divorcée à son préjudice !* L'innocence d'une femme, pour un homme, s'apprécie comme celle de l'agneau, dont la seule vertu est d'être comestible. Sans jeunesse il n'y a plus que nanas usagées... Quatre ou cinq de celles-ci, les plus fraîches, s'en tireront peut-être. Mais les autres n'auront pour elles que l'illusion de les y avoir aidées, d'avoir frôlé cette chance, en se revanchant à la petite semaine contre l'ennemi commun.

Soudain l'électricité s'éteint et sur l'écran qu'Agnès venait de dérouler le long du mur paraissent de fortes matrones d'Evansville : homologues américaines en goguette sur les bords de l'Ohio. Aline s'assoupit dans le ronronnement du projecteur. L'Ohio peu à peu s'installe entre les quais de la Seine. Obsession. Question insoluble, toujours reposée : *Paris 38, rue Claude-Bernard, pourquoi ?* Agathe a-t-elle choisi ce bureau parce qu'il est près ou parce qu'il est loin de l'endroit où elle se cache ? Comment se fait-il qu'y traînant si souvent, parfois des après-midi entiers, depuis six mois, sa mère n'ait jamais pu la surprendre au moment où elle vient relever son courrier ? Qu'adviendrait-il si elle y parvenait ? La tendresse est une habitude : qui se frotte à une fausse peut oublier la vraie. Le menton d'Aline pique sur sa poitrine et vivement se relève. Les sœurs d'Evansville sont en train de rédiger une Déclaration des Droits des femmes séparées. Agathe est bien la fille de son père, mais c'est une fille et les filles, quand on a assez d'elles, on les abandonne. Pour une fois ce ne serait sans doute pas une catastrophe. Un homme marié ! Qu'il faudrait faire divorcer. Si Agathe voulait l'épouser. Si Agathe au surplus le pouvait, chose douteuse, car enfin aux dernières nouvelles, cet Edmond, maroquinier bien installé — dont Agathe serait devenue la caissière —, semble malheureusement n'avoir aucune chance de se libérer, sa femme étant internée depuis cinq ans dans un asile, donc légalement inattaquable. Dès lors à quoi bon insister ? Agathe est la fille de son père. Agathe doit savoir que ça ne durera pas. Rien ne dure. Agathe n'en souffle mot, mais une mère devine. *Tout va bien, je t'embrasse :* c'est trop court pour être vrai. C'est trop court en face de huit lettres par mois dont elle n'a jamais accepté, comme jamais refusé la pressante invite : *Reviens, si tu veux, quand tu veux. Surtout s'il t'arrive quelque chose, ne crois pas que ce soit un obstacle.* Un enfant, oui, ça s'élève très bien entre femmes. Une fille avec enfant, qui tente moins l'amant, peut rester indéfiniment.

« Alors, on dort ? » souffle Emma.

Aline relève le menton. C'est la dislocation et par petits paquets ces dames s'en vont vers l'ascenseur. La discrétion d'Emma, qui ce soir n'a pratiquement pas ouvert la bouche, devient exemplaire. Elle aussi semble bien amortie, passée de la grande hargne à la petite grinche. Elle aussi recrute à tour de bras et, sans bruit, enseigne à telle ou telle comment entortiller un salaud dans ses torts. La salle se vide. Aline se soulève et, tirant de son sac un bout de papier plié en quatre, va le glisser dans la main de la présidente qui le parcourt rapidement :

« Parfait ! murmure-t-elle. Vous l'avez retrouvé, ce type. Christine n'a plus qu'à faire une saisie-arrêt. »

Le front têtu, l'œil aigu, Aline écoute avec modestie.

« Je sais que c'est presque la règle, reprend Agnès, mais vous l'illustrez singulièrement. On se débrouille toujours mieux pour autrui que pour soi-même. Si vous pouviez voir Juliette, cette semaine, et la remonter un peu... »

Un soupçon d'ironie lui retrousse la lèvre :

« Oui, je sais, ce n'est pas votre fort. Mais si je vous le demande à vous, c'est que Juliette est en train de se laisser avoir et qu'il y a moins lieu de la consoler que de la harceler...

— J'irai demain soir », dit Aline.

*

Elle est partie, très vite. Elle a déposé Emma au coin du bâtiment scolaire où son amie a un appartement de fonction. Elle continue, fait le tour par le bois, revient, prend de l'essence, repart, oblique vers son ancienne maison. C'est un pèlerinage qu'en général elle s'interdit, car elle n'en revient jamais intacte. Mais ce soir c'est plus fort qu'elle. D'ailleurs elle n'est pas pressée. Léon n'est pas là, Léon est sorti avec Solange. Léon dépense cette moitié de pension qu'il conserve au titre d'argent de poche. La moitié, c'est beaucoup, mais c'est comme ça. Il y a des moments où la fidélité de Léon à sa mère, à ses cours, à son stade, à sa chambre, à son horaire, à sa petite amie, on peut se demander ce que c'est. Il y en a d'autres — quand il apporte une rose dans un long étui de papier cristal (et c'est toujours le dimanche à midi et la rose vient toujours du même fleuriste) —, il y en a d'autres où l'on se dit qu'un garçon ne devrait jamais se marier avant la trentaine, que Léon sera peut-être assez sage pour ça, mais que de toute façon dans deux ans il aura fini sa pharmacie : ce n'est pas seulement pour l'armée qu'il est sursitaire...

La vieille ID s'est arrêtée toute seule, retrouvant sa place devant le pavillon comme un cheval l'écurie. Le moteur tourne au ralenti. Derrière le thuya qui a monté d'un bon mètre et qui se détache sur la baie vivement éclairée de la salle commune, bougent des ombres estompées par les rideaux : inconnus qui ont récemment racheté la maison et qui pour Aline ne seront jamais totalement chez eux. Elle passe sa langue sur des lèvres sèches, l'agace sur la pointe d'une canine. Les voisins sont restés les mêmes. Leurs chiens aboient de la même façon. Chaque réverbère s'occupe de la même zone autour de quoi s'arrondit l'obscurité familière : tout à fait dense entre le 17 et le 19, là où un renfoncement tentait pour une pause-baiser un jeune couple revenant du cinéma. Guy, confié à l'express de dix-huit heures cinq, doit avoir cessé de bouder. Quand sera-t-il donc capable de se réjouir d'un léger sacrifice qui pour trois petits jours faisait la joie de sa mère ? Qui des Quatre d'ailleurs ? Rose, n'en parlons pas. Léon peut faire semblant, c'est tout. Agathe, qui jadis se serait fait couper en morceaux... Agathe ! Une main d'Aline se porte à son côté où s'enfonce comme une longue aiguille. Ses yeux se noient. *Téléphone-moi, chérie ! Téléphone-moi au moins, pour que j'entende ta voix.* A chaque lettre sa mère le lui réclame. Agathe ne téléphone pas.

« Mais pourquoi ? » crie Aline, donnant les gaz.

L'ID a un sursaut, les pignons crient, les réverbères font défiler leurs cônes de lumière, les maisons s'enfuient vers l'arrière, la nuit, le passé. Aline, qui a oublié de rallumer ses codes, qui ne s'aperçoit pas que son tableau de bord est noir, coupe froidement la rue Gambetta et soudain, recroquevillée sur elle-même, s'enfonce dans un bruit de ferraille qui n'en finit pas.

11 février 1970

D'UNE étroite raie blanche un avion sciait le ciel : calotte d'azur froid, déteignant sur la neige, striée de bleu par les descentes, ombrée de bleu sous les sapins surchargés. Le précieux Félix à califourchon sur son dos, Louis, tendrement ridicule, bâtonnait à tort et à travers, se laissait aller sur la piste baby. Odile, qui ne s'était point résolue à confier Monseigneur aux jardinières de l'ESF, suivait, lorgnant avec regret les pistes sérieuses à quoi la destinait plutôt son chamois de bronze, conquis dès quinze ans. Elle cria :

« La prochaine fois, Sioul, je le plante sur des lattes. »

Puis elle éclata de rire : père et fils venaient de bouler piteusement, se ramassaient, se brossaient et, oscillant du bonnet, se regardaient avec un amusement tendre à travers leurs lunettes fumées rondes comme des yeux de chouette. Odile depuis longtemps n'avait aussi bien respiré : courtes mais vraies vacances. Beau temps. Rien à faire. Sa mère, abandonnant son père retenu par la boutique, s'occupait de tout, libérant fils et bru, fille et gendre.

« Où sont les autres ? dit Louis.

— Raymond et Armelle doivent être à Crèvecœur, dit Odile.

— Je parlais des enfants, précisa Louis.

— Rose est à l'école de ski. Quant à Guy... »

Geste vague. Rose attentive au moniteur et tortillant de la cuisse pour s'initier aux conversions, c'était dans l'ordre. Guy, débutant sans étoile, mais soucieux de suivre son faux cousin Jacques et de bûche en bûche descendant la verte ou la rouge sur le cul, c'était aussi dans l'ordre. Pourquoi cet air figé ? Un mot dans sa propre bouche, venait d'étonner Louis : *Les autres*, d'emploi fréquent, mais jusqu'alors irréfléchi. *Les autres :* légère mise à part. Il faudrait y faire attention.

« Ne te tracasse pas, dit Odile. Ce n'est pas un triomphe, mais nous ne sommes pas dans le lac ! »

Dans le lac... Ah oui ! L'astuce valait ce qu'elle valait, mais l'intention méritait un sourire. Lisant sur son visage et l'interprétant mal, Odile le croyait soucieux de l'accueil réservé de la critique genevoise. Aucune importance : six commandes l'en dédommageaient; et plus encore cette source de chaleur qui, par cinq au-dessous de zéro, mettait de la buée à la bouche d'Odile, des lumières dans ses yeux. Bon Dieu, comme c'était vrai qu'à trois, par moments, on se sentait mieux qu'à cinq ! A trois dont l'un, bien sûr, ne pouvait s'en réjouir qu'à condition de compter aussi parmi les cinq. Ce sont des choses à taire. Qui procède d'un seul, dans le couple suivant, reste un peu rapporté. Louis empoigna Félix. On aime tous ses enfants. On les aime d'une façon plus vivante dans le champ d'un amour vivant.

« Onze heures et demie ! » fit Odile.

Ils glissèrent jusqu'au bord de la route pour déchausser leurs skis et prendre la navette qui en cinq minutes les mit sur la place où s'éternisaient, çà et là, des tas grisâtres et durs, à demi recouverts de neige plus récente. Mais comme Louis, son fils de nouveau à cheval sur ses épaules lui tirant les cheveux en guise de bride, commençait à remonter la vieille route de Megève, derrière une bande de jeunes ralliant la Maison des étudiants, il aperçut sa belle-mère qui arrivait en courant, un télégramme à la main. A dix pas, elle crut bon d'avertir :

« Vilaines nouvelles de Fontenay !

— Elle nous gâchera donc tout ! » fit Odile.

Mais quand le télégramme lui passa par les mains, elle rougit :

« Ça paraît sérieux, dit-elle. Saute dans le train. Il faut lui amener ses enfants. »

Louis repartait à grands pas, bien plus gêné qu'elle, humilié, terrifié par ce qui se passait dans sa tête. *Grave accident survenu à maman :* Léon voulait-il dire qu'Aline était mourante ? Qu'il n'y aurait plus de pension à payer, de visites à prévoir, d'accrochages à subir ? Que près de vingt années vécues par un autre homme auprès de cette autre femme allaient être gommées, libérant le nouveau de cuisants souvenirs, le laissant seul pour rameuter les siens ? Devait-on suivre l'enterrement de son ex-femme ou simplement envoyer une couronne ? Une couronne, avec quelle inscription ?

A la porte du chalet, pourtant, la gorge nouée, il déposa Félix avec précaution, lui prit la main pour sentir dans la sienne celle d'un innocent.

12 février 1970

Il n'avait pas osé monter; il avait même hésité à envoyer des fleurs et, s'y décidant en fin de compte, s'était bien gardé d'acheter des roses, comme il le faisait dix ans plus tôt, pas plus d'ailleurs que des œillets ni des lis ni des marguerites ni rien qui fût susceptible d'aigres interprétations, mais des anthuriums, fleurs exotiques, non cataloguées dans la symbolique. De la part d'un Ex, toute attention tourne à l'intention et c'est pourquoi, pour accompagner les enfants auprès de leur mère et amortir le sens de la visite de Rose *(elle revient, donc je suis très mal)*, il avait écarté leur grand-père, leur grand-mère, pour retomber sur l'inévitable Gabriel, disponible entre douze et treize heures où le risque était moindre de rencontrer des Rebusteau.

Extérieurement fort calme, comme il savait s'y contraindre, intérieurement plus nerveux, *belle pomme avec un ver dedans* — comme disait feu le régisseur en son pays de pommiers — Louis faisait la navette : douze pas aller, douze pas retour, entre le philodendron de la première fenêtre et le caoutchouc de la quatrième, sans honorer un instant l'un des fauteuilsclub répandus sur le dallage du hall. Les portes vitrées automatiques s'ouvraient sans cesse devant les visiteurs, aussitôt répartis par la flèche *Chirurgie* et la flèche *Maternité* : trois hommes sur cinq, environ, allant voir leurs femmes qui dans toutes les cliniques partagent le premier service, mais gardent le monopole du second. C'était la première fois qu'Aline venait ici, justement : quatre fois à droite, trois fois à gauche, cette dernière seulement sous son nom de jeune fille qui avait dû étonner les plus vieilles infirmières. A des années de distance il y a des points fixes, des relais pathétiques où il est impossible de revenir en indifférent, des lieux dont les murs semblent porter des plaques invisibles, gravées à votre nom : *Ici, sont nés quatre enfants Davermelle. Ici est...*

Mais il n'était pas du tout question d'une autre inscription : Gabriel redescendait, seul, et son port de tête ne devait rien à la componction funéraire :

« C'est grave ? fit Louis, planté devant le philodendron.

— Elle n'a pas fait le détail ! dit Gabriel. Fractures multiples : les deux jambes, un bras, quatre côtes. Un monument de plâtres et de pansements. Mais j'ai été rassuré tout de suite. Elle a commencé par me souffler : *Je n'ai pas su faire mieux. Excuse-moi auprès de Louis. Ça lui aurait fait une grosse économie.* Puis elle a ajouté : *Il aurait même pu se remarier à l'église.* Le plus curieux, c'est qu'elle ne semble pas tellement impressionnée par le danger qu'elle a couru, mais plutôt par celui qu'elle courrait s'il t'arrivait la même chose.

— C'est tout elle ! fit Louis, se laissant enfin tomber sur un fauteuil.

— Elle m'a même fait, reprit Gabriel, tout un chapitre là-dessus : *Suppose qu'il se tue... Les enfants me reviendraient, mais de quoi vivrions-nous ? Sa maison n'est qu'au tiers payée et sa femme a droit à la moitié, son dernier fils au dixième...* Ensuite elle a envisagé le cas où dans un commun accident tu survivrais à Odile. Elle m'a demandé deux fois : *Tu crois qu'il me reprendrait ?* Elle a même ajouté : *Je serais peut-être même assez bête pour accepter !* »

Louis détourna son regard de celui de Gabriel qui continuait d'une voix grave :

« Vraiment, tu ne t'es pas rendu compte que, depuis son divorce, Aline est parfois au bord du délire ? Les névroses d'abandon, ça existe. Et le choc n'a rien arrangé.

— Devant les enfants, dit Louis, c'est tout de même... »

Il ne trouvait pas d'adjectif. Il essayait de s'occuper l'esprit en dévisageant ces gens qui de la porte aux ascenseurs avançaient en soulevant le talon : de ce pas sur pointe de semelle commun à ceux qui hantent les églises et les hôpitaux.

« J'avais laissé les enfants dehors, reprit Gabriel. Je ne les ai fait entrer qu'ensuite, après les avoir annoncés.

— Sans difficulté... pour Rose ? demanda Louis, en deux temps.

— Aucune, dit Gabriel. Aline a même murmuré : *Décidément c'est une bonne affaire. Je n'avais pas pensé à ce truc pour récupérer mes filles : sinon, je l'aurais employé plus tôt. Agathe est venue, hier soir, grâce à Rose...*

— Quoi ? fit Louis, éberlué. Mais Rose était encore à Combloux avec moi.

— Si j'ai bien compris, dit Gabriel, Rose connaissait un numéro de téléphone où l'on pouvait toucher Agathe en cas d'urgence. C'est elle qui a prévenu sa sœur, aussitôt après le télégramme de Léon. »

La raison pour laquelle Louis venait de se figer, Gabriel la devinait bien. Assis sur le bras du même fauteuil, il observait l'ami avec ce mélange d'indulgence et d'ironie qui lui était propre. Le veuf, au fond, enviait ce divorcé, incertain des siens, noyé dans leurs contradictions, mais sûr de ne jamais geler dans la solitude.

« La cachottière ! » bougonna Louis.

Il avait trouvé normal — et même décent — que Rose fût à l'annonce de l'accident, devenue toute blanche, qu'elle balbutiât : *Je n'aurais pas dû rester si longtemps sans aller voir maman.* Il avait compris qu'elle ne pût déjeuner. Comme Guy, du reste. Il avait même admis qu'elle se sentît coupable et regardât son père d'une certaine façon. Mais pourquoi ce galop vers le village sous prétexte d'annuler sa participation à une veillée de jeunes ? Le mensonge était de trop; et aussi le secret.

« Ne fais donc pas cette tête, dit Gabriel. Quand des parents n'ont cessé de faire cavalier seul et de répéter : *Ne dis pas ça à ton père ! Ne dis pas ça à ta mère !*, on ne doit pas s'épater que les enfants observent la loi du silence. Si les tiens ont fait un accord entre eux, en cas de coup dur, je trouve ça plutôt chouette. Rose n'a pas à t'informer de tout parce qu'elle t'a choisi. Tu as la préférence, la grosse part. Mais l'autre existe et, craignant de t'offenser, elle ne peut que la taire... »

Louis faisait le gros dos. Impossible d'arrêter ce prêcheur qui continuait, disant en vrac que la fatalité dépassait la mesure; que les Quatre eux-mêmes en devenaient conscients; qu'au moins cet accident pouvait permettre à leur mère de récupérer une partie de ce qu'elle avait perdu; que ce serait justice; que ce serait prudence; qu'Aline n'en deviendrait pas un ange, mais que c'était aux heureux de désarmer les premiers... Toutes choses raisonnables, mais dites sur le ton scout et plutôt agaçantes à entendre pour qui en était déjà persuadé. Enfin Gabriel se releva, tirant sur son pantalon :

« Allez, je vais les chercher. L'infirmière leur a consenti dix minutes et je préférais les laisser seuls avec Aline. »

*

Quand il redescendit, Louis avait repris son va-et-vient entre les plantes vertes. Il vit bien que Rose avait pleuré et, sans trop savoir s'il en était piqué ou non, il la prit par le bras :

« Si tu retéléphones à ta sœur, fit-il, dis-lui que, pour avoir une chance de la voir, j'aimerais bien ne pas être obligé de me démolir, moi aussi. »

NOVEMBRE 1972

18 novembre 1972

ALINE boitille vers la psyché dont un angle est fêlé. On a beau faire la brave et répéter qu'il est plus facile de vaincre sa carcasse que son destin, qu'en fait de douleurs vous préférez les physiques aux morales, rancunes et rhumatismes s'associent très bien pour rendre également pénibles les mouvements du cœur et du corps. Eclairée d'une rose rouge (simili : les naturelles — et ce qu'elles rappellent — ne durent pas assez), cette robe de soie noire (de soie artificielle comme la rose) l'exprimera très bien. Du tour de cou au bout du pied tombante, toute en plis qui font tuyaux, elle allonge ce qu'il faut de maigreur — maigreur de chair, d'argent, de joie, d'espérance —, elle porte haut tout ce qu'il faut de raideur pour présenter une tête à la Cornélie, une mise en plis fort grisonne, rappelant aux amateurs de teintures, de jeunettes, de gaies cravates, qu'ils jouxtent aussi la cinquantaine. On est résignée, monsieur; on est (comme vous dites) apaisée; on est impotente, on est à votre merci. Mais vous êtes aussi à la mienne, car il faudra me nourrir jusqu'au bout; et dans une journée comme celle-ci, dont vous ne vous souvenez même pas, j'en jurerais, qu'elle pourrait, qu'elle devrait se fêter de deux façons, vous n'êtes que le père d'un de vos deux lits. Tu as vu le carton ? *A l'occasion du mariage de leurs enfants, Madame Colonge et Madame Rebusteau recevront le 18 novembre à partir de quinze heures dans les salons du Splendid Hôtel...* Vous allez régler la note, monsieur. Mais nous sommes la puissance invitante, la mère du marié. Aline crie :

« Tu as fini de me tirer des fils ! »

Chat-un, le gris, le plus doux, le plus ronronnant, le plus rapide aussi à profiter des portes entrouvertes pour aller traîner, le plus Agathe en somme, décroche du mouvant bas de robe et file dans la salle s'en prendre aux franges du tapis. Aline suit, va lisser *Chat-deux,* le noir, l'impassible, l'énigmatique, très Léon celui-là, et lorgne la pendule où la grosse aiguille dépasse la demie :

« Mais qu'est-ce qu'il fait ? » dit-elle.

Et de regarder Léon, bébé, bambin, garçonnet, écolier, jouvenceau, bachelier, étudiant, stagiaire et finalement, tel qu'il devrait d'un instant à l'autre apparaître, pharmacien auxiliaire en tenue d'aspirant du Service de santé : tous les neuf à la file sur le mur, entre quatre punaises, comme le sont en dessous de lui, dans l'ordre de géniture, des séries d'Agathe, de Rose et de Guy, aux visages d'abord imprécis, flottant entre deux ressemblances, mais peu à peu affirmés, personnels, indépendants.

« Vous allez trop vite ! » dit-elle.

Et de regarder cette fois plus à gauche un autre familier, antérieur à ses enfants, à elle-même, aux parents et remis en bonne place depuis quelques mois : un Christ grossièrement taillé au couteau dans du cœur de pommier, un Christ tortillé, torturé, faisant corps avec sa croix et d'une bouche creuse aspirant en guise d'encens l'âcre odeur des chats mélangée au parfum bon marché de leur maîtresse. Sans doute sait-il qu'on n'est guère dévote, qu'on lui en veut de ce qu'il a laissé faire depuis qu'il fut décroché au-dessus du lit de feu son serviteur Rebusteau. Mais il n'ignore pas non plus quelle complicité lie souffrance à souffrance et que là, chez cette divorcée qui l'est sans l'avoir voulu, qui ne s'est pas remariée, qui est en règle, il témoigne de ce qui devrait être; il demeure son porte-respect.

Un chat miaule, qui a peut-être faim, qui sera gavé ce soir de viande hachée, en l'honneur du jour faste. Nous allons, chat ! nous allons les voir aujourd'hui tous les Quatre. Et pourtant faste, faste... ce samedi l'est-il donc ? Léon aussi maintenant, il passera une heure ou deux, par-ci, par-là, dans cette pièce. Il aura aussi la gentillesse de commande qu'ont Agathe, Rose ou Guy, le derrière au bord de la chaise, l'œil sur la porte, de peur sans doute que j'aille donner un tour de clef. Je ne devrais pas me plaindre, n'est-ce pas ? Ils sont revenus. Mais Gabriel, ce bon apôtre, qui disait : *N'exige plus rien d'autre, attends qu'on te le donne !,* ne savait pas à quel point il avait raison. Rien d'autre, en effet : c'est ce qu'ils offrent avec le sourire, leur petit bonheur en prime. Il n'y en a pas un, pas une, qui ait eu le courage de s'embarrasser d'une traîne-la-patte et de prendre quinze jours de vacances avec moi.

Moins vingt. Aline n'ose pas s'asseoir de peur de froisser sa robe. Le Splendid est à cinq minutes, il est vrai. Mais il est indispensable d'arriver la première, d'être bien visible à l'entrée, fermement plantée dans la courtoisie et tendant main longue aux arrivants. Le pénible, l'incroyable arrangement de dernière heure l'exige. Voilà qu'Aline se remet à claudiquer, l'œil sur le crucifix paternel, où est accroché un vieux bout de romarin béni à Chazé. Enfin, voyons, la prétention du père d'assister au mariage avec sa pute et son moutard, pouvait-on y souscrire ? Je ne veux pas la connaître, Seigneur, ni la voir de ma vie, ni lui donner la moindre occasion de croire ou de faire croire, surtout en public, que je la reconnais pour ce que la loi prétend qu'elle est devenue à ma place et que Vous-même avez proclamé nul. Vous les voyez, tous deux, à l'église, nous narguant de leur présence, avec ce mioche légal, mais né d'union civile, donc pour Vous pur bâtard ? J'ai dit non. Je devais dire non. Je reste la vraie femme. Vous êtes forcément d'accord.

Moins dix. Faudra-t-il appeler un taxi ? Aline enfile son manteau. Mieux vaut prendre l'ascenseur, aller attendre dans le hall : ce sera déjà ça de gagné. Il n'est pas possible que Léon ait oublié, mais il n'est pas exclu que son retard exprime son mécontentement. Qui l'eût cru ? Léon, le patient Léon écoute encore poliment, mais tranche aussi poliment et n'en fait qu'à sa tête. Affecté par chance au Val-de-Grâce, il est aussi rare que s'il faisait son temps à Carpentras. Et c'est par lettre qu'il a froidement annoncé : *Excuse-moi, mais pour éviter toute discussion, tout éclat, nous avons décidé, Solange et moi, de nous marier sans cérémonie. C'est fait. Nous donnerons sous huitaine une petite réception pour la famille et les intimes. Je te propose d'y venir de trois à cinq, Odile n'y paraissant que de cinq à six. Tu comprends bien que je ne puis pas exaspérer papa qui nous a loué un studio et versera ma pension à Solange tant que je ne serai pas libéré. Ne nous fais plus de complications. J'ai déjà eu assez de mal à calmer les parents de Solange...*

Aline met la main sur le bouton de la porte. La dignité est-elle donc une complication sur quoi doit l'emporter l'argent du père ? Et pourquoi fallait-il solliciter cette aide, pourquoi ce mariage prématuré ? Discret comme est Léon, nul ne saura si Solange était sa maîtresse, s'il y avait presse ou non. Aline ouvre, sévère, et soudain se déride. Léon est là, qui justement arrive, qui tend la main vers la sonnette, qui hume le courant d'air, mais se gardant bien de dire que ça sent le chat, ôte son képi à bande de velours vert pour tendre une joue râpeuse :

« Toi, fait Aline, tu es comme ton père. Ta barbe pousse si vite qu'à midi il faudrait recommencer à te raser.

— Allons-y ! » dit Léon qui semble étonné de la référence.

*

Fils attentif, il a ouvert deux fois la porte de l'ascenseur, puis celle de l'immeuble, puis celle de la voiture et enfin fait tourner lentement le tambour du Splendid, chaque fois s'effaçant, prenant, lâchant, reprenant le bras de maman. Ce n'est guère son genre, pourtant. Que craint-il ? Un esclandre ? Ou seulement des questions ? Cette petite Fiat grise, en effet, qui donc l'a payée ? Bouclé dans son uniforme, Léon est toujours lui-même dès qu'il s'agit d'ouvrir la bouche. *C'est le cadeau des parents*, a-t-il dit sans préciser. En fait de cadeau, sa mère, il le sait, ne saurait lui en faire : elle n'a rien et, même si Louis avait eu la délicatesse de lui proposer une petite somme à cet effet, c'est encore lui qu'il aurait fallu remercier.

« Ça va ? » dit Léon.

Aline, la main crispée sur le bon biceps rond de ce garçon, bâti par elle, sent bien l'effort qu'il fait : pour la soutenir en ralentissant le pas, pour apparaître indispensable, pour faire l'entrée qu'il faut. Diminuée, presque infirme et vous comprenez bien, n'est-ce pas ? très à plaindre, bien plus à plaindre qu'à blâmer pour son fichu caractère, intransigeante et respectable, voilà ma pauvre mère. Un frac s'incline, puis un autre, et, le menton relevé au-dessus de son nœud blanc, un troisième conduit Madame au salon, qui est déjà presque plein. Mme Colonge n'est pas à l'entrée, mais quelque part parmi les invités qui s'écartent sur le passage de l'autre invitante. Enfin voici au centre de la pièce un petit groupe de fauteuils, sans doute réservés aux handicapés et aux personnes âgées. Solange, en robe rose assez vaporeuse pour ne rien avouer de ce qui pourrait être, se précipite :

« Asseyez-vous, ma mère, je vous en prie. »

Baiser de la bru qui se range à gauche du fauteuil pour faire pendant à son jeune époux. Dans un léger brouillard, peut-être dû à la fumée des cigarettes, s'approchent d'autres robes longues, bleues, jaune paille, vertes, gris perle, lamées or, mêlées à des pantalons rayés, des costumes sombres. Baiser d'Agathe, qui n'est pas accompagnée, qui souffle : *Maman chérie !* et passe. Baiser de Rose. De Guy, tellement allongé. D'Annette. De Ginette. D'Henri Fioux. Des neveux. De Gabriel. D'Emma. De Flore...

« C'est dommage que grand-mère Rebusteau n'ait pas pu venir, fait une voix. Elle est au lit, avec un zona. »

Réglé comme un ballet, le mouvement s'accentue qui peu à peu masse la famille derrière Aline, tandis que fluent maintenant vers elle des gens qui n'embrassent plus, qui font de la courbette et tendent de la main à ongles vernis ou à ongles nature. Solange, qui semble bien être la véritable organisatrice (ou la déléguée de sa mère qui passe, souriante, effacée, exhortant par l'exemple à la même réserve), Solange énumère : ce sont des Colonge, le père, jusqu'alors jamais rencontré, une tante, deux oncles jumeaux, une sœur germaine, une demi-sœur — fille d'un premier mariage de Monsieur, non pas divorcé, mais veuf. Qui disait donc aux Agars : *Le veuvage a parfois les mêmes résultats, mais au moins l'Ex du veuf n'en sait rien ?* Voici encore des Colonge, puis des Belvenec, cousins par Madame, poussant loin la mode de Bretagne. Et enfin trois personnes, évidemment indispensables et qui s'efforcent de paraître accessoires, de saluer bonnes dernières, trois personnes qui furent un beau-père, une belle-mère, un mari et dont on pourrait se demander si par hasard ils ne le seraient pas soudain redevenus :

« Non, non, ne vous levez pas, Aline ! dit la belle-mère dont la sollicitude va jusqu'à tapoter entre deux paumes moites la main sèche qui lui est tendue.

— Je suis heureux de voir que vous êtes tout à fait remise, dit le beau-père dont l'œil, lui, s'effare et, de cheveux blancs à cheveux gris, rend l'hommage au résultat d'un certain nombre d'années.

— En voilà un de casé ! » soupire Louis, qui fleure un parfum étranger.

Grâce à l'Oréal il paraît dix ans de moins que son âge en face d'une dame qui paraît dix ans de plus que le sien et se demande si dans le cas $10 + 10 = 20$. Casé, casé... Le mot est malheureux ! Tout l'art du jeu de dames consiste à passer sans se faire prendre, d'une case dans l'autre. Quelle était donc la joyeuse farfelue — une des rares satisfaites — répétant aux Agars : *Le mariage est un divorce d'avec tous les possibles qui de nouveau s'offrent à nous ?* Mais voilà, de ce divorce-là il faut être capable, et Léon, fils de sa mère, pourrait être un fidèle. A Louis, qui s'attarde auprès d'elle en ne sachant trop quoi dire, Aline accorde quelques mots :

« Vous avez eu raison, dit-elle, de n'inviter ni juge ni avocats. »

Et comme Louis, qui avant tout doit redouter l'incident, la regarde avec inquiétude, elle ajoute :

« A propos, tu sais que ça fait vingt-cinq ans, tout juste. A l'interlude près, nous devrions fêter nos noces d'argent. »

Rien qu'à voir la tête du client, Aline se sent devenir bienveillante. Léon, très vite, demande dans son dos :

« Dis, maman, tu ne vois pas d'inconvénient à ce que nous nous rangions tous autour de toi pour une petite photo ? »

Ils sont déjà rangés et l'opérateur est en place, faisant d'un geste de la main rétrécir le champ, puis se rapprocher les fauteuils du premier plan où trônent maintenant les aïeules. Louis, resté debout, s'est tout de même placé à l'écart. Famille reconstituée, famille au complet : la vraie, celle d'avant, comme si de rien n'était. Il faudrait y croire, il faudrait se lever sur des jambes miraculées, il faudrait bénir et clamer : *Ce n'est pas un simulacre, c'est la vérité : maintenant nous restons tous ensemble*. Mais tirée en grand format pour l'encadrement, en plus petit pour les albums, ce sera seulement une photo destinée à illustrer le propos du jour : *Nous ne sommes pas les enfants d'une séparation*. Une photo sur laquelle on insistera, négligeant le reste, *qui n'était pas si grave que ça, qui s'est bien arrangé avec le temps... La preuve !* On se rassure, on affiche l'entente, on s'enfonce dans le coton. Un, deux, trois, quatre flashes illuminent les trente ou quarante têtes bien coiffées qui se hissent à diverses hauteurs, le nez pointé sur l'avenir, mais la bouche encore pleine de passé. A bonne oreille suffit un murmure. On entend :

« C'est un test pour la fin des histoires... »

Avis aux responsables. On entend :

« Pour tenir une pharmacie, il faut avoir vingt-cinq ans. Et l'argent pour l'acheter...

— Si le reste n'est pas trop lourd, je t'aiderai. »

Avis au *reste*, qui devra se faire léger. On entend :

« Ça, non, grand-mère, le mariage, vous n'aviez que ça en tête, mais nous... »

Réponse à la question rituelle, deux fois posée. On entend :

« Un métier, d'abord ! Pour une fille, c'est la liberté. »

L'exemple a porté. Les poulettes maison craignent le chant du coq. Elles se méfieront longtemps. Léon lui-même, qui n'a rien, ne s'est-il pas marié sous le régime de la séparation de biens pour protéger, sait-on jamais, la pharmacie qui, un jour, pourrait être à son nom ? Mais la foule reflue, se divise. Il ne s'agit déjà plus d'un mélange; il s'agit d'une juxtaposition. Les parentèles, c'est plus fort qu'elles, se recomposent : Aline est au centre d'un trèfle à quatre feuilles, Davermelle, Rebusteau, Colonge, Belvenec, qui pour être la règle dans le champ des familles ne parvient pas souvent à vous porter bonheur. Chacun pourtant fait ce qu'il peut pour s'occuper du fauteuil. Mme Colonge dit qu'hélas ! c'est une loi, que nos enfants nous quittent et, regardant l'uniforme enlever la robe rose pour un petit tour de piste, n'avoue pas que ce pluriel lui est bien singulier. Mme Davermelle, qui hésite entre *Aline, madame, ma chère amie*, la remplace et chante la même chanson, oubliant que chez elle, une fois le fils parti, il restait un mari : celui des premiers jours, celui des derniers jours, celui qui finit d'habitude ce qu'il a commencé. La sœur Ginette prend le relais, flanquée de sa sœur Annette, et la première se demande pourquoi la seconde, qui vit seule, et leur commune mère, qui vit seule, avec sa sœur Aline, qui vit seule, ne cesseraient pas de l'être en se réunissant dans cet appartement qui fut trop petit pour cinq personnes, qui devient trop grand pour une, qui serait très convenable pour trois, rassemblant leurs petits moyens... Mais dans sa sagesse elle n'obtient que des moues, l'appartement pouvant par intervalles tenter quelques descendants et la valide Annette ne semblant pas enthousiasmée par la perspective de jouer les infirmières au sein de ce trio où, près de la veuve et de l'abandonnée, elle jouerait aussi la laissée-pour-compte, autre variété de femme seule.

Elles décollent et Louis se rapproche. Puis Rose, puis Guy, puis Léon, puis Agathe, qui s'agglutinent autour de la robe noire à rose rouge, gentils comme il n'est plus permis de l'être, mais si passés de ce qu'ils furent à ce qu'ils sont, de ce qu'ils disent à ce qu'ils taisent, qu'ils semblent jouer, avec des voix qui ne sont plus les leurs, le dernier épisode d'un de ces films où les petits acteurs du premier sont remplacés par des adultes qu'on identifie mal avec eux. Nous six, pourtant ! Nous six. Instants terribles et délicieux...

« Mes chéris, dit Aline, j'ai grand mal à la tête. On rentre à la maison ?

— Il est cinq heures, tu crois ? » dit Louis, sans sourciller.

*

Coup d'œil du père au sourire alarmé ! C'est la grande embrassade. Il est cinq heures, c'est vrai, la montre est sans pitié. Des quatre feuilles du trèfle il n'en reste que trois : les Rebusteau abandonnant des verres ici ou là et mâchonnant encore quelque petit gâteau, se rallient près de la porte. Un cortège Davermelle enrubanné de bouts de phrases — *soignez-vous bien, Aline; je te téléphone ce soir; j'irai te voir demain* — pousse jusqu'à la galerie où Gabriel s'empare d'un bras, tandis qu'Emma, d'autorité, s'empare de l'autre. Têtes penchées, paupières battantes, mains qui pianotent en l'air et autre monnaie des adieux. Aline entraîne brusquement ses soutiens, tandis que les robes longues, sur de menus talons, pivotent vers le salon.

Mais Aline stoppe au bout de cinq mètres. Là-bas le tambour fonctionne et projette dans le hall une petite culotte de velours bleu roi qu'habite joyeusement un bambin de quatre ans, puis une robe du même velours qu'habite sa mère, dont bat le collier de lazulite. Rencontre inévitable. Quelque chose a cloché dans le jeu des prudences. Le gamin par deux fois fait tourner le tambour.

« Féli ! » gronde Odile.

Elle lui a pris la main, elle glisse, elle passe, faisant semblant de ne s'occuper que de lui :

« Elle est encore belle ! » dit Aline, qui se renie, qui se retourne, qui veut voir.

L'adverbe sera son seul coup de griffe. Un mouvement se fait dans le salon vers l'arrivante : discret, mais net. Bien sûr, *ils* ne prendront pas de photo, *ils* ne lui rendront pas hommage. Mais les Quatre et leur père sont autour du bambin, déjà, et le grand-père et la grand-mère et la demi-belle-sœur, avec des mines; et la mère en fait plus encore, cambrée, palpitante, rejetant d'une main nonchalante ce flot noir qui lui coule du front. Une, deux, voyez la famille ancienne. Trois, quatre, voyez la famille nouvelle.

« Allons, viens, supplie Gabriel. Je te reconduis. »

Fête et puis dé-fête. En Orient quand une favorite l'emportait, la *sultane-validé* demeurait au palais. Fi donc ! La *sultane-validé* ici prend sa retraite. Aline se laisse docilement entraîner vers la voiture. Elle boitille entre ses anges gardiens : le pacifique et le belliqueux, qui tous deux dans la vie traînent une aile cassée. Flore trottine derrière. Annette et Ginette, qui attendaient sur le trottoir, proposent leurs services. C'est trop. C'est beaucoup trop. Un taxi freine, hélé par Henri Fioux qui comptait s'en servir. Mais Aline s'échappe, s'élance sur ses jambes torses, ouvre fébrilement, puis claque la portière.

« Laissez-la, dit Gabriel. Vous ne voyez pas qu'elle a besoin d'être seule. »

Seule, oui. Loin de cette compassion qui aggrave tout, la solitude peut devenir prudence. L'unijambiste sait sur quel pied il ne faut pas danser ! Le chauffeur part doucement et, l'adresse lancée, bougonne, trouvant la course trop courte. Quelle idée ! Il y en a qui trouveraient plutôt la course longue. Cassés, les liens du mariage. Cassés, un par un, les liens du démariage. Reste ce fil de jours, de nuits interminables, qui s'étire souvent quand la vie se ménage. *Tu es pensionnée, tu n'as personne à charge, tu n'as plus rien à faire, tu peux lire, voyager, aller au cinéma, à ton club, tu es libre ! Tandis que l'autre, avec deux de tes gosses sur les bras, plus le sien, elle est maintenant clouée,* disait récemment l'encourageante Ginette. Tiens donc ! Contrainte d'être libre — libre comme un appartement l'est quand il est vide — dites-moi de quoi il est question. Et des clouées, ma fille, tu en connais beaucoup que leurs enfants aient clouées sur une croix ?

Le taxi approche déjà de la Résidence Lothaire. Là-haut veillent les chats à l'œil en fente qui, la queue dressée, accompagneront leur maîtresse quand elle se traînera au balcon pour inspecter la rue, quand elle s'installera au téléphone pour entendre des voix. Tout sera fait d'attente, de peut-être, de joies brèves ou décommandées, de rages amorties comme celles de ces petits nerfs que peu à peu dévitalise un dentiste. C'est maintenant que commence le plus beau de la chose : la longue usure, l'insupportable paix, qu'abolira enfin la véritable. Aline, ma fille, le mariage est toujours un échec, puisqu'on meurt. Le divorce en est seulement une fin plus hâtive. Aline, ma fille, un jour on n'en saura plus rien; et tes arrière-petits-enfants, ne sachant plus très bien de quelle femme ils descendent, s'apercevront seulement qu'à leur arbre généalogique, il y a une branche fourchue. Mais d'ici là, sans lutte et sans passion, sans goût comme sans raison, il te reste à survivre doucement; il te reste à mourir longtemps.

Triguères, 1974.

ŒUVRES DE HERVÉ BAZIN

Aux Éditions du Seuil :

AU NOM DU FILS, roman, 1960.
CHAPEAU BAS, nouvelles, 1963.
LE MATRIMOINE, roman, 1967.
LES BIENHEUREUX DE LA DÉSOLATION, roman, 1970.
MADAME EX, roman, 1975.

A LA POURSUITE D'IRIS, poèmes, 1948, *E. I. L.*
JOUR, poèmes, 1971.

Aux Éditions Bernard Grasset :

VIPÈRE AU POING, roman, 1948.
LA TÊTE CONTRE LES MURS, roman, 1949.
LA MORT DU PETIT CHEVAL, roman, 1950.
LE BUREAU DES MARIAGES, nouvelles, 1951.
LÈVE-TOI ET MARCHE, roman, 1952.
HUMEURS, poèmes, 1953.
L'HUILE SUR LE FEU, roman, 1954.
QUI J'OSE AIMER, roman, 1956.
LA FIN DES ASILES, enquête, 1959.
PLUMONS L'OISEAU, essai, 1966.
CRI DE LA CHOUETTE, roman, 1972.

« Composition réalisée en ordinateur par IOTA »

IMPRIMÉ EN FRANCE PAR BRODARD ET TAUPIN
7, bd Romain-Rolland - Montrouge - Usine de La Flèche.
Le Livre de Poche - 22, avenue Pierre 1er de Serbie - Paris.

ISBN : 2 - 253 - 01145 - 2

30/4707/3